一鬼夜行　鬼姫と流れる星々

小松エメル

ポプラ文庫ピュアフル

目次

登場人物紹介

喜蔵

古道具屋「荻の屋」店主で、妖怪も恐れる閻魔顔。明治五年の初夏、自宅の庭に小春が落ちてきて以来、妖怪沙汰に巻き込まれる羽目に。

小春

見た目は可愛らしくも大食らいの自称・大妖怪。元は龍という名の猫股だったが、とある事情から鬼に転身。猫股の長者との戦いで力を失い、「荻の屋」に居候している。喜蔵の曾祖父・逸馬とも関わりがあった。

深雪

人気牛鍋屋「くま坂」の看板娘。喜蔵の異父妹で、ともに暮らしている。花信とある「契約」を交わした。

綾子

裏長屋に住む美貌の未亡人。男を呪い殺す妖怪・飛縁魔に憑かれている。

「荻の屋」の妖怪たち

弥々子 最古参で皆のまとめ役である硯の精を筆頭に、堂々薬缶、前差櫛姫といった付喪神や、女の生き血を吸う妖怪・桂男など、さまざまな妖怪が出入りしている。

神無川に棲む河童の女棟梁。喜蔵の曾祖父・逸馬とも交流があった。

七夜 九官鳥の経立。裏長屋の大家・又七に飼われている。

花信 荻の屋の裏手にある山に棲む天狗たちの宗主。小春の因縁の相手。

平野 かつて天狗界一の実力を誇った大天狗。

疾風 小春に弟子入りを願い出た若天狗。

初瀬 天狗面をつけた「異端の者」。

多聞 腕にある複数の眼で他者を操る妖怪・百目鬼。できぼし、勘介という人外の者と行動を共にしている。喜蔵を気に入り、事あるごとにちょっかいを出してくる。

鬼姫と流れる星々

一鬼夜行

小松エメル

序

——百年経ったら出直してきな！

花信の耳にその言葉が蘇ったのは、対峙した相手が目の前に迫った時だった。腹に見事な一撃を受けた花信は、地に蹲り、ぐうっと呻き声を上げた。

「また余所事を考えていたな」

錫杖で打ち据えた花信を見下ろしながら、平野は肩を竦めて述べた。前に伸びた鼻、赤い肌に黒い翼、白髪の長い髪に山伏装束——世に流布する天狗の特徴を、平野はそっくり備えている。

（それは我も同じだが……やはり、こ奴は他の者とどこか違う）

圧倒的な存在感を放つ平野を見上げて、花信は溜息を呑みこんだ。見える範囲には花信自身と平野しかいないものの、おそらくそう遠くない場所に平野の弟・野分がいるはずだ。ここ数年、花信が棲処にしているこの山には、元々、平野と野分がたった二妖で暮らしていた。思慮深く物静かな野分は、天狗界一の実力を持つ平野を尊敬し、慕っている。野分は平野の弟子である花信にも一目置いているので、花信が弱音を吐いたところで、それをよそに吹聴することはない。それを分かっていながら、花信は誰にも弱さを見せたくなかった。それは、師である平野に対しても同じだった。

「何を考えていたか当ててやろう」

いらぬと答えたにもかかわらず、平野は「三毛の龍だな」と続けた。

「お前の頭の中には、彼の妖しかおらぬ」

言いきった平野は、無に近い表情のまま、口の端に薄っすら笑みを浮かべた。花信は眉間に皺を寄せ、薄い唇を噛んだ。

「焦るな。お前は着実に強くなっている。龍との約束を果たす頃には、奴の力を上回っているだろう」

「今のままでは無理だ。奴は強い……誰よりも」

押し殺した声で言った花信に、平野は軽く目を見開いた。それを見た花信は、（無理もない）とどこか他妖事のように思った。

三毛の龍は、次期「猫股の長者」の呼び声高い妖怪だ。元はただの猫だったが、長じるにつれ妖力を持ち、経立という妖怪の前身のような存在になった。本物の妖怪になるために猫股の長者の許を訪ねた龍は、課せられた試練に打ち勝ち、猫股へと転じた。大勢の妖怪と戦い、修行を重ねた龍は、そのうち五大妖怪の中にも名が挙がるほどになった。凄まじい勢いでその地位までのし上がった龍に対し、喧嘩を売る妖怪が後を絶たなかったのは、龍に勝てば己が彼の地位に取って代われる――そんな野心を抱いたからだろう。かくいう花信も、その中の一妖だった。

しかし――。

――弱っちょろい子天狗だなあ。そんな様でこの俺様に喧嘩を売ろうなんざ、百年早い。

龍を捜しだし、手合せを申しでた花信は、対峙して百も数えぬうちに完膚なきまで打ちのめされた。巷に流布する龍の噂は、大げさに言っているだけ――そう思っていた花信は、己の敗北が信じられず、激しく動揺した。羞恥と怒りが頂点に達し、逆恨みのように龍を詰ったが、龍はまるで気にした様子もなく、笑って去っていった。百年後に再戦をと述べたのは、単なる軽口だったのだろう。だが、花信は違った。

(百年後――我はこの手で奴を仕留める)

あの時、花信はそう決意した。天狗界一の実力者と呼ばれる平野に弟子入りを乞うたのも、躍起になって修行に励むようになったのも、ひとえに龍に勝つためだ。龍に大敗を喫してからというもの、花信は龍の名を耳にするだけで逆毛を立てて怒った。そのことでからかわれようものなら、手がつけられぬほど暴れた。平野の弟子になってからは、平野に諭されぐっとその衝動を堪えたが、龍への執念は尽きなかった。何としても龍に勝つ――その意気が伝わったからこそ、平野も花信の「我を天下一の天狗にしてくれ」という願いを聞き入れてくれたのだろう。花信は、平野をこの世で一等強い天狗だと思っている。

(だが、もしかすると奴はこの師よりも――)

花信の脳裏にそんな考えが浮かんだ時、平野は低い声音を出した。

「私のみならず、青鬼や猫股の長者、あの不気味で恐ろしい百目鬼よりも上だと思っておるのか。随分とあの子猫を高く見積もっているようだ。……確かに、奴の威勢は凄まじい。まるで、空を翔ける星のようにな」

平野はそう言いながら、空を指差した。花信が「あ」と声を漏らしたのは、平野が指した先に星が流れたせいだった。平野には、こういったところがあった。勝負のみならず、天候や運までも味方する――そんな平野が、花信には眩しくて仕方がなかった。

（まるで、星のようだ）

そう思った花信は、平野に星と例えられた龍に苛立ちを覚えた。

「空に翔ける星は我々天狗のものだ。奴には相応しくない」

「お前は龍を誰よりも評価しつつも、気に食わぬままなのだな」

くすりと笑いを漏らした平野は、ようやく空に顔を向けた。そこに浮かぶ表情は、夜の陰りを映したかのように仄暗い。

「我々のものだというのに、日中は雲隠れ。夜であっても、雨雲が広がる中では捜しようもない。今宵のように晴れた夜には姿こそ見えるが、手を伸ばしても届かぬ……まことに我々のものと言えるのだろうか」

「……お前が申すと、嫌みにしか聞こえぬ。星はお前の手中にあるではないか」

天下一の称号を持つ師を睨みながら、花信は不機嫌な声を出した。

天狗は三十三年に一度、天下一の天狗を決める儀を執り行う。花信が師事する平野は、前大会の勝者だ。初出場で優勝した平野は、他の天狗たちから羨望(せんぼう)と嫉妬(しっと)の眼差(まなざ)しを一身に受けた。これまでの優勝者は、自分に好意のある者たちを配下にし、敵意を抱(いだ)く者たちを力でねじ伏せ、己の力を妖怪の世に知らしめようとした。成功する者もいれば、失敗する者もいたが、力を得た者は揃(そろ)ってそれを誇示しようと躍起になったものだ。

――煩(わずら)わしいものよ。私はただ己の力を試したかっただけだというのに……。

天下一の天狗になったことで、状況が一変した平野は、皆が喉(のど)から手が出るほど欲している栄誉を疎ましがった。それを快く思わず、平野に襲いかかる者もいたが、全員返り討ちにされた。どうやっても敵わぬと分かった周囲は、平野から距離を置いた。

「星を得たはずの私は、力を培うために切磋琢磨(せっさたくま)する相手を失った。手中に残ったのは、まやかしの栄光のみだ」

恋うように空を見上げる平野に、花信は居住まいを正し、口を開いた。

「我がいる」

平野はゆっくりと視線を下ろした。

「切磋琢磨する相手なら、我が……今は力不足だが、いずれ師と同等に――否、それ以上の大天狗となってみせよう」

「そして、いずれ私の手中にあるまやかしの栄光をも奪う気か」

「無論」と答えた花信に、平野は珍しく声を立てて笑った。

「その意気やよしと言いたいところだが――」

言いかけた平野は、一瞬で姿を消した。気づいた花信が動こうとした時には、平野は花信の眼前に立ち、頭目がけて錫杖を振り下ろしてきた。

「三毛の龍の下に思われるのは、いささか癪に障る」

瞼の裏で無数の星が瞬いた瞬間、花信の意識は途絶えた。

*

（……あの時の景色と似ている）

若かりし頃の記憶が蘇った花信は、眉間に深い皺を寄せた。黒と藍が混ざった空に、星々が光り輝いている。苦い思い出の中と違うのは、そこに数十もの天狗が浮遊している点だった。彼らは皆、花信の配下だ。先ほどまで彼らを率いて翔けていた花信がこの山に降り立ったのは、ここがその昔、師と修行に明け暮れていた地であったからである。

「……天狗さん？　一体どうしたんです？」

控えめながらも凛とした声音が響き、花信は視線を下に向けた。花信の横に立ってまっすぐ見つめてくる相手は、荻野深雪――浅草の古道具屋「荻の屋」に住まう、外見も中身も紛うかたなき人間の娘だ。深雪の兄が営む荻の屋には、古道具に宿った付喪神や、時折あちらの世からやって来る小鬼の小春をはじめ、妖が集まっているが、深雪には一滴も妖怪の血は流れていない。妖力や怪力、心を操る術も持たぬ深雪は、己を「どこにでもいる平凡な人間の娘」と思っているらしい。

(……こ奴のどこが平凡な人間だ)

深雪は出会った当初から、花信に怯えた様子一つ見せなかった。花信が妖怪らしく人道に悖るような行いをした時には、危害を加えられることも恐れず、堂々と叱咤してきた。荻の屋にいる妖怪たちにも優しく接し、彼らが非道な振る舞いをしようものなら、花信の時と同じく厳しく諭す――そんな人間の娘を、花信は深雪以外に知らなかった。

「ここに何かあるんですか?……もしもそうでないのなら、ごめんなさい。どうか早く小春ちゃんとお兄ちゃんの許に連れていってください。頼んでいる身なのに図々しいのは分かってます……でも、あたし心配で――」

――どうか力を貸してください。あたしをお兄ちゃんの許に連れていってください。そして、どうか――小春ちゃんを助けるために力を貸してください。

数刻前、深雪は花信にそう懇願した。小春が昔からの因縁により猫股の長者と対峙することになったのを、花信は風の噂で聞いていた。数十年前まで龍と名乗っていた小春は、今でも花信の憎い敵だ。猫股の力を捨て、鬼になった小春は、どうやら今ある力を失くすことも厭わず、猫股の長者と真正面からぶつかり合うつもりらしい。

(愚かな小鬼だ……あれほど愚かな妖怪は他におらぬ)

花信が執着する力をあっさり捨て去ろうとする小春は、花信よりもはるかに恵まれた才と力の持ち主だ。

（我や他の者たちがどれほど求めても、奴にはなれぬ……）

心中で舌打ちをした時、深雪がびくりと身を震わせた。気づかぬうちに、花信の身から強大な妖力が漏れていたようだ。妖力が感知できぬ深雪にも伝わるほどの花信の怒りは、上空の天狗たちをもざわめかせた。こちらの様子を窺うように空をうろつきだした彼らを認めた花信は、ふっと息を吐き、深雪に視線を戻して言った。

「我と共に妖怪の世に来い」

息を呑んだ深雪は、掠れた声音でこう問うた。

「……それが天狗さんの言う『対価』ですか？」

無言で顎を引いた花信に、深雪は顔色を青くし、唇を噛みしめた。

――我の決める対価を呑むならば、お前の望む通りにしてやろう。

数刻前に花信が述べた交換条件を、深雪は忘れていなかったようだ。にわかに突きつけられた提案を頭ごなしに否定はせず、熟考するように黙した。

「妖怪の世に行ったら、あたしも人ではなくなるのかしら……」

「しばらくあちらにいれば、自ずとそうなる」

呟きに答えた瞬間、目を輝かせた深雪だが、花信が続けた「妖怪になるわけではない。ただ人でなくなるだけだ」という言葉に、さっと落胆の色を浮かべた。

「無念、という顔をしている。それほど妖怪になりたかったのか」

花信が鼻を鳴らして言うと、深雪はふるりと首を横に振った。

「ならば、なぜ泣く」

冷え冷えとした声で問うた花信に、涙を目に溜めた深雪は押し殺した声で答えた。

「……妖怪になりたいわけじゃないんです。特別な力が欲しいわけでもなくて――いえ、本当は欲しいんです。だって、今のあたしじゃあ、どんなに頑張っても力になれない……守られるばかりで、その反対はいくら望んでも無理なの。それが、悔しくて――」

深雪は手のひらで顔を覆い、嗚咽交じりに語った。小刻みに揺れる華奢な肩を、花信は見つめつづけた。

花信が口を開いたのは、深雪の泣き声が止んで間もなくだった。

「我と契約しろ――さすれば、お前の願いが叶う」

ややあって、深雪はゆっくり顔を上げた。涙で濡れた目が、驚愕の色に染まっている。

「対価の話をしていたのに、どうして……あたしの願いなんて、天狗さんにはかかわりのないことでしょう?」

確かめるように訊ねた深雪に、花信ははっきりと告げた。

「お前の願いを叶える――それが今の我の願いだ」

どうして――声にならなかったが、深雪の唇はその言葉通りに動いていた。

「お前は我に似ている。どうやっても手の届かぬものを求め、身も心も尽くす――そうしたところで得られるものは、虚しさだけだというのにな。……あまりにも無様だ」

花信は嘲笑（ちょうしょう）交じりに吐き捨てた。深雪への嘲（あざけ）りは、花信自身へのものでもあった。怒りの籠（こも）った眼差しを向けてきた深雪だが、急に「あ」と声を漏らすと、花のように愛らしく笑んだ。

「……なぜ笑う」

「ごめんなさい。天狗さんを笑ったんじゃないの。あんまり綺麗だから、驚いちゃったんです」

ほら――そう答えて、深雪は花信の頭上を指差した。振り返った花信は、深雪が示した方を見遣って息を呑んだ。そこには、星が流れていた。一つではなく、無数に――。

（平野……）

師の名を心中で唱えた花信は、拳（こぶし）を握りしめた。胸が締めつけられた気がしたが、ただの感傷だと切り捨てた。花信に多大な影響を与えた偉大な師は、もうどこにもいない。

「――我がこの手で殺したのだ」

花信の低い呻きに、何も応えはなかった。

深雪と花信は、そこでしばし星空を眺（なが）めた。

「心を決めたか」

弱々しげな色を浮かべていた深雪の目に元の輝きが宿ったことを認め、花信は言った。

力強く頷（うなず）いた深雪は、花信の前に立つと、すうっと息を吸いこんだ。

「ええ、決めました。天狗さん、あたし――」

一、風の噂

浅草にある「荻の屋」は、江戸の頃から数十年続く古道具屋だ。三代目に納まるはずだった男が出奔したため、その息子が二代目亡き後、店を継いだ。明治の世になり、巷では異国かぶれの派手な装飾が流行っていたが、荻の屋は昔ながらの真面目で質素な商いを貫いている。

「喜蔵さんもたまには横浜や銀座にでも繰りだしたらどうだい？　あの辺には、珍しい物がたくさんあるよ」

そう言ったのは、裏店の大家である、又七という老爺だった。肌艶がよく、髪も黒々としているので、七十近いという齢よりもずっと若々しく見える。

「興味がないので」

荻の屋三代目店主――荻野喜蔵は、平素通り素っ気なく答えた。

「あんた、本当に何にも興味がないんだね……ところでさっきから何をしてるんだい？」

又七は頬を掻きながら、呆れたように問うた。往来に背を向けた喜蔵は、「荻の屋」と書かれた看板の横に貼られている白紙に手を伸ばしていた。店の前を通りかかった又七は、喜蔵の必死な様子を怪訝に思い、声を掛けたのだ。

「その紙を剝がそうとしてるのかい？」

紙を引っ張りながら頷く喜蔵に、又七は小首を傾げた。

「そんなに引っ張っても剝がれないなんて、随分強力な糊でついているんだね」

「……あの馬鹿のせいです」

「あんたが剝がせないなら、私がやったって駄目だろうね。そうだ、こんな時こそあの子の力を――……あ！　そ、そういえば、用事があるんだった！　喜蔵さん、忙しいところ悪かったね。それじゃあ、また」

言いかけた又七は、途中でハッと何かに気づいた顔をすると、そそくさと去った。ただでさえ機嫌の悪い喜蔵は、ますます顔を顰め、手を止めた。

（……どうやっても無理か）

今日も紙を剝がせなかった喜蔵は、盛大な溜息を吐いた。喜蔵の望むところではないものの、荻の屋では古道具の売買以外にある商売をしていた。看板横の紙にその商売の内容が記されているのだが、それを知っているのは、ごくわずかな者だけだった。何しろ、喜蔵をはじめ、ほとんどの人間には、それがただの白紙にしか見えぬからだ。

妖怪相談処――その紙にはそう書いてあるという。

「……何が妖怪相談処だ。ふざけおって」

忌々しげに吐き捨てた喜蔵は、ガラリと表戸を開け、店の中に入った。

「よし、それじゃあいっちょ成敗してやろう！」

その途端、威勢のいい声音が響いた。声の主は、出入り口の横に置かれた木箱の上で胡坐をかいている小童――小春だ。金と黒と赤茶が交ざったまだら模様の髪に、鳶色の明るい瞳、つんつるてんの派手な着物。見目からして妙ちきりんだが、まことに妙なのは愛らしい顔立ちと相反する、彼の本性だった。

「や、やはり止める。間違って殺されてしまってはかなわん」

小春の前に立っている、三十路くらいの男が慌てて言ったが、

「任せとけって。ちょっとそいつの首が痛むだけだから……ほら、行くぞ！」

小春は明るく言うなり、勢いよく男に飛びかかった。

「わああ！」

男の悲鳴が轟き、喜蔵は目を剝いた。小春が鋭い牙を剝きだしにして、男の首に嚙みついたのだ。男ががくりと傾いて床に倒れた後、喜蔵は「何をしている」と呻いた。

「ちょっくら成敗してた」

無邪気な笑みで明るく答えた小春――彼の本性は、泣く子も黙る妖怪だ。猫としてこの世に生を受けた小春は、長じるにつれて特別な力を持ち、化け猫になった。化け猫の次は、猫股、その次は鬼と変化していき、今では元・猫股鬼と呼ばれている。

――元じゃねえよ。俺は今だって物凄く強い猫股鬼だっ！

元、と冠を付けられるたびに小春は怒ったが、妖力のほとんどを失っている今は、そうとしか言えぬ有様だった。

五大妖怪にも数えられるほど強い妖怪だった小春が力を失ったのは、昨秋のこと。小春の弟である猫股の長者との大勝負で、小春は己のすべてを懸けて戦った。力を失う覚悟はしていたものの、いざそうなってからしばらくは、いつも明るい小春も大分参っていた。それを哀れに思い、気を遣っていたのが、小春の飼い主――もとい、拾い主の喜蔵だった。

「なぜ人間を成敗する……よりにもよって俺の店の中で」

喜蔵は額に手を当てて、低い声音を出した。喜蔵は二十一になったばかりだが、彼がただの青年でないことは、一目見れば誰でも分かるだろう。影の入った青い細面に、深く刻まれた眉間の皺。血を舐めたがごとく赤い、固く嚙みしめられた唇――それだけでもぞっとする見目と言えたが、一等恐ろしさを醸しだしているのは目だった。小春を睨み据えたその双眸は、夜の闇より昏く、獲物を仕留める時の鷹のような獰猛さを湛えている。

「……ひい！　お、鬼が出た！」

悲鳴交じりの声を上げたのは、小春に嚙まれて倒れていた男だった。跳ね起きた拍子に、首からぽろりと何かが床に落ちた。

「……成敗されたのではなかったのか？」

慌てて店の外に駆けでた男を見送りつつ、喜蔵は眉を顰めて呟いた。男の落とし物を拾った小春は、「な、大丈夫だったろ？」と得意そうに言った。小春の手許に視線を向けた喜蔵は、ますます眉を顰めた。蛞蝓を虹色に染めたような生き物が、小春の手のひらの上で、「ああ、恐ろしかった」と嘆息したのだ。

「そいつは虹蝓だ。人間にとり憑き、その身から水分という水分を吸収するのが性だが、へまをやらかしたんだと。そいつよりも、そいつが憑いたさっきの人間の生命力の方が強かったせいで、逆に吸収されてしまうところだったのさ」

　どこからともなく聞こえてきた声は、一反木綿のものだった。おそらく、店内をふよふよと飛び回っているのだろうが、まだ日が明るい今は姿を現す気配はない。「馬鹿だ」「間抜けだよ」「鬼が出たくらいであんなに怯えてさ」と口々に悪口を唱えたのは、一反木綿と同じく、昼間は姿を見せぬ妖怪たちだ。喜蔵が知っているだけで、荻の屋の中に十妖はいる。彼らはいつの間にか店に棲みつき、自由に出入りしていた。

「馬鹿で悪かったな……あの男、人間のくせに凄まじい執着心の持ち主だった。生きたい、金が欲しい、女を抱きたい、美味いものが食いたいと、恐ろしいほどに欲塗れだ」

「虹蝓、あんたは本物の馬鹿だね。人間だからこそ、執着心や欲が強いのさ。アタシら妖怪は力があるから、そんなことを考えてる間に、実行に移してるだろ？　実現できる力がないからこそ、人間は妄執ばかり抱くのさ」

　震えながら言った虹蝓を鼻で笑ったのは、こちらも今は姿が見えない女怪・撞木だ。艶やかな声と肢体は、さぞや美しい女人だろうと想像させるが、顔は名の通り撞木鮫にそっくりだった。彼女を海にいる方が似合いだと嘲笑する者は、翌日には海の藻屑と化す――

という噂があるらしいが、喜蔵はまことのことだろうと思っている。

「……もう人間に憑くのはこりごりだ。しばらくは、川の水でも啜(すす)って生きよう」

嘆息交じりに述べた虹蝓は、にょきっと出した存外太い手足で、ごそごそと体内を探った。腹のあたりから取りだしたのは、小さな木札だった。

「今度妖怪の世に行ったら、金座(きんざ)でこれと金を交換してくれ」

「おお、結構弾(はず)んでくれたんだな。まいど～」

小春が機嫌よく木札を受け取ったのを認めて、虹蝓は手足をしまいこみ、床に降りた。木札をちらりと覗きこんだ喜蔵は、口をへの字にした。金額が書いてあるようだが、喜蔵には外に貼ってある紙のように、何も書かれていないように見えた。その代わり、虹蝓の身からぬめっとした液体が出たのを見てしまい、ぴくりと額に青筋を立てた。

「看板に偽(いつわ)りなしと皆に伝えておこう」

「おう、頼んだ。また憑くのに失敗したら来いよ！　二回目は安くしてやらあ」

こりごりだと言った虹蝓に明るく勧誘の声を掛けた小春は、床を這(は)うようにして去っていく依頼妖を見送り、また木箱の上に座した。虹蝓が歩いた跡を雑巾(ぞうきん)で拭(ふ)いて回った後、小春の前に仁王立ちした喜蔵は、ドスのきいた声で言った。

「看板横の紙を剝がせ」

ひえっと上がった悲鳴は、一つ二つではない。小太鼓(こだいこ)の付喪神である小太鼓太郎(たろう)など、恐怖のあまりうっかり本性を現し、慌てて手足を引っこめていた。

あの紙を貼ったのは、妖怪相談処を勝手にはじめた小春だった。これまで、喜蔵が再三「剝がせ」と言っても、小春は聞く耳を持たなかった。あの紙は妖力が込められているため、人間の喜蔵にはどうしても剝がせぬらしい。店の前に立つたび、喜蔵はあの紙をどうにかしようと躍起になったが、貼られてからふた月経った今も、一向に剝がれる気配はなかった。

「偽りなしと太鼓判を押されたそばから、そんな真似をしちゃあ大妖怪の名が廃る」

「そもそもお前の名からして偽りだろう。力などほとんど失くした小鬼のなりそこないのくせに、よくもそう大きな口ばかり叩けるものだな」

「な、なりそこないだと!? 小鬼でもひどい言われようだと言うのに……俺は力を失くして傷心中なんだぞ!? もっと労われ! この鬼! 閻魔! 悪人面の人でなし!」

ぎゃあぎゃあと騒ぐ小春と、それを冷ややかな目線で見下ろす喜蔵――こうして二人の喧嘩が繰り広げられるのは、荻の屋ではすっかり見慣れた光景になっていた。

「毎日よく飽きもせず喧嘩するな……ふた月くらい前は、双方とも大人しかったが」

「互いに遠慮がなくなったのだ。よきことよきことさ」

釜の怪らしき呆れ声に答えたのは、「売物ニ非ズ」と書かれた札の上に置かれた硯だった。一見ただの硯だが、彼は「硯の精」と呼ばれる妖怪だ。妖らしからぬ情や思考を持つ硯の精は、荻の屋にいる妖怪たちの中でもっとも年長で、この店に来たのももっとも古い。

「どこがよきことなんだ。はた迷惑なだけじゃないか。煩くてたまらないよ」

　ふんと鼻を鳴らしたのは、しゃもじもじだろう。釜の怪を「兄者」と慕うしゃもじもじは、しゃもじの付喪神だ。付喪神は、物に命が宿り、妖怪と化した存在を指す。古道具屋だけあって、荻の屋には付喪神憑きの道具がたくさんあった。

「そうかなあ。とっても楽しそうで、見ているこっちも楽しいよ」

　荻の屋に来てひと月ちょっとの新参者・招き猫の小梅は、無邪気に言った。作業台の上に置かれている姿は愛らしいものの、よく見ると不気味な目をしている。物に魂が宿った付喪神の一種といってもよいのかもしれぬが、纏っているのは、妖怪とも神とも言えぬ微妙な気だった。前年の明治六年十一月三十日——鷲神社の三の酉の翌日に荻の屋にやって来た小梅は、以来この店で禍福を招いている。招くのが福ばかりでないのは、自ら望んでのことではない。

　小梅は招き猫として生まれる前、ただの猫としてこの世に生を受けた。たった数年で閉じた猫生の後、小梅は猫だった時の飼い主の手によって、招き猫として生まれ変わった。飼い主と小梅の想いが共鳴した結果なのか、特別な力を得て——。それから、小梅は大勢の客を招き、飼い主の老婆は大金を得たが、平穏な時は長くは続かなかった。老婆の優しさにつけこんだ人々が、老婆を利用し、裏切ったのだ。その後、老婆は失意の中で死んだ。怒りに震えた小梅は、老婆を裏切った者たちに報復を果たしたが、その代償として、邪悪な力に身を冒されてしまった。

　己の禍福の力にかかわった者は、いつか不幸になる——それを厭うた小梅は長らく自らを封じて過ごしてきたが、小春と喜蔵の助けを得て、今はこうして荻の屋で暮らしている。来た当初はおどおどしていたものの、すっかり荻の屋の住民として馴染んだ小梅に、硯の精はふふふと笑って答えた。

「お主もそう思うか」

「うん！　喜兄と小春兄は互いに想いあっているもの。二人にとっては、あれが情の表し方なんだろうね」

小梅がにこにこしながら言った途端、小春と喜蔵は、「想いあってねえ！」「想いあってなどいない」と揃って反論した。

「こんな役立たずに情など持てるものか。ただ飯食らいの居候妖怪なのだから、せめてこの家のために少しは働け」

「だから働いてるだろ！　妖怪相談処の看板に偽りなしと、虹蛐も言ってたじゃねえか」

「その看板を下ろせというのだ。ここは古道具屋だ。妖怪相談などお呼びでない」

「お呼びでないのは古道具屋の方だろ。客なんて滅多に来ないじゃねえか！」

「……朝から何人も来たのをお前も見ただろう」

「そりゃあ、もちろん。でも、ありゃあ小梅のおかげだ。なあ？」

小春に問われた小梅は、えへへと照れたように笑った。そんな小梅を横目で睨みながら、喜蔵は腕組みをして言った。

「何度も申しているが、招くなら客だけにしろ。悩みを抱えている奴など放っておけ」

　小梅が来てからというもの、荻の屋を訪れる客は増えた。だが、その半数は悩みを抱えている者だった。そういう者が店の前を通りかかると、小梅は手招きして店の中に導いた。彼らの悩みを解決するのは、小春と喜蔵である。小春は困っている相手が誰であろうと、報酬さえもらえれば何でもいいと思っているが、他人とかかわるのが不得手で、小春の勝手な商売を許した覚えのない喜蔵は、「なぜ俺が他人や他妖の悩みなど聞かねばならぬのだ」と日々憤慨していた。

「お前が守銭奴のせいだろ。働け、金を寄こせ、と毎日俺をいびるから、仕方なく俺はこうして商売をはじめて、小梅はそれを手伝ってくれてるわけだ。頑張ってる俺たちが褒められこそすれ、批判される筋合いはない！」

「よそでやれ。俺の店の中でやるな」

「馬鹿だな、喜蔵。路上で商売してたら他人の迷惑になるだろ」

「まず俺の迷惑を考えろ」

　どうやってもやみそうにない喧嘩に、荻の屋の妖怪たちは「しようがない奴らだ」と呆れ笑いをしながら見守るのが常だった。

「──客以外は招くな。約束を守らねば、叩きだすぞ」

　四半刻（約三十分）後、喧嘩に勝った喜蔵が、小春の首根っこを掴みながら凄むと、小梅は昼間だということも忘れて飛び上がり、幾度も頷いた。

数日後の昼下がり――。

「――なあ、昨日の話は聞いたかい？」

「ああ、徳さんの……すごいよなあ。俺はたまたま見てたんだが、腰が抜けるほど驚いちまったよ」

「そこまで驚くことか？　あたしゃもう慣れたけどね」

「そういうあんたも、最初見た時は、仰天のあまり転んだじゃないか」

「最初だけだよ！　今ではすっかり慣れたさ。有難いなと思う気持ちは、皆と同じで増すばかりだけどね」

「ハハハ、違いねえ！」

往来でひそひそと談笑する人々を眺めていたのは、薄く開いた表戸の隙間から外の様子を窺っていたしゃもじもじだった。少し前から本性を露わにしていた彼は、ふうんと得心したように頷くと、作業台の方にひょこひょこと歩いていった。

「お前も大分肝が据わってきたな。店だけでなく、町中を騒がせるとはあっぱれなり」

声を掛けた相手は、小梅だった。

「な、何のこと？」

喜蔵に叱られてからも悩める人妖を店に招いていた小梅は、内心びくりとしつつ言った。

「隠し立てするな。店主は今、厠だ。俺はまるで気づかなかったが、夜ごと外に出て、手招きしながら歩いているのだろう？」

「おらが？　そんなことしてないよ」

ぱちぱちと目を瞬（しばた）いて否定した小梅に、しゃもじもじは「へ」と間の抜けた声を上げた。

「しかし、朝昼はここにいるじゃないか。晩も、店主たちが起きている時分には外に出ている様子もない」

「おら、ずっと店の中にいるよ。外に出ることなんて……時たま裏の蔵には行くけど」

「蔵で手招きしてるのか」

「そんなことしてないよ。ただ遊びに行ってるだけだよ」

「それじゃあ、いつ町中の皆を誑（たぶら）かすほど手招きしてるんだ？」

「だから、そんなことしてないってば」

しゃもじもじと小梅のかみ合わぬ話に、「……何の話だ？」と声を掛けたのは、例の木箱の上で足を抱えてうつらうつらしていた小春だった。妖怪相談処を開いてからというもの、ここが小春の定位置になっているが、誰も訪ねてこない時はうたた寝ばかりしている。

改めてしゃもじもじから話を聞いた小春は、欠伸（あくび）をしながら言った。

「ふああ～……小梅の手招きは強力だが、恨みを込めてやってるわけでもないし、せいぜい店の前を通りかかった奴らくらいにしか効き目がないだろ。大体、招き猫が夜ごと町を練り歩いていたら、目立ってしょうがない。妖怪のみならず、人間どもの間でもその日のうちに噂になっちまうさ。そんな怪談話、俺は聞いたことないぜ」

「わしもない」「おらも」と答えたのは、硯の精と小梅だけだった。他の妖怪たちは珍しく黙している。

「しゃもじもじよ、町でそんな噂が立っているのか？」

「今、店の外でそれらしき話をしている人間たちをはじめて見たが、怪談めいた話ではなかったぞ。有難いと言っていたので、相手に感謝しているようだったが……」

硯の精の問いに答えたしゃもじもじは、うーんと唸って続けた。

「ここひと月ほど、どうも町が騒がしいようだ。俺は滅多に外に出ぬから分からないが、昨夜俺を訪ねてきた近所の妖怪仲間がこう言ってたんだ」

――しゃもじもじ、外は大変な騒ぎになっているぞ。もうひと月は続いているが、俺が見たのは今日が二度目だ。すごいことをするなあ。ほら、あんたのところの――ううん、何でもない。何でもないことにしておこう……くく。

しゃもじもじの妖怪仲間は、意味深に笑ったという。

「あんたのところの？……ああ、だから小梅だと思ったのか。でも、小梅以外にも、うちには大勢妖怪がいるじゃねえか。何で小梅だと思ったんだ？」

「俺にその話を教えてきた奴からも往来でひそひそと話していた人間たちからも、不思議な気を感じた。妖気とも神気とも言い表しがたいものだったな」

困ったように目を細めて言ったしゃもじもじに、小春はふうんと息を漏らした。

「だから、小梅が出てきたわけか。で、まことにお前じゃないんだな？」

「おら、そんなことしないよ。おらの仕事は、ここにお客を呼び寄せることだもの」

「まあ、お前は町を騒がせて喜ぶような奴じゃないもんな」

むきになって言った小梅に頷いた小春は、ちょうど厠から戻った喜蔵に今聞いた話をしてやった。しゃもじもじは青くなり、つられて小梅も「おらじゃないよ」と焦りだしたが、喜蔵は眉を顰めただけで彼らを責めはしなかった。その代わり、小春を睨んでこう言った。

「どうせお前が何かやらかしたのだろう」

「濡れ衣だ！」

叫びながら木箱から降りた小春は、左手を腰に当て、右人差し指をビシッと喜蔵に突きつけた。

「心の友を疑うなど、お前はまことに血も涙もない人間だ。いや、人間じゃない……鬼だ閻魔だ！　傷ついた俺を哀れに思うなら、夕餉（ゆうげ）は魚か肉にしろ。両方でもいいぞ！」

「夕餉は芋（いも）の煮っ転がしだ。俺に心の友などいない。鬼はお前だろう」

できそこないだが、と鼻で笑った喜蔵に、小春は「このっ」と怒りの声を漏らしたが、

「……仲がいいのは結構だが、今はそれどころではないのではないのか？　町がざわついているという原因が何なのか、それを知るのが先決だろう」

呆れたように言ったのは、硯の精だった。

「俺にはかかわりのないことだ」

「俺にも別段かかわりないな」

喜蔵があっさり切り捨てると、頭の後ろで手を組んだ小春もそう答え、口笛を吹いた。

「知己に何かあった時も、お主たちはそのようなことを言っていられるか？」

　手足を生やし、むくりと起き上がった硯の精は、糸のように細い目で喜蔵と小春を交互に見遣って問うた。むっと顔を顰めた喜蔵は、店の中を見回して言った。

「……お前たちの誰かが何かしでかしているわけではないのだな？」

「あ、当たり前だ」「わわわわざわざ聞くな！」と焦りの混じった喚き声が響き、喜蔵は眉間に皺を寄せて耳を塞いだ。

「よしっ！　いっちょ解決してくるか！」

　ぱしんっと手を叩いて言った小春は、くるりと踵を返して表戸に手を掛けた。

「無力なお前がどうやって解決するつもりだ」

「無力じゃねえ！　ちょっとばかり力を失ってるだけだ！……神無川に行ってくる」

「解決するのはお前ではなく、弥々子というわけか」

　鼻を鳴らした喜蔵は、神無川に住まう女河童を思い浮かべた。弥々子は、神無川にいる河童たちを統べる、河童の棟梁だ。心身ともに強く逞しい彼女は、河童のみならず、水陸問わず多くの妖怪たちから一目置かれているという。昔、ひょんなことから知り合った小春も、それ以来何かと弥々子を頼っていた。妖怪を信用していない喜蔵も、弥々子は他の妖怪とは違うと思っているが、それを誰かに語るつもりはなかった。

「お前は弥々子に力を借りてばかりいるが、返す当てはあるのか」

「あるに決まってるだろ。それに、今回は話を聞くだけだ。大体、あいつは水関係じゃなければ、頼んでも力を貸しちゃくれないケチなんだ」

　ブツブツ言った小春を鼻で笑った喜蔵は、羽織をひっかけながら「俺も行く」と呟いた。

「めっずらし。槍でも降ってきそうだ。いい天気だけど、傘持ってくか？　あ、河童に会いに行くんだから、合羽がいいか」

「ケチ臭いと言っていたと、弥々子に教えてやらねばならぬ」

「おい、止めろ！　あいつは怒ると怖えんだから」

　慌てた小春が、歩きだした喜蔵を追って店の外に出た。


　表戸が閉まって間もなく――荻の屋の中でいくつもの影が蠢き、ざわざわと話し声が響きはじめた。

「……弥々子河童は、真実を教えるのかねえ」

「あの女棟梁は、小春に恨みがあるんだろう？　教えるわけがない」

　物陰から姿を現した撞木の問いに、天井近くを旋回していた一反木綿が嘲笑って答えた。

「恨みがあるという割に、親しくしているようだがのう。あの小鬼は、何かあると神無川に行くじゃないか」

　不思議そうに言った茶杓の怪は、今の今まできちんと棚に収まっていたとは思えぬほど、だらけた様子で寝そべっている。他の妖怪たちも、茶杓の怪と似たり寄ったりで、外から見えぬ状況になった途端、気の抜けただらしのない格好になった。

「ああ見えて、小春も妖怪よ。前々店主の名をちらつかせて無理やり頼んでるんでしょ」

腰に手を当て、小さい顎を吊り上げて言ったのは、前差櫛姫だ。喜蔵の親指大ほどの身の丈しかないこの妖は、非常に愛らしい見目をしている。しかし、撞木と張るほどに気が強く、なぜか人間の喜蔵に想いを寄せていた。「喜蔵はいつあたしと祝言を挙げる気なの？」というのが最近の口癖で、喜蔵は辟易しつつも、だんまりを決めこんでいた。

「前々店主というと、荻野逸馬か」

茶杓の怪の言に、硯の精が深く頷く。硯の精は、この中で唯一逸馬と顔を合わせたことがある。喜蔵の曾祖父に当たる逸馬は、武家に生まれたものの、故あって家を捨てた。その後、生きていくためにはじめたのが古道具屋だった。はじめのうちは上手くいかなかったものの、後に妻となった女性の助けもあって、家の名を冠した荻の屋は、今もこの地で店を構えている。逸馬とは、小春も弥々子も浅からぬかかわりがあった。

「逸馬と喜蔵は瓜二つと聞いたが、よくもあの怖い顔で商売をやる気になったものだ」

「確かに似ているが、逸馬には愛嬌があった。いつも笑みを絶やさず、親切だった」

「何だ、閻魔商人とは正反対ではないか」

釜の怪が蓋をぱかっと開けながら言うと、妖怪たちは皆、「その通り」と頷いた。

「喜蔵にも優しいところがあるではないか」

この硯の精の言葉には、同意する者は一妖もいなかった。喜蔵を好いている前差櫛姫でさえ、「それはないわ」と真面目な顔をして言った。

「喜蔵が優しいと言うなら、世の中の大半は優しさのかたまりということになるわよ」

「優しい閻魔など閻魔ではない！」

「そもそもあれは閻魔じゃなく、鬼だろ」

まだ昼過ぎということもあって、妖怪たちは小声で騒いだ。店主の悪口を楽しそうに言い合う妖怪たちに硯の精が息を吐いた時、「皆、喜兄が大好きなんだね」としみじみ言ったのは小梅だった。

「喜兄のことを話している時、皆とても楽しそうだもの」

不気味な目を細めて可愛（かわい）い笑みをこぼした小梅は、小首を傾げて「でも」と続けた。

「さっき言ってた、真実って何なんだろう？」

「お主も知らぬのか。実はわしも何のことだか……しゃもじもじも知らぬようだが」

小さな目と目の間に皺を刻みながら、硯の精は腕組みをしてのけ反った。小梅と硯の精、それにしゃもじもじ――共通点はないように思えたが、

「弟は口が軽いからな。教えた途端に、うっかり漏らしてしまうだろう。お前たちは閻魔側につきそうなのでな……」

ぼそりと釜の怪が呟いた言葉に、硯の精と小梅は目を瞬いた。

「ひどいぞ、兄者！　俺は口が重いのに！」

わあわあと喚きだしたしゃもじもじを無視して、硯の精は店の中を見回して言った。

「皆、何を隠してる？」

硯の精の問いに、妖怪たちは一瞬黙りこんだものの、すぐにはじけるように笑った。

「隠し事など何もない！」

明るく言った一反木綿に、硯の精は「嘘(うそ)を申すな」と怒ったが、それでも皆は「お前たちの勘違いさ」「妖怪は嘘吐かない」と平気で嘘を重ねてきた。

「一体何が起きているのだ」

「本当に……何なんだろうね？」

硯の精と小梅は顔を見合わせ、同時に首を傾げた。


「たのも～」

神無川に着いてすぐ、小春は気の抜けた掛け声を上げた。しかしいくら経っても、答えはない。小春の背後で腕組みをして立っていた喜蔵は、馬鹿にしたように鼻を鳴らした。喜蔵を一睨みした後、小春は手に持っていた胡瓜(きゅうり)を川に投げこみながら、再び声を発した。

「一生に一度のお願いだ！　出てきてくれよ弥々子～」

水面にぶくぶくと泡が立ったのを見て、「おお！」と喜びの声を上げた小春は、喜蔵を振り返り、どうだとばかりに胸を張った。

「偉そうにしているが、胡瓜の金を出したのは誰だと思っているのだ」

「出世払いと思っておけ。いつか長者になったら倍にして返してやる」

「一生来ぬいつかだな」

喜蔵の嘆息交じりの言が響いた直後、泡が出ていた場所から、緑色の頭が浮かび上がった。おかっぱの髪に、頭の上の皿、猫に似た顔、喜蔵と張るほどに険しい目付き――神無川を統べる女河童の弥々子が、小春と喜蔵の前に姿を現した。じろりと睨んでくる弥々子に、小春は「おう、達者だったか」と呑気な声を掛けた。

「ついさっきまでは達者だったたが、今はその反対だね」

「風邪でも引いたんか」

「そんなもん引くのは人間だけだろ。軟弱な猫股鬼は、そうでないのかもしれないが。それに、あんたの一生は一体いくつあるんだい？　あたしが記憶してるだけでも、十数回はさっきの台詞を耳にしたよ」

「すごく強い猫股鬼？　いや～それほどでもある。俺の妖生は一度きりだが、知らん間に何度も過ごしてきたのかもしれんな。そこでもお前と会ってたというわけだ。俺たちの縁は濃ゆいんだな！」

めげない小春に首を横に振った弥々子は、喜蔵に視線を向けて言った。

「用件があるなら、兄さんが話してくれ。あんたとあたしだけの方が、事はすぐ終わる」

それで何だい、と早速訊ねてきた弥々子に、喜蔵はかくかくしかじかと、荻の屋で耳にした一件を語った。話を聞いている間中、胡瓜を貪り食っていた弥々子は、段々と呆れた顔に変化した。

「そんなことかい。あたしはてっきり……いや、何でもない。町中がざわついている理由など一つしかないよ」

「知っているのか」

驚きの声を上げた小春と喜蔵に、弥々子は顎を持ち上げて、「春風（はるかぜ）さ」と嘲笑った。

「春風？　何だそれ？　まだ春には遠いし、風が吹いただけで町中がざわつくか？」

「馬鹿だね、本物の風じゃないよ」

首を傾げて言った小春に、弥々子は濡れた髪をかきあげながら答えた。

「じゃあ、春風という名の妖怪か？」

「妖怪……ではないね」

「神さん？」

「妖怪よりは神に近いんじゃないか？　でも、神でもないね」

「じゃあ、何だよ。どいつもこいつもまどろっこしい言い方しやがって」

頬を膨（ふく）らませて言った小春に、弥々子はニヤリとした。

「箝口令（かんこうれい）が敷かれてるのさ」

「箝口令？　一体誰がそんなもん敷いたんだよ」

「そりゃあ、もちろん春風さ」

「だーかーらー！　その春風っつうのは誰なんだよ!?」

頭をぐしゃぐしゃにかき混ぜながら地団太を踏む小春に、黙っていた喜蔵は嫌そうに顔を顰め、訊ねた。

「そこまで勿体（もったい）つけても、言う気はないのだな？」

「箝口令が敷かれている中、これだけ匂わせてやったんだ。感謝してほしいね」

「お前は他人や他妖の命に従う性質（たち）ではないと思ったが、その春風とやらはよほどの大物なのか？」

「大物といえば大物だが……兄さんが考えているような者じゃないとだけ言っておこう」

ふふんと鼻を鳴らした弥々子は、別れの言葉も告げぬまま、川の中へとずぶずぶと沈みこんだ。

「あ、待て！　そんだけしか言わねえなら、やった胡瓜を半分返せ！」

川に顔をつける勢いでしゃがみこみ、小春は大声を出した。答えはもちろん返ってこなかった。冷ややかな眼差しで小春を見下ろした喜蔵は、

「思う存分、川の中まで追ってくればいい。俺は帰る」

川に向かって喚きつづける小春を置いて、さっと踵を返した。


「春風と申す者を知っているか」

喜蔵は荻の屋に帰るなり、店の真ん中に仁王立ちしながら問うた。喜蔵が表戸を開けた瞬間に本性を隠した妖怪たちは、誰一妖として答えなかった。

「知っていて言わぬのなら、お前たちを皆質屋に売り飛ばす」

「や、やめてくれ！」

いくつもの悲鳴が上がったが、喜蔵は表情を崩さず、無情な宣告をした。

「俺は本気だ。さっさと言え」

「ううう……何と非道な人間なのだろう。妖の方がよほど慈悲深い……」

小太鼓太郎が恨めしそうに泣き言を述べた。本性を隠したままでも、喜蔵は声だけで誰だか分かるようになっていた。

(妖怪に慣れるつもりなどなかったが……あ奴のせいだ)

妖怪事は皆、小春のせいと思うようにしている喜蔵は、眉間に皺を寄せて舌打ちした。常にも増して恐ろしい顔つきになった喜蔵に、妖怪たちは「ひっ!」と悲鳴を上げた。

「ま、まるで祟り神のようではないか。くわばらくわばら」

「やめろ、太郎。そうとしか見えなくなっただろう。もういっそ話してしまうか……?」

「……だが、それでは春風が」

「少々哀れな気もするのう」

「茶杓の怪は春風贔屓だものね」

「大半の者はそうだと思うが……閻魔と小鬼よりはあちらの方が俺たちに優しい」

「確かにね……だが、顔に似合わず思いきりのいいところもあるじゃないか」

「ほう、撞木も春風を認めているのか。俺もそう思っていたんだ。優しい上に思いきりがよすぎるからこそ、こたびのような真似をしたのだろう。まさか、巷を騒がせている春風が、あの鬼――」

（あの鬼？……何だ？）

　こっそり聞き耳を立てていた喜蔵は、中途半端なところで止まった妖怪たちの会話に、眉を顰めた。

「あ……ああ……！」

　突如震えだした妖怪たちを怪訝に思い、喜蔵は真正面にいる小梅の視線の先を追った。

（あの馬鹿が帰ってきたにしては、妙な反応だが）

　表戸の横に立っている者を認めた喜蔵は、大きく目を見開いた。赤い肌に、腰まである白髪。山伏装束に、前方に伸びた長い鼻、そして背に生えた大きな翼――。

「……お前は――」

　押し殺した声を上げた喜蔵は、ごくりと唾を呑みこんだ。

　――力を失った今、我に勝てると本気で思ったか？　今のお前が我と対等に戦うつもりならば、こう言ってやる。百年早い。

　数か月前、小春を倒した後に口元を歪めてそう述べたのは、今、喜蔵の目の前に立っている裏山の天狗だった。

「……あ奴との再戦を望んで来たのなら、即刻立ち去れ。あ奴は未だ力が戻っていない」

　あの時、小春は猫股の長者との戦いですべての力を失っていた。その状態でこの天狗に突っかかっていったのは小春だったが、力を失っていることを承知の上で、天狗は小春を完膚なきまでに打ちのめした。小春はその後、何日も目覚めず、生死の境を彷徨った。

「あ奴が力を取り戻すその日まで、もうしばし――」

待て、と言いきる前に、天狗はばさりと羽を広げ、天井近くに舞い上がった。喜蔵はハッと息を止めた。急降下した天狗は、次の瞬間、喜蔵の眼前に迫っていた。

（狙いは俺か……！）

ただの人間の喜蔵には、天狗の攻撃を避ける力などない。これから受けるであろう痛みを想像し、喜蔵は思わず目を瞑った。

「――後ろががら空きだ」

ひゅっと風を切る音と、不遜な少年の声が響いた。

どさり、と大きなものが倒れこむ音が聞こえ、喜蔵はゆっくりと目を開いた。足元に山伏装束を纏った者が倒れている。長い白髪の間から覗いている赤い棒状のものは、喜蔵に襲いかかってきた天狗の鼻に他ならなかった。

「よっ、と」

気楽な声を出しながら近くの棚から床に降り立ったのは、爪を長く伸ばした小春だった。

「……どこから現れた」

あっち、と小春が顎で示したのは、全開になっている表戸だった。慌ててそちらに向かった喜蔵は、店の前を誰も通りかからなかったことを祈りながら、表戸を閉じた。息を吐いて振り返ると、小春は天狗の身に突き刺さった爪を引き抜き、それをまじまじと見分していた。

「……なるほど、なるほど」

　何かに得心したらしい小春は、爪を元通りの長さに戻し、腕組みをして言った。

「随分と呆気ないと思ったが、そういうことか」

「どういうことだ」

　怪訝な顔をして問うた喜蔵を無視して、小春はぴくりとも動かぬ天狗に声を掛けた。

「今日は特別に相手をしてやったが、また喧嘩を売りにくるつもりなら、人間が寝静まった頃にしろ。人と妖は本来交わっちゃならないもんだ。棲み分けっつうのが必要なんだよ。その約束を守る気がないなら、次はない。肝に銘じておけ」

「まるで棲み分けていないお前がえらそうに言うな」

　人間の家で生活し、妖怪相談処を勝手に開いた小春に、喜蔵は思わず言い返した。

「俺は特別だから仕方ないんだ。どこの世を探しても、猫股鬼なんて俺しか存在しないんだからな！」

「それこそ人間にはかかわりない……否、そんなことはどうでもいい。殺したのか？」

　我に返った喜蔵は、微動だにしない天狗を指差して言った。

「俺は分別ある妖怪だ。俺の僕――世話になっている家で、妖怪殺しなんてするわけないだろ」

「誰が僕だ。するわけがないと言ったが、お前はその奴をその鋭い爪で貫き――」

　天狗に視線を向けた喜蔵は、話を止めた。床に倒れた天狗の身の上に、小さな竜巻が巻き起こりはじめたのだ。その竜巻に吸い取られるようにして、天狗の黒い羽根が舞い上がった。目にも留まらぬ速さで舞うそれらは、やがて床に黒い山を作った。

「……身体が消えただと？」

山を見下ろしながら、喜蔵は啞然として呟いた。できあがった黒い羽根の山は、天狗の身より明らかに小さい。

「そいつの身は消えてねえけど、あの天狗野郎は消えたな」

どういう意味だ、と訊ねた時、黒い山がごそりと蠢いた。身構えた喜蔵とは反対に、小春は顎を吊り上げて楽しそうに笑った。

「さっきの勢いはどうした。さっさと出てこいよ」

小春がそう言ってすぐ、山はがさがさと音を立てて形を崩した。その直後、中からパッと現れたのは、黒い翼に赤い肌、高い鼻に山伏のような装束――。

「……天狗ではないか」

「天狗だな。ちっこいけど。あと、天狗にしちゃあ肌が真っ赤じゃないし、鼻も低い」

喜蔵の言にそう答えた小春は、山の中から現れ、今は宙に浮いている小柄な天狗に、ニッと笑いかけた。

「俺に喧嘩を売りにきたのなら、買ってやる。殺してほしいならそう言えよ」

目を赤く染めながら、小春は低い声音を出した。

じわじわと嫌な気が満ちていくのを感じ、喜蔵は眉を顰めた。小春の醸しだしたものなのか、見知らぬ小天狗が出したものなのか。

（だが、こ奴はほとんど妖力がない）

ならば、小天狗か——喜蔵がごくりと喉を鳴らした時、幾多の息を呑む音が響いた。いつの間にか本性を露わにしていた妖怪たちが、怯えた目で小天狗を見つめていた。目を真っ赤に染めた小春は、爪と牙を伸ばし、今にも小天狗に飛びかからんばかりだった。ばさり、と小天狗が大きく羽ばたいたのは、その時だった。

「流石は噂に名高い三毛の龍殿。力を失ってなおその強さとは、御見それいたしました。この疾風の目に狂いはなかった」

どうか私の師になってください——そう叫んだ小天狗は、勢いよく降下すると、床に手をついて叩頭した。

「……はあ!?」

喜蔵と小春は顔を見合わせて、思わず素っ頓狂な声を上げた。

＊

三十三年に一度、天下一の天狗を決める大会が信州の赤岳で催される。一日目の予選を通過した者が、二日目の本選に進み、双方ともに勝ち抜き戦で勝者が決まる。予選会場は全国十数か所にあり、大抵は棲んでいる山に最も近い会場を選んだ。しかし、中には、戦いたい天狗が出る予選を調べ、そこを選んで参加する者もいる。

「この二日間で、数十年間の苦労が報われるか、そうでないのかが決まる――私たち天狗にとって、この大会は非常に重要なものなのです」

「だが、お前は若いだろ？　前回の戦いの時には、生まれてもいなかったんじゃないか？」

「ええ……あの時はちょうど母の腹の中におりました。元服を迎えた頃、叔父に当時の話を聞いたのです」

生真面目に述べた疾風に、小春は「よっ、叔父天狗」と意味の分からぬ茶々を入れた。つい先ほど起きた件をすでに忘れている様子の二妖を眺めて、喜蔵は顔を顰めた。

――師って何だ？　何で裏山の天狗なんぞに化けてたんだ？……訊きたいことは山ほどあるが、とりあえず頭を上げろよ。

店の中で叩頭した小天狗に、小春が呆れ顔で言ったのは、四半刻前のこと。

――疾風と申します。高名な三毛の龍殿――いえ、小春殿のお力を確かめるためとはいえ、喜蔵殿に襲いかかった罪は消えません。どうかこのままでお話しさせてください。

――喋りにくくてしょうがねえから、やめてくれ。それに、こいつは殺してもただでは死なん奴だから、別段気にしなくても……大事な喜蔵に、何てことをしてくれたんだ！

喜蔵の鋭い視線を受けた小春は、わざとらしく怒った振りをして、疾風を責めた。

――……確かに、許されぬことをしました。お詫びに、この翼を片方もいで――。

――うわ、やめろ！　店の中が血と羽根塗れになるだろ！

　自身の翼に手を掛け、乱暴に引っ張りかけた疾風を、小春は必死に止めた。頭を上げろ、翼はもぐな、とりあえず話をしろ、と懇々と諭された疾風が小春の言った通りにするまで四半刻の時を要したため、その間、喜蔵は古道具の修理をしていた。

「前回は出場していませんが、あの大会にかける想いは、他のどの天狗にも負けません」

　そう言いきった疾風は、作業台の下でしおらしく端座している。作業台の上で胡坐をかいている小春は、そんな疾風をじろりと見下ろしながら、腕組みをして言った。

「その大会は天狗しか出ないんだろ？　だったら、強い天狗か、天狗に詳しい奴に指導を仰いだ方がいい」

「……強い天狗は皆その戦いに出るのだろう。だから仕方なく、役立たずの居候を訪ねてきたのだ。暇を持て余していると思ったに違いない」

「お前にゃあ聞いてねえ！」

　道具に鑢（やすり）をかけていた喜蔵がぼそりと言うと、横に座している小春は拳を振り回して喚いた。そんな二人を交互に見遣った疾風は、きりりと表情をひきしめて話しだした。

「喜蔵殿のおっしゃる通り、強い天狗のほとんどは大会に出場します。ですが、彼らの誰かが出なかったとしても、私は彼らに教えを乞おうとは思いません」

　縄張り意識が強い生き物である天狗は、他妖の領分に口を出すことも、出されることもあってはならない――疾風は幼き頃から叔父よりそう教えられて生きてきたという。

「天狗は随分殺伐としてんだな～」

そんな呑気な言を返した小春も、これまで十分殺伐とした空気の中で生きてきたはずだが、当妖はまるでそんな意識がないらしい。

「まあ、仲間に頼らぬという気概は評価しよう」

「小春殿。それでは――」

声に喜びを滲ませた疾風に、小春はにこりとして言った。

「断る！」

「……理由をお聞かせください」

むっと眉間に皺を寄せて言った疾風に、小春は人差し指をぴんっと立てて語りだした。

「ひとつ、俺は天狗じゃない。天狗にまったく詳しくないし、詳しくなるつもりもない。ひとつ、俺は力をほとんど失ってる。こんな妖力じゃ、誰の師にもなれない。ひとつ、俺は裏山の天狗が嫌いだ。どうせあいつもその大会とやらに出るんだろ？　俺が天狗の師になったと知ったら、あいつはきっと何かしら言ってくる。あいつはしつこいから、今回も絶対しつこくしてくるはずだ。俺はそれが一等嫌だ」

「……裏山の天狗といえば、喜蔵殿の妹御と契約を結ばれたと聞き及びましたが」

ぽつりと述べた疾風に、喜蔵はぴくりと肩を震わせた。

「なぜお前がそれを知ってる？」

小春は明るい声音で問うたものの、目は笑っていなかった。

「天狗の世で知らぬ者はおりません。花信――あの裏山の天狗が興味を抱いた人間の娘ということで、深雪殿を一目見ようと人間に変化し、牛鍋屋を訪れようとした者もいるとか――」

立ち上がりかけた喜蔵に、疾風は「お待ちください」と焦ったような声を出した。

「深雪殿には近づくなと触書が回ったので、実際に深雪殿と接触した者はおりません」

「誰がその触書を出したんだ？　花信の奴がやったのか？」

「署名がなかったので分かりかねますが、私は奴ではないと思います」

「何でそう思った？」と眉を顰めて問うた小春に、疾風は少し考えこむような顔をした。

「……文面に情が感じられました。花信は血も涙もない天狗です。あれにはあのような文章は記せぬでしょう」

「仲間からも無情と思われてるのか。妖怪の鑑だな。そんで、お前は花信と深雪の契約の内容を知っているのか？」

小春の問いに、疾風は首を横に振った。触書には何も書かれていなかったため、おそらく裏山の天狗たち以外は知らぬはずだと疾風は言った。

「逆を言うと、裏山の天狗たちなら知ってるってわけか。そんなら、ちょっくら裏山に行って、適当な奴をしめてくるか」

ぽんっと手を打った小春に、疾風はまたしても首を横に振る。

「これも私の憶測でしかありませんが、全員が知っているわけではないと思います。配下の者さえ信じていない——それが、花信です」

「何だよそれ……あいつ、心底性格が悪いんだな」

呆れ声を出した小春は、中途半端に腰を上げかけたままの喜蔵の腕を引き、無理やり座らせた。喜蔵の眉間の深い皺をつつきながら、小春は笑って言った。

「そんなおっそろしい顔をしてると、深雪ちゃんにまでおっかながられるぞ」

「……そんなことはどうでもよい」

小春の手を振り払いながら、喜蔵はむすっとした声で返事した。

——契約を努々忘れるな。

小春を倒した直後、花信は深雪にそう言った。その契約が何であるのか、喜蔵はこれまで幾度も深雪に問うたが、深雪の答えはいつも同じだった。

——言えないの……ごめんね、お兄ちゃん。でも、絶対にお兄ちゃんや小春ちゃんを哀しませるようなことはしないから。

約束、と言って喜蔵の小指に自身の小指を絡めた深雪は、喜蔵がどんなに恐ろしい顔をしても口を割らなかった。契約の内容を話してはならぬというのも、契約のうちなのかもしれぬが、喜蔵は気になって仕方がなかった。

しかし、時が経つにつれて、その気持ちも薄れていった。深雪が花信と契約を交わす約束をしたのは、数か月前だ。その間、花信は一度も喜蔵たちの前に現れなかった。もしかすると、契約云々の話はなしになったのだろうか——そんな希望を抱いてしまうほど、喜蔵はこの件を記憶の彼方に追いやっていた。

（考えたくなかったのだろう……まったく、意気地がない兄だ）

鬢がほつれるのも気にせず、喜蔵は頭を乱暴に掻いた。

「――天下一の天狗を決める大会には、いくつかの決め事があります」

いつの間にか大会の話に戻っていることに気づいた喜蔵は、ハッと我に返った。

「舞台の上で決着をつけること、執拗な攻めはしないこと、相手の命を奪わぬこと――特に、最後の条項を犯した者は、次の大会にも出られなくなります。前大会で優勝者なしだったのは、決勝で戦った者が、対戦相手を死に至らしめたからです」

「力の加減が上手くいかなかったのか、白熱しすぎて我を忘れたのかは知らんが、たかだか大会ごときで他妖の命を奪うなんて、どうしようもねえな」

ふんと鼻を鳴らして言った小春に、疾風はこくりと顎を引いた。

（何だ、その目は）

疾風の目に憎悪の色が滲んだように見えた喜蔵は、じっと彼の天狗を見つめた。その視線を避けるようにますます俯いた疾風は、押し殺した声音で言った。

「前大会の件で、天下一の天狗の座は空席となったまま――私はその席に、何としても納まりたいのです」

「……まあ確かに、俺も天狗だったら、絶対に参加してただろうな」

（まさか、師になると言うつもりか）

おい、と言いかけた喜蔵を遮るように、小春は肩を竦めて言った。

「だが、俺は鬼だ。今は出来損ないみたいなもんだが、そのうち元通りになる。そのために、俺は元に戻る努力をしなきゃならないんだ。悪いが、他を当たってくれ。お前は中々見どころがありそうだ。いい才を潰したくはない」

「小春殿……」

小春の思わぬ真摯な言に、疾風は感極まったような声を漏らした。

（……まともなことも言えるではないか）

喜蔵が感心しかけた時、

「ぷっ……くっ、あはははははーっ！」

大きな笑い声が店中に響き渡った。

「力を失くした小鬼が、一丁前な口を叩いてる！　何とも滑稽だな！」

ぽんっと音を立てて跳ねたのは、しゃもじもじだった。伸ばした手で腹を抱えて、くすくすと笑っている。

「師になるのを断ったくせに、すでに師のような口振りではないか。ああ、図々しい」

「よせよせ、そんなまことのことを申すのは……くくく。よりにもよって、居候の能無し穀潰しに師事を望むなど……くくく、くく……あーはっはっはー！」

よせと言いつつ、爆笑する一反木綿につられて、荻の屋の妖怪たちは皆、大笑いした。

「お前らなあ……」

剝れた小春に、傍らの喜蔵は「奴らの肩を持つ気はないが」と断ってから続けた。

「お前が居候の能無し穀潰しなのは事実ではないか。そんな役立たずが他妖の師などになれるはずがない。お前もそう言ってただろう」

「役立たずとは言ってねえよ！　ほんの少し力がないってだけの話だ！　少なくとも、ここにいる誰よりも俺は強いぞ!?」

がばっと立ち上がって喚いた小春に、喜蔵は顔を顰めて耳を塞いだ。

「……無駄な大声を出す者に限って能無しだ」

「だから、俺は能無しなんかじゃねえ！」

「その通りです」と真面目な顔で言った疾風に、小春は「だよな！」と笑みを向けた。

「能無しに師事したがる馬鹿はおりません。能がおありだと思ったから、私はここに来たのです」

「いや〜お前って奴は中々分かってんな！　今まで会った天狗は揃いも揃って苦手なんだが、お前は良い奴だ！」

「では、弟子にしていただけますか」

「それは断る」と即答した小春は、腕組みをしてそっぽを向いた。

「でかい態度で大きな口を叩いているが、本当は自信がないんだろう」

店の中を飛び回っている一反木綿の言に、小春はぴくりと眉を動かした。

「見栄を張ってるのさ。五大妖怪にも数えられるほどの力を失ったのだ。実力と同じほど高かった自尊心を捨てきれはしまい。今はその実力がすっからかんなのだから、哀れなものよの」

「茶杓の怪は優しいわね。小春が五大妖怪のうちに入るなんて法螺にしか思えないけど」

「流石は前差櫛姫。俺もそう思ってた。そもそも、そ奴はそんなに強くなかったぞ。巷の評判ばかりが大きくなっていっただけと見た」

想いを寄せている前差櫛姫の隣にちゃっかり並びながら、薬缶の付喪神である堂々薬缶は言った。さらに上手の前差櫛姫は、「喜蔵もそう思うでしょ？」と言いながら、ぴょんっと作業台の上に飛び乗った。喜蔵は答えなかったが、代わりに店中の妖怪たちが「確かに」「そうだった気がするな」「ああ、そうだった。そうだった」と同意した。煩いと顔を顰めた喜蔵は、小春を見遣ってぎょっとした。

（こ奴……泣いているのか？）

唇を固く噛みしめた小春は、ぷるぷると震えている。泣く寸前の子どものように見えて哀れに思った喜蔵が、思わず声を掛けようとした時だった。

「皆、ひどいことを申すな！」

凛とした声音が轟き、店の中はしんと静まり返った。細い手足を現し、むくりと起き上がった硯の精は、小春をからかっていた妖怪たちを見回し、語りだした。

「先の戦いのことを忘れたのか？　あの時、小春は生死の境を彷徨うほどに傷ついた。何日も意識が戻らず、荻の屋は毎日通夜のような有様だったではないか。ようやく小春が元気になって、皆も喜んでいるのは分かるが、傷つけるようなことを申してはならぬ」

「硯の精……本当だね。あの時を思いだすね」

黄色の目をうるうるとさせながら、小梅は感じ入ったような声を漏らした。

（お前はあの時まだいなかったではないか）

喜蔵は内心そう思ったが、ここで割って入るのも野暮(やぼ)かと思い、仕方なく口を噤(つぐ)んだ。

「そうだ……皆、あの時を思いだすのだ。そうすれば、小春にひどいことなどもう言えぬはずだ。いくら、ただ飯食らいの居候で、何の役にも立たず、他妖に偉そうに意見していたとしても、元気でいるならそれでいいではないか。空回りして見栄を張り、できることといったら、荻野家の家計を火の車にするくらいだが、鬱陶(うっとう)しいほどに元気が有り余っているのは素晴らしいことだ。何の役にも立たぬが、それでも生きてさえいればいい！」

「お、おい。俺たちは、何もそこまで……」

硯の精の熱弁に、妖怪たちは困惑したような声を漏らした。しかし、硯の精はまだ言い足りぬようで、拳を振りながら続けた。

「小春は力のみならず、自信まで失った。天狗の頂点に一等近いのは花信だ。疾風の頼みを引き受けぬということは、花信に敵わぬと思っているのだ。皆、虐(いじ)めてやるな。三毛の龍の看板を下ろす時が来たなどと、そんなひどいことを申すな！」

「だから言ってないって！」

皆の悲鳴が上がった時、ふっふっふっとくぐもった笑い声が響いた。喜蔵は身を引きながら、笑い声のする傍らをちらりと見た。
（不気味な……）
俯いて腕組みをしていた小春は、にわかに顔を上げると、びしっと前を指して叫んだ。
「俺がお前を天下一の天狗にしてやる！」
小春が指した先には、目を爛々と輝かせた疾風がいた。
（……なぜこうも厄介事ばかりが舞いこむのだ）
手で顔を覆った喜蔵は、深い溜息を吐いた。

二、恋騒ぎ

寒空の下、元浅草(もとあさくさ)の野原に、二人の子どもが座していた。金と黒と赤茶のまだら模様の髪を持つ子どもは、真冬のこの時季につんつるてんの着物を纏(まと)っている。一応羽織は着ているものの、寒さで赤く染まった白い手首と足首は剝きだしだった。胡坐をかいている彼の向かいには、灰色の髪に山伏の装束をつけた子どもが折り目正しく端座している。日に焼けた顔が朱に染まっているのは、寒さからくるものではない。現に、こちらは冷たい風が吹いても、てんで平気そうな顔をしていた。

へっくしょい！　と盛大にくしゃみをしたまだら模様の髪の子ども――元猫股鬼の小春は、洟(はな)を啜りながら言った。

「妖怪の朝は遅いな」

相手が返事をする前に、小春は自身の言葉に深く頷いて続けた。

「俺たちは夜に動き回るのが本性だ。日が暮れたあたりから、また日が昇る頃までめいっぱい悪さする。俺たちが驚かせる相手は、人間だ。奴らは日が暮れてしばらくしたら、とっとと寝ちまう。何でか分かるか？　貧乏だからだよ。暗くなったら、灯りをつけなきゃならねえだろ？　あれをつけるのには、金がかかる。真っ暗じゃ何も見えねえ目をしてるからな……人間という生き物は、金がかかる上に、不便でならねえのさ」

　しみじみと述べた小春に、対座していた灰色の髪の子ども——天狗の疾風は、「あの」と控えめに声を掛けた。

「おっしゃることは分かります……昼間よりも、真っ暗な夜に驚かせた方が、相手はより怯えるでしょう。ですが、私は人間を驚かすことが目的ではありません」

　申し訳なさそうに言った疾風に、小春はふふんと笑って「読みが甘いな」と答えた。

「甘いでしょうか」

「甘い、甘い。長寿屋のあんみつくらい甘い！」

　あそこのあんみつは最高だけどな！　と叫びながら、小春はぴっと人差し指を立てた。

「確かに、お前が戦う相手は天狗だ。人間と身体つきは似てるが、中身はまるで似ちゃいない。お前ら天狗は妖怪だ。妖力を持っているし、腕力も強い。羽がある奴は空も飛べて、団扇で竜巻を巻き起こすこともできる」

　天狗と人間では、力の差は明白だ。そもそも妖力を持ちえない人間と妖怪が勝負になるはずがない。

「人間なんか驚かせてどうする？　と思っているようだが、それは大きな間違いだ」

　きっぱりと言いきった小春は、立てた指の先を自身に向けた。

「俺が強くなったのは、人間をことごとく驚かせたからだ。人間は確かに力は弱いが、悪知恵が働く奴も多い。そういう奴らを完膚なきまで驚かせるんだ……これが存外骨折りで、達成できた時には物凄く力がつく！」

小春の力説に、疾風は少々身を引きながら、「なるほど……」と呟いた。

「人間を驚かせながら、その身を鍛えるんだ。俺が何から何まで指導してやるから、泥船――じゃねえや、大船に乗った気でいろ。必ず優勝させてやるからな！」

「ご指導ご鞭撻（べんたつ）のほど、よろしくお願い申し上げます」

どんっと自分の胸を叩いて言った小春に、疾風は深々と礼をした。

「そうと決まったら、こうしちゃいられねえ。一日っつうのは短いもんだ。今から驚かせに行くぞ！」

小春の言に「え」と不思議そうな声を漏らした疾風は、小首を傾げて言った。

「師は先ほど、妖怪は夜に動き回るのが本性で、人間たちも夜に化かされるとより驚くとおっしゃっていましたが……」

昼まで一刻（約二時間）以上ある空は、眩いほどに明るい。近くに人家がないといえども、人間がまったく通りかからぬわけではないので、疾風も人間に化けていた。小春はどちらかといえば少女めいた愛らしい顔立ちをしているが、それは疾風も同様だった。小春よりも背が高く、ほっそりとしている分、疾風の方が女子のように見えるかもしれぬ。しかし、今の疾風の姿と同じ年頃の人間の娘を並べたら、すぐに違いに気づくだろう。疾風の目には、凛として強く、揺るぎない覚悟の色が滲んでいた。疾風が人間に変化したのを見た瞬間、小春が「そんな目をした人間の子どもなどいねえ」と呆れて叱咤したほどだった。

「化けた姿で町に行くのも、皆が驚きにくい刻限に驚かすのも、いい修行になるとは思わないか？　難しい課題をこなしてこそ、妖怪も人間も成長するってなもんさ」

「……そこまでお考えだったとは」

感服いたしました、と疾風が頭を下げた時、小春は大きな欠伸をした。

「師匠、もしや今欠伸を――」

「うん、俺も妙な気配を感じた……だから、思わず息が漏れちまったんだ」

真剣な面持ちで嘘を吐いた小春は、わざとらしく辺りを見回しながら低い声音を出した。

「敵がいるかもしれん……警戒しながら、町に行くぞ」

「は、はい……！」

じゃあさっそく、と腰を上げた小春は、疾風をまじまじと見て言った。

「変化はいいが、その格好はねえな。山伏装束の餓鬼が浅草の町中を歩いてたら妙だ」

「これは失礼しました」

素直に詫びた疾風は、懐から出した枯れ葉を頭に乗せ、両手で印を結んだ。突如として地から出たのは、白い煙のようなものだった。瞬く間に疾風の全身を包みこんだそれは、一陣の風で跡形もなく消えた。

「いかがでしょうか」

そう言った疾風は、髷を結って簪を挿し、年頃の娘が着るような着物を纏っている。

「女子の扮装か。確かにお前の顔立ちだと、そっちの方が似合いな気はするが……」

小春は首を捻りつつも、「まあ、いいか。合格」と述べた。

「それじゃあ、行くか。浅草中の人間を驚かすぞ！」

「承知！」

元気のいい掛け声と応えが、野原中に響き渡った。


人間に化けた小柄な二妖の後ろ姿がすっかり遠ざかった頃――。

そう呟いたのは、野原の片隅にある大きな木陰から出てきた喜蔵だった。

「……馬鹿馬鹿しい」

――俺がお前を天下一の天狗にしてやる！

昨日、小春がそう宣言した時、喜蔵は「やめろ」と口を挟んだ。

――力を失った己では役に立たぬと申していたではないか。

――確かに今の俺に力はない。だが、これまでの妖生で培った技術や知恵は、ちゃんと俺の中にある。それを、こいつに分けてやろうと思ったんだ。

どうだ偉いだろう！　と続けたおかげで台無しだったが、そう言った小春の目は真剣そのものだった。

――……何の義理もない相手の頼みを聞き、尽くすなど馬鹿がすることだ。

――お前は損得ばかり考えて行動するのか？　人間のくせに一等大事な情がねえんだな。

憐れむように言った小春を思いだして、喜蔵はふんと鼻を鳴らした。

（そもそも、あ奴が師事を受け入れたのは、負けず嫌いゆえだろう。疾風に情などないくせに、よくも言えたものだ）

今朝、「教えに行ってくる」と元気よく出ていった小春を、喜蔵は渋々追いかけた。こちらにまで迷惑が掛かるような真似をされたらかなわぬと思ってのことだったが、彼らがどんな修行をするのか気になったのも事実だ。小春が元浅草の野原に着いた時、そこにはすでに疾風の姿があった。その時の疾風はまだ天狗の形をしていたが、小春が「まずは人間に化けてみろ」と偉そうに命じ、あの姿に変化した。見事に化けているものの、露見しないという保証はない。

「……迷惑ばかり掛けおって」

舌打ちした喜蔵は、小春たちの後を追った。随分と距離が空いてしまったかと歩みを速めたが、元々足が速い喜蔵は、すぐに二妖に追いついた。あまり近づくと、つけているのが露見する恐れがある。距離を取ろうとした時、小春がにわかに振り返った。口をぱくぱくと動かして言った言葉が、「ばーか」だと気づいた喜蔵は、ぐっと眉を寄せた。

「師匠、どうされました？」

「その辺で死んだ鬼の霊が、恨めしそうな目でこっちを見てただけだ。さ、行こうぜ」

何も気づいていない様子の疾風に、小春は笑って答えながら前を向いた。

（……誰が鬼の霊だ。舐めくさりおって）

再び舌打ちした喜蔵は、取ろうとしていた距離を詰めるように、大股（おおまた）で歩みを進めた。


一刻半後――。

「……無駄な時を過ごした」

荻の屋の前に立った喜蔵は、ぼそりと言った。

――疾風、天ぷらを食おう！　その次は、おでんだ。どっちも熱々だから、よーく冷ましてから食うんだぞ。

浅草の商家通りに着いて早々、小春が述べたのはそんな台詞（せりふ）だった。

――熱々の方が美味いのではありませんか？

――いや、そのまま食ったら舌が焼ける。

真面目に問うた疾風と、真面目を装って答えた小春を見た時点で、喜蔵は嫌な予感がした。

――は～美味かった！　よし、今度は長寿屋に行こう。あんみつという地獄のような食い物を無事食べきれたら、お前の変化は完璧という証（あかし）が得られるぞ！

天ぷらとおでんを腹の中に収めるなり、小春は上機嫌な声を出した。

――あんみつという食物は、それほど恐ろしいものなのですか？……心して食します。

――おう！　でも、蕎麦も食いたいし、うどんも食いたいな……一等食いたいのは牛鍋だけど。あ、もう金がない。これじゃあ、修行ができん！

――人間の世で必要と聞き、いくばくかは持ち合わせております。これで足りますか？

疾風はそう言いながら、懐から巾着袋を取りだして、小春に中身を見せた。

――……お前は何て出来る弟子なんだ。さっそく修行再開だ！　長寿屋に行くぞ！

笑いを堪えるように言った小春に、疾風は「承知！」とまたよい返事をした。それを近くで見ていた喜蔵は、（……まさか）と思いつつ、歩きだした二妖の後を追った。

――疾風、団子も食おう！　この団子はいやに弾力があるんだ。こいつをちゃんと噛まないと、喉に詰まるんだ。そうなると、人は死ぬ。多分、妖怪も死ぬ。

――……人間の世には、恐ろしい食べ物がいくつも存在するのですね。

からかう振りをして、疾風の様子を見ているのだろう。そのうち、まことの修行をはじめるはず――二妖の様子を見ながら、喜蔵は何とかそう考えようとしたが、

――ぐっ……詰まった！　死ぬ！

――師匠、お気を確かに……！　団子を吐きだすのです……背を叩きますよ！

――いってえ！　お前、力強すぎだっ！　びっくりして呑みこんじまっただろ！　おかげで助かったけど……はあ、驚いた。

――お役に立てたのなら、幸いです。

二妖が繰り広げたのは、呑気で馬鹿らしいやり取りだけだった。

――よし、締めは牛鍋だ！　くま坂という牛鍋屋では、食事に件の肉が使われてるんだ。あの牛野郎、人間を愛するあまり、我が身を削って……うう。

――……件殿とはお会いしたことがありませんが、件殿を偲んで食します。

嘘泣きをしながら言った小春に、疾風が神妙な面持ちで答えた時、喜蔵は二妖の後をつけるのをやめた。

喜蔵が荻の屋に戻って早々、硯の精が「疾風は勝てそうか？」と問うてきた。

「あれほど鈍い妖怪は初めて見た。あの様子では、予選も通らぬだろう」

「意外だな……中々強そうに見えたが」

首を傾げて言った硯の精に、喜蔵は眉を顰めて「買い被りだ」と述べた。小春にいいように扱われていた疾風を思いだすと哀れにも思えたが、元はといえば、疾風が小春に師事など頼まなければ、こんな事態にはならずに済んだのだ。

（高い勉強料と思って諦めるのだな）

ここにいない疾風に向けた言葉は、心中で呟いた喜蔵以外、誰も聞いていなかった。

＊

小春が疾風の師となって、十日が過ぎた。喜蔵が彼らの後をつけたのは初日だけで、五日経った頃には、すっかり記憶の彼方にあった。物覚えのいい喜蔵がそうなったのは、他に気になることができたからだ。

「じゃあお兄ちゃん、いってきます」

「……」

笑顔で家を出た深雪を、喜蔵は無言で見送った。常の喜蔵は小声で「行ってこい」と返すのだが、今日はその一言さえ口から出なかった。戸の横に立ち尽くした喜蔵は、表通りを歩く深雪の姿が見えなくなるまで、外を眺めつづけた。

「このところ、深雪ちゃんはどこに行ってるんだろう」

ようやく踵を返した喜蔵の動きを止めたのは、小梅の呟きだった。

「帰るのが遅くなったのは、今年に入ってからだっけ？　新年でお店が忙しいと言ってたからあんまり気にしてなかったけど、あれからもうひと月は経つよ。非番の日もくま坂に手伝いに行ってるというのも、何だか信じられないなあ。くま坂の人は深雪ちゃんを可愛がってると聞いたから、休み返上で仕事なんてさせないと思うんだ。それに、年末だって忙しそうにしてたけど、非番の日は大体家にいたはず……もしかして、深雪ちゃん――」

「何だ」

低く問うた喜蔵に、小梅はびくりと身を震わせた。

「な、何だろう？　おらにはとんと見当もつかないなあ。あの……喜兄も知らないの？」

知らぬ、と答えながら、喜蔵は作業台に上がって、胡坐をかいた。仏頂面を極めた喜蔵の恐ろしさに、店内はざわめきはじめた。

「……そろそろ潮時なのでは」

「そう思うなら、お前が言えばいい」

「殺生なことを申すな、一反よ。閻魔は怖いが、鬼姫も怖いだろう!?」

「鬼姫は閻魔と違って、取って喰うような真似はせんだろうよ」

「……店主は妖喰いだったのか！　道理で顔が恐ろしいわけだ」

鬼姫というのは、深雪のあだ名だ。しかし、小声で交わされる妖怪たちの会話は、道具の修理をはじめた喜蔵の耳には届かなかった。

(毎日一体どこをほっつき歩いているんだ)

手を動かしながら、喜蔵は最近の深雪の変化を考えていた。

共に住むようになって一年近く経つが、その前から深雪はくま坂で働いていた。そこで寝起きしなくなった分、朝は早めに出ていき、以前と同じ刻限には店に立つ深雪を、喜蔵は密かに感心していた。喜蔵は深雪と再会してからくま坂に通うようになったが、そこでの深雪は家にいる時と変わらず明るい笑顔で、はきはきと気持ちのいい接客をしていた。見目がよく、愛想もいい深雪を好む客は多い。当然、言い寄られることも多かった。

――深雪ちゃんはそういう人に対しても嫌な顔一つしないんです。

喜蔵が深雪の兄と分かってからこっそり話しかけてきたのは、くま坂で働いているマツだった。大人しく、おどおどとしているが、仕事はよくできる娘だ。

――だが……それでは、相手が勘違いするのでは。

顔を顰めて呟いた喜蔵に、マツはふるりと首を横に振り、微笑んだ。

――嫌な顔はしないんですが、深雪ちゃんはこれ以上ないくらいはっきり断るんです。それでもしつこく言い寄るような人がいたら、こう言うんですよ。

そこまでおっしゃるなら、うちに来てください。お兄ちゃんによしと認められたら、考え直します――深雪のその答えを聞いた者は皆、大人しく引き下がるという。深雪の兄が荻の屋の強面店主であることは、周知の事実だ。

――深雪ちゃんはお兄さんが大好きなんですね。私は兄弟がいないから、羨ましいです。

横で話を聞いていた小春が、「おマツちゃん、正気か？　こんなおっかない兄がまことに欲しいか？　夜中に顔を合わせたら、鬼が出たと間違えて悲鳴を上げること請け合いだぞ!?」と余計なことを言ったので、喜蔵は無言で小春の頭を叩いたのだが――。

（あ奴は人に好かれる。それは良いことであるが、悪いことでもある）

鑢を手に取りながら、喜蔵は溜息を呑みこんだ。深雪がはっきり断っていたことと、喜蔵が深雪の兄だったことで、深雪に好意を寄せてきた者たちはあっさり引き下がった。だが、この先も同じとは限らない。深雪は元々愛らしい顔をしているが、最近は大人の女性の美しさも纏いはじめたようだった。兄の欲目かとも思ったが、くま坂に行くと、以前よりも深雪を見つめる男たちの目に熱が籠っているように見えた。

深雪はまだ十七だ。これからさらに美しくなるだろう。喜蔵がいつもそばにいられたらいいが、そんなわけにはいかない。兄妹といえど、ずっと共にはいられないことくらい、家族の縁が薄い喜蔵は分かっていた。

「あ、誰か来るよ」

小梅の言葉に、喜蔵はハッと我に返った。

「お前が招いた奴ではないのだな」

「うん、違う。それに、お客さんじゃないみたいだよ。古道具屋に迷わず向かっているのに、何かを欲している感じがしないもの」

黄色い目をきらりと光らせながら、小梅は喜蔵の問いによどみなく答えた。商売繁盛のために作られただけあって、小梅はそうしたことを察知する力に長けているらしい。共に暮らすようになって約ふた月――その間に、小梅は悩みを持つ人々や妖怪たちを勝手に招いたが、それと同じくらい古道具を欲している人間も導いてくれた。

(後者だけだったら、感謝の一つくらい述べてやったというのに……)

前者に怒るばかりだったと反省した喜蔵が、礼の言葉を述べようか迷いはじめた時、

「ごめんくださいな。ちょっと邪魔していいかい?」

表戸を開けて言ったのは、八百屋の娘のさつきだった。上背があり、凜々しい顔立ちをしたさつきは、近所の若い娘たちに人気らしい。確かに、髷を結って袴をつければ、若衆歌舞伎にも出られそうな見目をしている。

「……深雪なら出ている。非番だが、くま坂に手伝いに行った」

「そうなのかい? 今朝、くま坂に葱や何やを届けた時、誰もそんなこと言ってなかった

けど……そういや、くま坂も大変みたいだね。今年はあんまり寒くないせいか、客入りが例年より悪いらしいよ。八百屋にとっちゃあちょうどいいくらいの気候続きだけどさ」

肩を竦めて述べたさつきに、喜蔵はぴくりと眉を動かした。

(客入りが悪いだと……嘘を述べていたのか?)

深雪への疑心が生じ、顔をますます顰めた喜蔵だが、さつきはまるで気にした様子もなく、表戸の横に置いてある木箱を認めると、「ここに座っていいかい?」と言って、勝手に腰を下ろした。

「今日は、深雪ちゃんの兄さんに訊きたいことがあって来たんだ」

「何だ。さっさと申せ」

普段は女子に対して丁寧な口を利く喜蔵だが、さつき相手だとぞんざいな口振りになる。他の女子だったら怯(ひる)むであろうところだが、さつきはやはりこたえていないようで、「あれしかないだろ?」とニシシと笑った。

「深雪ちゃんの祝言だよ。いつやるんだい?」

「へ」

「何か今、何人もへって言ったような……」

妖怪たちが上げた声を聞きとったさつきは、周囲を見回しながら言った。店の中で唯一へっと言わなかった喜蔵は、かろうじて本性を現さなかった妖怪たちを睨みながら、「気のせいだろう」と押し殺した声を出した。

「そうかい？……まあ、いいや。で、いつなんだい？」

「……何の話だ」

「何のって、だから深雪ちゃんの祝言だよ」

「俺の妹なら、今のところ祝言の予定はない」

「何だ、そこまでまだいってないんだ」

膝の上に立てた肘に顎をのせながら、さつきはつまらなそうに息を吐いた。

「深雪ちゃんの片恋なのかねえ。でも、深雪ちゃんに限ってそれはないか。きっと両想いだ」

さつきの言を聞いた喜蔵は、道具を横に置き、腕組みをして黙りこんだ。

（あ奴が恋？……そんなことに興味があるようには思えぬが）

そう思った喜蔵は、はたと気づいた。

（あ奴は何に興味があるのだ？）

深雪は働き者だ。くま坂でも家でも、よく動き回る。味はお世辞にも美味いとは言えないが、たびたび料理も作った。掃除や洗濯は丁寧にこなし、小春や妖怪たちと楽しそうに話す。マツやさつきといった友と仲が良いが、外に遊びに行くことはあまりないようだ。くま坂で働く時と買い物に出かける以外、深雪は大抵家にいた。店の手伝いをしてくれることもあるが、喜蔵よりもよほど上手く接客する。

――深雪ちゃんは本当に良い娘さんだねえ。喜蔵さんには勿体ない――い、いや、似合いの兄妹だね！

裏長屋の大家である又七に掛けられた言葉を思いだし、喜蔵は眉を顰めた。深雪は確かに良い娘だ。それは天邪鬼の喜蔵も素直に認めるところではあるが、

「……俺は何も知らぬ」

深雪が何に興味を持っているのか、誰を好きなのか——何も知らぬことに気づいた喜蔵は、思わずぽつりとこぼした。

「実は、あたしも知らないいんだよ」

さつきの返事に、喜蔵は首を傾げた。

「片恋だの両想いだのと申していたではないか」

「うん、それも実は本人から聞いたわけじゃないんだ」

「勝手な思いこみか」

胡乱な目をして言った喜蔵に、さつきは「違う違う」と顔の前で手を振った。

「恋はしてると思うよ。そうだなあ……一昨年の夏——いや、去年の秋頃からかな？」

一昨年の夏といえば、小春が喜蔵の庭に落ちてきた頃だ。あの頃、喜蔵と深雪はまだ互いに兄妹と打ち明けず、赤の他人として接していた。

（当時からくま坂に来ていた誰かか？……見当もつかぬ）

「うん……やっぱり、去年の秋だな。確信したのはね」

自身の言に頷きながら述べたさつきに、喜蔵はますます怪訝な表情をした。

（去年の秋頃は……あの小鬼が猫股の長者との戦いを終えたあたりか）

　当時を思い返してみたものの、喜蔵の頭に浮かぶのは、一向に目を覚まさぬ小春を必死に看病する深雪の姿だった。意識のない小春に毎日「小春ちゃん」と呼びかけ、その日あったことをつらつらと語りかけていた。それをすべて聞いていたわけではないが、その中に深雪の想い人と思しき人物は出てこなかったと喜蔵は記憶していた。

（まさか、あの小鬼ではあるまいし……）

　ふんと鼻を鳴らした喜蔵は、「なぜその頃だと思ったのだ？」とさつきに問うた。

「何となくだよ。でも、本当はさ……出会った時から、深雪ちゃんは誰かを想っているのかなと思ってたんだ。時折、遠くに想いを馳せているような顔をしてたから」

「あまりに漠然としている。勝手な思いこみではないのか」

　喜蔵の口から出たのは、責めるような厳しい声だった。ハッと口を噤み、気まずげな表情を浮かべた喜蔵を見遣って、さつきは目を丸くして言った。

「へえ、他人にまるで興味がなさそうなあんたでも、妹のことになると違うんだね。そんなに心配なのかい？」

「……変な虫がつき、迷惑を被るようなことになったら嫌だと思っただけだ」

「素直じゃないなあ、深雪ちゃんの兄さんは」

　けらけらと笑ったさつきは、口をへの字にした喜蔵にこう続けた。

「そう心配することはないと思うよ。だって、深雪ちゃんが好きになった相手だ。変な奴なわけないさ。あの娘、誰に対しても優しいけど、好き嫌いははっきりしてるもの」

「あ奴は誰のことも嫌うことはなさそうだが……」

「好き嫌いというよりも、好きとそれ以外と言った方がいいかな？　深雪ちゃんは好きな相手には心底優しくするけど、どうでもいい相手にも丁寧に接するからね。それも勿論優しさからくるもんだと思うよ。嫌な思いをさせたくない、他人に迷惑を掛けたくないって考えてるんだ。相手を思ってのことだけど、そこに好意は一切ない」

「なぜそんなことが分かる」

「深雪ちゃんを見てれば分かるよ。深雪ちゃんの接客は素晴らしいよ。優しくて大らかで愛らしい。あの姿を見ていたら、皆が深雪ちゃんに惚れちゃうのも分かる……でも、あたしが男だったら、こりゃあ脈なしだって思うだろうね。だって深雪ちゃん、皆に同じ対応してるじゃないか。特別扱いしてるのは、喜蔵さんと小春ちゃん、くま坂の人たちと、あとは綾子さん……だっけ？　あのすんごく綺麗な人。あんたたちくらいなもんだよ」

　さつきの問いに、喜蔵はむっと顔を顰めた。返事をしない喜蔵を面白いものでも見るような目で見ていたさつきは、ふと真面目な表情を浮かべて続けた。

「はっきりとした根拠はないんだ。でも、人が誰かに恋をしているのって、分かるもんだよ。たとえそこにその想い人がいなくても、その相手をふと思いだした時、遠くを見るあの目とか特にね。寂しそうなのに、きらきらと輝いてるんだ」

「……やはり、俺にはよく分からぬ」

「分からないんなら、鏡で自分の顔を見ればいいよ」

「俺に想い人がいるように見えるか」

皮肉っぽく言うと、さつきは「見えるね」と自信満々に答えた。

「へ!? そいつのどこが……あ！」

「あれ、今また声が――」

妖怪の漏らした言葉に反応しかけたさつきに、喜蔵は慌てて「なぜだ」と訊いた。

「俺とはそう顔を合わせていないはずだ。どこでそんな勘違いをしたのだ」

「だから、今言った『目』だよ。あんたも深雪ちゃんと同じ目をしてる時があるから、きっと誰かをひたむきに想っているんだろうなと思ったんだ」

自分に関して言うなら、心当たりはあった。喜蔵はいつの頃からか、密かに恋い慕う相手がいた。想いを自覚してすぐに振られたが、未だにその気持ちを捨てきれずにいる。

(……未練がましい)

眉を寄せて嘆息した喜蔵は、「ね、当たってるだろ?」と無邪気に笑ったさつきを、じろりとねめつけて言った。

「結局、そちらの勝手な考えでしかないようだな」

「そりゃあ、本人から聞いてないんだから、本当のところは分かんないけどさ……喜蔵さんはどう思う? 深雪ちゃんに好い人がいるとは思わないのかい?」

「知らぬ。妙な奴が相手なら、こちらにも害があるから困るが、そうでないなら俺にはかかわりのない話だ」

「……まあ、実の兄がそう言うなら、これ以上詮索しないよ。祝言するなら、お祝いしたいと思っただけだからさ。もし、そういうことになったら、真っ先に教えてくれよ」

「教えぬ」

「なんだよ、ケチだな！」

「まことにそうなったら、俺が教える前に妹自らそちらに報告するだろう……深雪はあんたを一番の友だと言っていた」

「……そうなんだ」

あたしもだよ、と呟いたさつきは、照れ臭そうに頬を掻きながら腰を上げた。

「邪魔したね。今度はちゃんと古道具を買いにくるからさ。あと、これあげる。今日のは特別良い出来でね、くま坂の皆も大喜びだったんだ」

そう言ったさつきは、袖から取りだした葱を喜蔵に押しつけ、さっさと帰っていった。

「……袖から葱。あれもまた妙な女子だな。流石は鬼姫の友」

ぼそりと聞こえてきた小太鼓太郎らしき声に内心頷きながら、喜蔵は作業台から下りて、店じまいをはじめた。

「出かけるのか」

「確かめにいく気なんだろ」

のそりと起き上がった硯の精の問いに答えたのは、にわかに姿を現した一反木綿だった。作業台の上で渦を巻くように飛びながら、くくくっと笑った。

「恐ろしい閻魔商人のくせに、まったくもって過保護――」

振り返った喜蔵に睨まれた一反木綿は、むっと口を噤んだ。

「未だに気づいていないとは」

「頑張って喋らなかった甲斐があるものだ」

「秘密が多いのは面白い。無論、自分はその秘密を知っているというのが前提だが」

「秘密……うふふ、秘密か。他者のは探りたいが、自分のは探られたくないものだのう」

妖怪たちは本性を露わにし、真ん中の台に集ってこそこそと話しだした。彼らを睨みつつ裏口から出ようとした喜蔵は、悲鳴を吞みこんだ。

戸を開けた瞬間、目の前に現れたのは、逆さ吊りの血塗れ死体だった。喜蔵が何の反応も見せなかったことに、相手は動揺したらしい。剝いていた白目に黒の瞳を戻しながら、血塗れ死体に扮している者は小声を漏らした。

「……うらめしやあ……」

「舌を抜かれたくなければ、去れ」

ひっと声を上げた死体もどきは、背に黒い翼を現すと、それを広げ慌てて飛び去った。天狗の姿に身を変えた相手を見送った喜蔵は、「お前も去れ」と低い声音を出した。

「俺の家はここだぞ。どこに去れって言うんだ？」

喜蔵の言に答えたのは、裏戸の横に立っていた小春だった。小春がそこにいたことにも驚いたが、またしても顔には出さなかった。

「お前の弟子なだけはある。まるで礼儀がなっていない」

「そうだな、俺も礼儀のかたまりだもんな」

「けしかけた奴が何を申す」

「俺は疾風に、『この町で一等冷血でおっかなくて鬼みてえな面をしているなと思う奴を驚かせてみろ』と言っただけだ。お前の名などひとっ言も漏らしてない」

「……夕餉は抜きにするか」

「冗談に決まってるだろ？　そんな殺生なこと言いなさんなって。俺とお前の仲じゃんか」

へらへらしながら寄ってきた小春を片手で押し退け、喜蔵は裏戸から出た。裏道を歩きだしてすぐ、小春が後を追ってくることに気づいた喜蔵は、足を止めて振り返った。

「俺がいた方が捜しやすいぞ。鼻が利くからな」

いらぬ、と即答した喜蔵を、小春はふうんと鼻で笑った。

「じゃあ、別々に捜そうぜ。俺が先に見つけるに決まってるから、深雪に言ってやろ。『お前の兄貴は、お前の相手が気になって町内を犬のように嗅ぎまわってる』ってさ」

「明日の朝餉も昼餉も抜きだ」

「だから、冗談だって！　飯を人質に取るのは狡いぞ！」

ぎゃんぎゃん喚きだした小春に、喜蔵は冷たい眼差しを向けて言った。

「どうしても俺の役に立ちたいというなら、手伝わせてやらぬこともない」

「お前……どうやって育ったら、そこまで居丈高(いたけだか)な台詞を吐けるようになるんだ？　妖怪でも最近はそこまで図々しくないってのに……」

　小春は額に手を翳(かざ)し、首を振って嘆いたが、喜蔵は見向きもせず、歩きだした。

「まったく深雪の奴、堂々と嘘吐きやがって……後でたっぷり聞いてやらねばならん。気を取り直して――近所で聞きこみだ！」

　妖怪らしからぬ地道な提案をした小春に、喜蔵は渋々頷いた。深雪を捜すために出てきたが、これといって当てはなかった。深雪を信じ、まずくま坂を訪ねたものの、そこに妹の姿はなかった。さつきの言通り、くま坂は普段より大分空いていた。そのため、最近は半刻早めに店じまいをしていると店の者から聞いた小春と喜蔵は、さっそく深雪の嘘を知ってしまい、顔を見合わせ息を吐いた。

「どこから回るかね？　又七のところでも行ってみるか」

「うちのご主人に何の用や」

「七夜(しちや)！」

　小春の言に答えたのは、空をぱたぱたと飛んできて、小春の頭上に止まった九官鳥(きゅうかんちょう)だった。喋る鳥――ではなく、妖怪の七夜は、又七の家で飼われている。自尊心の高い妖怪がただの鳥の振りをして人間に飼われているのは、ひとえに七夜が又七を親や兄のように慕っているからだ。そんな七夜を目に入れても痛くないほど可愛がっている又七は、七夜が妖怪だと薄々勘づいている様子だったが、それを口に出す気はないらしい。

（そんなことをせずともよいと思っているのだろう）

七夜と又七の間には、深い絆がある。そんなものなどいらぬと公言してはばからぬ喜蔵でも、羨ましくなるほどだった。

「深雪の件でちょっと相談があってな」

「ああ、あれを止めさせたいんか？　あの娘は聞かへんと思うけど……えらい強情やろ？この前も葵屋で暴れた奴らを、店の外に放り投げたんや。たまたま店の前通りかかったわても、危うく巻き添え食うとこやった。図体でかい三人組やったから、ほんま冷汗出たわ。可愛い顔して、あの娘はほんまおっかなくてかなわん」

小春の言を受けた七夜は、羽を上下に動かし、肩を竦めたような動きをして言った。

「……はあ!?」

小春と喜蔵が揃って上げた声に、七夜は「何やねん」と驚いた声を発した。

「お前、今なんて言った!?」

「あれ？　もしかしてまだ知らんかったんか？　なんやすっかり露見したもんやと……」

「露見したって、あいつ一体……あ、おい！」

七夜が頭から離れたのを察した小春は、焦った声で手を伸ばし、ぴょんっと跳ねた。しかし、七夜は小春に摑まれる前に、高く羽ばたいた。

「おい、一体どういうことだ!?　説明しろ！」

「かーかー、わては何も知らん。ただの烏やから……かーかー」

「鳴き声で誤魔化すな！　大体、お前烏じゃねえだろ！」

両手を振り上げて怒る小春の頭上を数度旋回した七夜は、鳥の鳴き真似をしながら去っていった。

「……とりあえず、葵屋に行ってみようぜ」

眉を顰め、頭をがしがしと掻きながら言った小春に、喜蔵は仏頂面で頷いた。

葵屋は、老舗の呉服屋だ。江戸の頃ほどの活気はないものの、明治になってからも安定した経営を続けている。そこに目を付けたのが、自称浪士たちだった。

「『世直しのために金がいる。活動資金の提供を願いたい』とおっしゃる方々がおりまして……ええ、御一新前にはよくある話でしたが、今でも時折――」

そう言ったのは、葵屋の番頭だった。小春と喜蔵が訪ねていくと、「あ！」と声を上げて、中に引き入れようとした。平気でついていこうとする小春を叩き、喜蔵は店の横で話を聞かせてほしいと頼んだ。

「世直し？　ハッ、せびった金でどんな活動するつもりなのかね？　政府転覆でも企んでるのか？　馬っ鹿な奴らだな」

片頬を歪めて言った小春に、番頭は肩を落として頷いた。

「……困っておりました。無下にもできず、かといっていつまでもこのままでは……」

煮えきらぬ態度でかわしつづけた結果、自称浪士たちが店で暴れだしたのが、つい先日のこと。反物を転がし、畳を持ち上げて立てかけ、帳面を破り——と好き勝手する男たちを止めたのは、「やめてください」と凛とした声で割って入ったおかっぱ頭の女子だった。

——何だ、小娘。正義の志士に盾(たて)つこうなんざ、百年早——うわああ！

男たちの悲鳴が轟いたのは、おかっぱ頭の女子が店に入ってすぐのことだった。

「そのおかっぱ頭の女子……もとい、深雪が浪士たちの襟首(えりくび)を指でちょいと抓(つま)んで、店の外に放り投げた——だと!?」

「……馬鹿な」

小春は素っ頓狂な声を上げ、喜蔵はぴくりと口の端を引きつらせて言った。番頭が語ったのは、先ほど七夜が漏らした件と同じ話だった。二つの怪訝な視線を受け止めながら、番頭は「まことに起きたことでございます」と神妙に頷いた。

「確かにこの目で見ました。私以外にも、大勢の者たちが……。深雪さんに放り投げられた方々は、騒ぎを聞き駆けつけた警邏(けいら)に引き渡しました。深雪さんは『ちょっと力を入れすぎちゃったかも』と心配されて、後日彼らの様子を窺(うかが)いに行ってくださったそうです」

——あの人たち、もう悪さはしないと言ってました。真剣に謝ってくれたので、きっと本当だと思いますよ。

葵屋に報告しにきた深雪は、にこにこして言った。後で警邏から詳しい話を聞いたところ、自称浪士たちは深雪を見た瞬間悲鳴を上げて、震えだしたのだという。

――あ、あの鬼娘だ……！　もうやらぬから、許してくれ！

土下座して涙ながらに許しを請うた男たちに、深雪はやはり笑って「はい」と答えた。

「……何やってんだ、あいつ」

「知らぬ」

「どうかお礼をさせてください」と引き留める番頭から何とか逃れた喜蔵たちは、表通りを歩きながら呆れた声を出した。

「男と会ってるんじゃなかったのか？　いや、そいつらだって男だけども……まさか、そっから恋が芽生えたとか!?」

「あれがそのような馬鹿どもに好意を寄せるはずがない」

「……流石の深雪でもそれはないか」

（一体何をしているのだ）

喜蔵は閻魔顔をますます顰めながら、溜息を吐いた。

「しょっぱなから妙な展開になったが……次はどこに向かう？」

小春の問いに、喜蔵は黙って前方を指差した。

「ん？　何だ――って、あいつ!?」

喜蔵の指が示す方を見た小春は、大きな声を上げかけ、慌てて口を噤んだ。数間離れた先にいたのは、当の深雪だった。

「まさか、あれが深雪の相手か？」

近くの店の軒下に身を潜めながら、小春は言った。見知らぬ男と共にいた深雪は、その男とぴったりくっついている。

「あれに色を感じるのか？　頭まですっからかんになったのだな」

「冗談が通じねえ奴だな！……しかし、あんな怪力娘、俺はじめて見たぞ」

二人の視線を一身に浴びている深雪は、右手で老爺を背負い、左手で大きな荷車を押して歩いていた。どちらも相当に重いはずだが、深雪はまるで何も手にしていないかのように、軽々とした足取りで進んでいく。

「深雪ちゃん、えらいねえ。あんたは本当に優しい子だよ」

深雪の姿を見かけて声を掛けてきたのは、恰幅のいい中年の女だった。

「そんなことないわ。困っていたら、お互いさまですから……三川屋さんも、何か困っていることはありませんか？」

「この前、荷出しを手伝ってもらったばっかりだから、大丈夫だよ。あの時も、深雪ちゃんがほとんど全部やってくれたから……いくらお礼を言っても足りないくらいだよ」

本当にありがとう、と礼を述べた三川屋のお内儀に、深雪はふるりと首を横に振った。

「お礼を言うのはこちらの方です。いただいたお味噌、とても美味しかったから」

「もっといいお礼をしたかったんだけどね……それだと受け取ってくれないでしょ？」

「お礼なんていいんです。あたしが好きでやっていることなんですから。またお店に伺いますね」

穏やかな笑みを浮かべて言った深雪に、三川屋のお内儀は頰に手を添えて「本当にいい子だねえ」とうっとりとしたように言った。

「……まさか、あのおばさんが相手か？」

「三川屋さんには夫と子がいる」

「ああ、そうだったよな……あそこん家の一番下の餓鬼、俺を見ると『派手頭の兄ちゃん、坊と遊べー』って喚くんだよ」

生返事をした小春に、喜蔵も「ああ」と気のない声で答えた。その間に、老爺を家に送り届けた深雪は、一町先の小間物屋に荷車を持っていった。

「ありがとうね……本当に助かったよ」

小間物屋から出てきたのは、背の丸まった老婆だった。

「腰の調子はいかがですか？」

「まだ少々痛むが、動けぬほどじゃない。あんたに助けてもらわなければ、あのまま行き倒れになってたよ。家まで送り届けてもらった上、仕事の手伝いまで……命の恩人だ」

本当にありがとう、と何度も礼を述べながら、老婆は深雪の手をぎゅっと握りしめた。

「あたしでよければ、またお手伝いに来ますね」

「ありがとう、深雪ちゃん……あんたは菩薩だね……！」

涙ぐみながら言った老婆は、深雪の姿が見えなくなるまで、手を振りつづけた。

「……まさかあの婆さんが」

「もうよい――追うぞ」

小春の言を切り捨てた喜蔵は、随分と距離が空いてしまった深雪の後を追いかけた。

何が起きているのか分からぬまま、深雪を尾行しつづけて早一刻――。

「喜蔵、俺は分かったぞ。深雪は恋なんかしてない」

「そんなことは見ていれば分かる」

「だよな！　でも、何でこんな真似してるのかはちっとも分からん！」

胸を張って言った小春に、喜蔵は渋面を作りながら頷いた。二人は狭い路地に身を潜めながら、数間先の建てかけの家を見つめていた。

「深雪さん、こっちも手伝ってもらえますか!?」

「はーい、今行きます！」

屋根の上にいた大工に声を掛けられた深雪は、元気よく返事をしながら、ぐっと屈みこんだ。三つも数えぬうちに、深雪は屋根の上に立っていた。正しく、一足飛びだった。

「……あの、ぴょんっと飛ぶやつも、何度もやられるとそう驚かなくなるな」

「俺は何度見ても慣れん」

頰を掻きながら言った小春に、喜蔵は眉を顰めて言った。小間物屋の老婆と別れた深雪は、その後も人助けをしつづけた。人や重い荷を運んだり、道場の試合で助っ人に入ったりと、人助けの内容のほとんどが、深雪の怪力を用いてのものだった。

「あの力って、鷲神社の鷲から授けられたやつだよなあ……深雪の奴、家だとまるであの力を使ってなかったから、使う気ないのかと思って油断してたぜ」

そう言って舌打ちした小春に、喜蔵は鋭い眼差しを向けた。

「お前……あ奴の身にあの力がまだ宿っていることを知っていたのか？」

深雪の中に宿った力――それは、小梅の件であれこれ揉めた時、鷲神社の鷲が深雪に授けたものだ。深雪の本心を訊きだすために、鷲は深雪に術を掛け、気を失わせた。深雪に力を授けたのはその詫びらしいが、それがどのような類の力なのか、喜蔵たちは知らなかった。深雪自身も「身体がとっても軽いの」と言ったくらいで、明確な効力は存ぜぬようだった。

西の市が終わった後、喜蔵は何度か鷲神社を訪れたが、鷲が姿を現すことはなかった。あれからしばらくは深雪の様子を窺っていたものの、当人はそれまでとまるで変わらぬ様子だった。気になった喜蔵は、深雪にたびたび問うたが、

――……調子はどうなのだ。

――くま坂はますます繁盛してるわ。いつにも増して本当に忙しいの。お兄ちゃんも小春ちゃんを連れてきてくれるしね。

――連れていかぬと呪ってやると煩いから仕方なくだ――くま坂のことではない。俺が言っているのは、お前の調子だ。何か変わったことはないか。

――あたしの調子？　何か変わったこと……髪が少し伸びたかしら？　お兄ちゃんは長

い方が好き?

――俺は別段どちらでも……否、そうではない。

――本当に? お兄ちゃんは長い方が好きそう。小春ちゃんは短い方が好きなんですって。彦次さんはどっちも好きらしいわ。丸坊主でもいいみたい……ふふふ。

女好きの幼馴染の無駄に美しい顔が頭をよぎり、「あ奴らの趣味などどうでもよい」と返した時、ちょうど客が訪れたので、話はそこで終わった。小梅が荻の屋の居候になったり、年末の大掃除をしたり、新年の挨拶と称して妖怪たちが大勢小春を訪ねてきたり、と色々とあったので、改めて問う機会はなかった。平素通りの深雪を見ているうちに、鷲からもらった力は薄れていったと思いこんでいたのかもしれぬ。

「あれからずっと、あいつの身から神気のようなもんが出てるんだよ」

「なぜそれを言わなかった」

「深雪がそれを使いこんでたら、お前にも言ってたよ。でも、そんな様子なかったろ? まさか、あんな風に至る所で力を振りまいてるとは、考えもしなかった。……しっかし、恐ろしいほどの怪力だよな。俺も欲しいくらいだぜ」

唸るように言った喜蔵に肩を竦めつつ、小春は感心したような声を出した。

「深雪には無論のこと、お前のような餓鬼にも不似合いな力だ……なぜ気づかなかった」

「なぜなぜ煩えな、お前だって気づかなかったくせに……そうだよ、あれはお前の妹だぞ? 何で気づかなかったんだよ」

「兄妹だからといって、互いのすべてを知っているとは限らぬ。長らく生きているくせに、そんなことも分からぬのか？」

「はあ!?　お前だって、一応二十年以上生きてるじゃねえか。人間は寿命が短いんだから、二十を超えたら世の中の大半のことは分かってなきゃならねえはずだ。俺はまだまだ長く生きるから、多少分からんことがあっても仕方ないんだよ！」

「自分の至らなさを棚に上げて、よくもそんな口が叩けるものだ。いらぬことばかり吠(ほ)えるその口は、必要ないのではないか？　家に帰ったら、針と糸で縫いつけてやろう」

「おっそろしいこと言うなよ！　お前のような鬼面が言うと、まるで洒落(しゃれ)にならん！」

言い争いをしていた二人は、いつの間にか深雪が大工の手伝いを終えて、去っていたことにしばらく気づかなかった。

「いねえ！」

大通りに飛びでた小春は、大声を上げた。

「……どこまで役に立たぬのだ」

慌てて道に出た喜蔵は、ほぼ完成に近づいた家を眺めて、毒づいた。

「お前に言われたかねえ！……って、こんなことしてる場合じゃねえ、捜しにいくぞ！」

そう言って駆けだした小春に、喜蔵は盛大な溜息を吐きながら、渋々後に続いた。

辺りが薄闇に包まれた頃、喜蔵と小春は荻の屋への道をとぼとぼと歩いていた。

「……役立たずめ」

「だから、お前に言われたくねえっての……深雪の奴、一体どこに消えたんだよ」

力なく罵った喜蔵に、小春も弱ったような声で返事をした。結局、あれから深雪を見つけることはできなかった。

「浅草中を捜しまわったのに、どっこにもいやしねえ。今日の人助けは、あれで終わりだったのかね？　それとも、浅草を出ていったのか……いや、それはねえか。遠くまで行ったら、帰るのが夜遅くなる。あいつ、今年に入ってから帰りが遅かったけど、あくまでいつもに比べたらだったものな。若い娘が出歩いちゃならん刻限には、ちゃんと家にいたし……」

「今日に限って、そうでなかったらどうするのだ」

「悪い方に考えるなよ。あいつはしっかりしていて、常識がある――いや、意外となかったか。常識ある奴が、あんな風にあちこちで怪力を披露するわけがない。いくら人助けといっても、流石にあいつのは限度を超えてるぜ」

「……誰に似たのだ」

喜蔵の呻きに、小春は「うーん」と首を傾げて言った。

「逸馬――と言いたいところだが、あいつは逸馬と血が繋がっていないんだものな。不思議なもんだ。お前は逸馬と見目がそっくりだが、中身はそう似てない。深雪は血が繋がってないし、姿形もまるで似たところがないんだが、逸馬の突拍子もないところや、無駄に思いきりのいいところなんか、そっくりなんだよな」

小春の言を鵜呑みにするなら、似なくてもいいところばかり似てしまったらしい。

「……一度戻るか。家にいなかったら、再び捜しに出る」

眉を顰めた喜蔵が息を吐きながら言うと、小春は「そん時は俺も行く」と頷いた。

「弥々子や七夜に協力してもらって、手分けして捜そう」

「方々に借りを作って、何ともないのか」

「いつか倍返ししてやりゃいいだろ」

(倍返しできるまで力が戻るのは、いつなのだ)

何でもない風に述べた小春を、喜蔵は横目で睨んだ。小春が力を失って動揺しているのは、小春でもなければ弥々子たち妖怪でもない。

(なぜ、俺がこれほど気にしてやらねばならぬのだ)

苛立った喜蔵は、小春の輝く旋毛を力いっぱい押した。

「……仏の顔は三度……いや、二度だっけ？　鬼は賢く気が長いから、『鬼の面は四度』までにしてやる――そんで、今ので今日四度目だ」

低く呻いた小春は、にわかに飛び上がり、喜蔵の肩にどさりと乗った。

「……降りろ、糞餓鬼！」

「おお、口が悪いなこの乗り物は。おまけに乗り心地も悪い。ま、家までの我慢だ。ほれ、さっさと前に進め！」

振り落とそうともがく喜蔵を笑いながら、小春は後ろに手を向けて、払った。意志とは無関係に進みだした己の足を睨みつつ、喜蔵は肩の上に座した小春に低い声を掛けた。

「……『閻魔の顔は一度』だ。家に帰ったら、覚えておけ」

ひっと悲鳴を上げた小春は、それを誤魔化すように手払いの回数を増やした。


家に着くなり、喜蔵は庭で小春を振り落とし、裏から中に入った。深雪、帰っているか――そう叫ぼうとして開いた口は、すぐさま閉じることとなった。

「おかえりなさい。お邪魔しています」

そう微笑んだのは、台所に立っていた綾子だった。ぐつぐつと煮え立っている鍋をかきまわし、「もうすぐできますから」と言った。

「わあ、美味しそう。お兄ちゃん、おかえりなさい」

鍋を横から覗きこんでいた深雪は、裏から入ってきた喜蔵に、明るい声を掛けた。あまりにも普段通りの深雪と、なぜかいる綾子――頭が上手く働かず、喜蔵は戸口の前で立ち尽くした。

「くそう、打ちつけた尻が痛い……おい、邪魔だ。そんなところでぼうっと突っ立ってんなよ！」

文句を言いながら喜蔵を押しのけて土間に入った小春は、深雪と綾子を交互に見遣って「何してんだ？」と素直に疑問を口に上らせた。

「実はね……最近、綾子さんに料理を教えてもらっているの。いつもは綾子さんの長屋を使わせてもらっていたんだけど、今日は二人がいなかったから、うちにお招きしたのよ」

「くま坂に行くと偽ってまでか？」

　小春の問いにあっさり白状した深雪を見て、綾子は火加減を見ながら頷いて言った。

「私も黙っていてごめんなさい。一緒にお料理するのがとても楽しくて、つい……今日は三味線のお稽古がなかったから、お昼も夜も深雪さんとお料理を作ったんです」

「昼も夜も？　何言ってんだ？」

　首を捻って言った小春に、深雪と綾子は不思議そうな顔をした。

「お前、夕方まで外にいたじゃねえか」

「深雪さんはずっとこちらにいましたよ」

　深雪に向けた小春の問いに答えたのは、なぜか綾子だった。

「……いやいや、外にいただろ。お前、外であちこち人助けをしてたじゃねえか」

　一瞬黙考するような様子を見せた小春は、深雪を指差して言った。

「見間違いじゃないかしら」

「あんなにそっくりな奴、いてたまるか」

「そんなに似た人だったの？　あたしも会ってみたい」

　くすくすと笑って述べた深雪は、綾子から鍋を受け取り、居間に運んだ。その後を追いながら、小春は訊ねた。

「本当に、昼から夜までずっとここにいたのか？」

「そうよ。どうしてそんなに疑うの？」

「お前が隠し事をしてるからだ」

立ち止まった深雪は、ゆっくり振り返って頭を下げた。

「……大家さんからもらったお饅頭（まんじゅう）のこと、知ってたの？　ごめんね、あんまり美味しくて、つい全部食べちゃった」

「な、何だと!?……いや、饅頭はどうでもいいんだ、饅頭は」

「よくないわ。今度買ってくるから、楽しみにしてて。本当は小春ちゃんにも食べてもらいたかったの。本当にごめんね」

「だから、饅頭はいいんだよ！　そうじゃなくて、お前は――」

声を荒らげかけた小春は、ハッと何かに思い至ったように固まると、後ろについてきた喜蔵の腕を引き、外に出た。

「何なのだ、あれは。すぐに露見する嘘など吐きおって」

渋面を作り、押し殺した声を出した喜蔵に、小春は「いや……」と首を捻った。

「もしかすると、まことに忘れているのかもしれん」

「まさか、それも鷲の力のせいか？」

「本当に忘れているとしたらな。深雪はしれっと嘘を吐きそうだが、綾子は馬鹿正直だ。

さっきのが全部演技だっていうなら、あいつへの見方をすっかり改めなきゃならん。深雪だけじゃなく、綾子の記憶までおかしくなってるのなら、いずれ俺たちも……それとも、本当にあれは深雪ちゃんに似た別人だったのか？」

「どう見ても、あれは妹だ」

「俺もそう思う……だから、わけが分かんねえんだよ！」

頭を抱えて唸った小春に、喜蔵はむっと眉を顰めた。

（……別人ならばいいが、あれが当人でまことに覚えていないのなら、説教しても意味がないではないか）

力を使うな、とだけ毎日厳しく言い聞かせるしかないのだろうか。

「あの……お夕飯の支度ができましたよ」

控えめに掛けられた声に顔を上げると、裏戸の隙間から綾子の麗しい顔が覗いていた。眉尻を下げた表情は弱々しく、申し訳なさそうだった。

「お兄ちゃん、小春ちゃん？　冷めちゃうから、早く食べましょうよ」

家の中から深雪の明るい声が響いた。顔を見合わせた小春と喜蔵は、溜息を呑みこみ、家の中に入った。

三、金と銀の錫杖

天下一の天狗を決める大会の予選当日、喜蔵は小春や疾風と共に、会場である麻布留山（あさふるやま）に来ていた。喜蔵の速足なら一刻もかからぬ距離だが、迎えにきた疾風がもののけ道に誘ったため、そこを通ることになった。

——その手形、いつもと違うな……天狗だけ？　何じゃそりゃ。

もののけ道を通るには、通行手形が必要だ。小春曰（いわ）く、疾風が所持していた手形は、常と異なる文言が書かれているらしい。

——ええ、これは我ら天狗専用の手形です。今日と明日の二日間、もののけ道は大会に参加する天狗たちのみ通行可能となっているのです。

へえ～と感心したように述べた小春の幼い顔を思いだして、喜蔵は舌打ちした。

(なぜ俺がこんなところに……あ奴のせいだ)

喜蔵は口をへの字に曲げ、鋭い目で周囲を見回した。喜蔵が今いる麻布留山の頂上には、大勢の天狗たちがいた。出場者は鼻高（はなたか）天狗がほとんどだったが、観客として来たのは烏天狗が多いようだ。団扇や棍棒や木刀といった武器を持った者、いかにも力自慢といった屈強な身体つきをした者、細身ながらもただならぬ気を湛えている者、負けん気だけは強そうな者――同じ天狗でも様々ということに、喜蔵ははじめて気づいた。

（別段知りたくはなかったが）

そもそも、大会に来る予定でなかった喜蔵は、盛大な息を吐いた。

――俺は天狗の大会など行かぬからな。

疾風が小春の弟子になった日、喜蔵は釘を刺した。小春も疾風も素直に頷いたため、大会のことも疾風のこともすっかり忘れていたのだが、

――喜蔵殿の妹御の振りをしていた「春風」を捕えました。

深雪が町中で怪力振りを発揮しているのを目撃した翌日、荻の屋を訪れてそう言ったのは、疾風だった。

――……そ奴がやったのか？

疾風が小脇に抱えている、縄で縛られた烏天狗を指差し、喜蔵は怪訝な顔で問うた。

――こ奴は花信の配下の者です。深雪殿に岡惚れしたこ奴は、深雪殿の評判がさらに高まるようにと、勝手にあのような振る舞いをしておりました。

――妖怪の考えることはまるで分からぬな……。

怒るよりも呆れてしまった喜蔵は、じっと烏天狗を眺めた。猿轡をされた烏天狗は、ぐったりとして、気を失っているように見えた。

――……お前がこ奴を倒したのか？

――倒してはおりません。ぐっすりと寝ていたので、縄で縛って連れてきました。喪神（そうしん）しているのではなく、寝ているだけと知った喜蔵は、むっと顔を顰めて言った。

――そ奴を天狗の世に連れていけ。二度とあのような真似はさせるな。

承知しました、と頷いた疾風は、烏天狗を小脇に抱えたまま、去っていった。くま坂が忙しいと偽り、綾子に料理を教わっていたと告白して以来、深雪は昨年と同じか、それよりも早い刻限に帰ってくるようになった。荻の屋でも外でも春風の名を聞くことがなくなったので、喜蔵は内心疾風に深く感謝していた。

しかし――。

――喜蔵殿も応援にいらしてください。

大会当日の今朝、荻の屋を訪ねてきた疾風は、小春と並んで喜蔵の腕を取りながら、笑みを浮かべて言った。己にはかかわりない――口癖のような言葉を述べようとした時、

――春風の件の礼とさせていただきましょう。

来ていただけますね？　と念を押され、喜蔵は渋々頷いた。すでに深雪がくま坂に向かっていたことだけが幸いだった。天狗の大会があると聞けば、深雪は「あたしも行くわ」と言いだしただろう。花信との契約の件も決着がついていない中、これ以上天狗と接触してほしくなかった。

「俺もできればかかわりたくないが……なぜ天狗の大会など見なければならぬのだ」

喜蔵がぶつぶつと文句をこぼす傍らで、小春はぴょんぴょんと跳ねながら、興奮している。

「あっちも天狗、そっちも天狗、そんでもってこっちも天狗……見事に天狗だらけだ！」

「部外者なのだから、少しは遠慮して黙れ」

喜蔵が顔を顰めて述べると、小春は腰に手を当てて、「はあ？」と馬鹿にしきった顔をして言った。

「俺のどこが部外者だって言うんだ？　俺が毎日鍛えてやったおかげで、こいつは無事大会初日を迎えられたんだぞ。なあ、疾風」

「すべて師のおかげです。師がいてくださらなければ、私はここに立っていなかったでしょう」

小春の数歩後ろに控えるようにして佇んでいる疾風は、至極生真面目に答えた。

「こちらの世とあちらの世のすべては俺のおかげだなんて……その通りだな！」

「そこまでは申しておりませんが……」

「遠慮すんなよ。どこまでも言っていいぞ！」

疾風の肩を叩きながら高笑いする小春を、喜蔵は呆れた目で見下ろした。

（……調子づきおって。数か月前のあれは別妖だったのか？）

猫股の長者との戦い後、長らく臥せっていたかと思えば、目覚めて早々弱々しく泣いていた小春を思いだし、喜蔵は呆れ返った。

「お前、今何か嫌なこと考えたな？」

「すぐに負けて、師と泣きながら帰る者を哀れに思っただけだ」

疾風を指して述べた喜蔵に、小春は「確かに」と頷いた。

「力のない奴は哀れだよな。そういう奴を強くしてやれなかった師も同様に……まあ、俺たちには何のかかわりもない話だけど。なあ、疾風」

「素晴らしい師についていただいたのです。今日も明日も、必ず勝ちます」

どこまでも真面目に答える疾風を、喜蔵はうんざりとした目で見た。

「当然だ。なんてったって、この俺さまが師についてやったんだからな」

「ご恩は必ず優勝でお返しします」

「うむ、励めよ！　この天下一の猫股鬼さまがついててやっからな！」

胸を張って高らかに笑った小春に、疾風は深々と頭を下げた。

（茶番だ）

二妖を見た喜蔵は、額に手を当てて嘆息した。よくて一勝――下手すればそれさえも出来ぬのではと推察していた喜蔵は、「勝ったら牛鍋だ！」と騒いでいる師弟を見て、また息を吐いた。


予選がはじまる四半刻前、参加者の天狗たちはくじを引いた。くじの紙には、一から五までのいずれかの数字が書かれており、それによってどこで戦うかが決まる。一番の会場は、頂上西。二番は頂上東、三番は頂上北。四番は頂上南、五番は中腹西――各組から一名のみが、明日の本選に進出となる――つまり、同じ番号を引いた者たちを勝ち抜き戦で倒さねば、本選には残れぬということだった。

引いたくじの番号に従って、天狗たちはそれぞれ移動しはじめた。

「何番だ？」

小春の問いに、疾風は『一番』と書かれた紙をこちらに向けた。

「おお、幸先好いじゃねえか」

「くだらぬ。こんなものただの振り分けだ」

「おうおう、閻魔商人はご機嫌ななめだねえ。帰りたければ帰ったっていいんだぜ？」

ふふんと鼻を鳴らしながら言った小春を、喜蔵はぎろりと睨んだ。

「お前の馬鹿弟子が俺を無理やり連れてきたのだ。帰ってよいと言うなら、今すぐ帰る」

「愛弟子の望みなら、聞かないわけにはいかんな。今日も明日も楽しみにしてろよ！」

「何を申してる。お前の弟子の大会は、今日で終わりだろう」

「こう言ってるけど、どうだ？」

小春に水を向けられた疾風は、きりっとした目をして、明瞭な声で答えた。

「必ず勝ちます――決して誰にも負けません」

喜蔵はハッと息を吞んだ。疾風の目に、昏い光が宿ったように見えたのだ。

「――そろそろ試合を始める。引いたくじの場に速やかに移動せよ」

大会関係者らしい大音声が響いたのは、その時だった。声のした方を見上げると、空には「天一会」と書かれた腕章をつけた、数名の烏天狗が飛んでいた。首にぶら下げている法螺を手に持ち、細めた目で地上にいる者たちを監視しているようだ。喜蔵が空を見ていたのはほんのわずかな時だったが、その間に疾風は翼を広げ、「先に参ります」と言って翔けていった。

疾風の姿が空に消えた後、喜蔵は横にちらりと視線を向けてぼそりと言った。

「……さっさと一番に向かった方がいいのではないか」

俺も行く！　とすぐさま疾風の後を追っていくかと思った小春は、なぜかこの場に留まり、周りを見回していた。

「先ほどから何だ。誰か捜しているのか？」

「天狗野郎だよ。浅草から一等近い会場だから、あいつもてっきりここに来ると思ったんだが……天狗野郎だけじゃなく、奴の配下の天狗たちも見当たらねえ」

唇を尖らせて答えた小春に、問うた喜蔵は目を瞬かせた。

「あいつが大会に出ぬはずはないから、他の会場に行ったんだろうな。……もしかすると、俺が疾風の師となったことを知って、恐れをなしたのかもしれん」

小春は顎に指を当て、嘯いた。「恐れをなす方はお前だろう」と言い捨てつつ、喜蔵は辺りを見遣った。

（……確かに見知った天狗はおらぬようだ）

天狗にもそれぞれ個性はあるが、喜蔵には顔の造作や雰囲気までは見分けられなかった。

誰も喜蔵たちに顔見知りと分かるような視線を向けてこなかったから、そう考えただけだ。

（この馬鹿のことは皆知っているようだが）

この山の頂上に着いてすぐのことだ。すでに集まっていた天狗たちが小春を見て、「三毛の龍……！」と呟いたのを、喜蔵はしかと見聞きしていた。

――三毛の龍が疾風の師となったという噂は、まことだったのだな。

――なぜ猫股鬼を師に……半年前ならいざ知らず、力を失った今は何の役にも立つまい。

――俺もそう思っていたが……あの猫股鬼、まことに力を失ったのか？　確かに以前ほどの勢いは感じられぬが、身の内に凄まじい妖気を隠しているようにも見える。

――うむ……わしには少し分かる気がする。隠しているというよりも、眠っているというのが正しかろう……目覚めの時が今でないことを祈る他ないな。ここで暴れられたら、試合を中断し、奴を倒すために共闘せねばならなくなる。

――買い被りすぎだ。そうなったら、一対一で倒してみせよう。

そんな風に交わされている会話を耳にした喜蔵は気が気ではなかったが、はしゃいでいる小春は周りをきょろきょろ見回したり、疾風に師匠風を吹かせてみたりと忙しく、まるで聞いていなかった。あまりにも能天気な様子に毒気を抜かれたのか、天狗たちは徐々に小春から関心を失ったようだった。小春たちより後に会場入りした天狗たちは、小春を見て一瞬ぎょっとしたものの、そのうち先に来ていた天狗たちのような態度に変わった。小春といて気が緩むのは、人間だけではないようだ。

まったく妖怪らしくない——心の中の呟きは、声になっていたらしい。

「妖怪らしくないって？　大丈夫大丈夫、お前は十分妖怪らしいぞ！」

下から顔を覗きこんで言った小春に、喜蔵は「お前のことだ」と鼻を鳴らして答えた。

「おいおい、どこに目をつけてんだ？　俺さまは妖怪の中の妖怪だぞ？」

「力を失くして人間の家で飼われている小鬼の間違いだろう」

「お前がどうしてもそばにいてくれと言うから、仕方なく世話になってやってるんだ！」

「よくもそのように他人の言葉を好きに変えて覚えていられるものだな。力だけでなく、頭の中身も取り戻さねばならぬのでは？——否、最初からないものは取り戻せぬか」

「な、何だと!?」

小春と喜蔵の言い合いを止めたのは、ぶおーという法螺の音だった。

「笠岳(かさだけ)の油風(あぶらかぜ)——殺生を働いたことにより、今大会の出場停止および次の大会への出場禁止を命ずる」

続いて聞こえてきた烏天狗の声に、喜蔵と小春は顔を見合わせた。

「……俺は疾風のところに行くが、お前はどうする？——っておい！」

小春の問いに答えず、喜蔵はすたすたと歩きだした。西に向かっているのを認めた小春は、「素直じゃねえな」とぷっとふきだした。

小春と喜蔵が一番の会場に着いた時には、すでに大勢の天狗たちが集っていた。参加者と観客を合わせて、五十妖以上はいそうだ。一番のくじを引いた者は、三十一妖。うち、一妖が辞退したため、三十妖が戦いに参加することになった。戦いの方式は一対一の勝ち抜き戦――勝ち残った最後の一妖が本選へと進む。武器と妖術の使用に制限はないという。

「定められているのは、設えた舞台の上で戦うこと、執拗な攻めはしないこと、相手の命を奪わぬこと……か」

目の前で繰り広げられている戦いを眺めながら、喜蔵は眉を顰めて呟いた。盛られた土の周りを縄で囲いこみ作られた舞台は、相撲の土俵に似ているが、大きさはその倍はある。その中で戦うようにとのことだったが、一試合あたり百数えぬうちであれば、空中で戦うことも認められていた。

「ぬるい取り決めだ。殺めなければ何をしてもいいということではないか」

「手加減して倒すよりも、勢いよく殺しちまう方が楽だから、そういう取り決めになったんだろうな。こりゃあ、思ったより時がかかるかもしれん」

「その心配はないだろう。どうせすぐ負ける」

「うん。ここにいる奴らなら、疾風は瞬殺できる――あ、殺しちゃ駄目なんだったか」

わははと笑いながら頭の後ろに手をやった小春を、喜蔵はじろりとねめつけて問うた。

「どこからその自信が出てくるのだ？　お前の指導など、ただの暇つぶしの遊びだったではないか」

「お前が見たのは初日だけだろ？　あの日、俺はあいつを試してたんだよ。馬鹿らしい指導をしても、俺を疑わず、しっかりと修行に励むかどうかをさ」

「では、次からは真面目な稽古をつけていたというのか？」

「まあ、初日みたいな奴もやらなくはなかったけど」

話にならん、と吐き捨てた喜蔵は、前に視線を戻した。舞台上では、小柄な鼻高天狗と棍棒を持った大柄な天狗が戦っている。武器を持った大柄な方が勝つに決まっていると喜蔵は当然のように思ったが、ほどなくして勝敗がついた時、拳(こぶし)を振り上げて勝利の叫び声を上げたのは、小柄な鼻高天狗だった。小柄な鼻高天狗は、相手が「俺の負けだ！」と言うまで、何度も背負い投げにしたのだ。驚きが顔に出ていたのか、小春は喜蔵を見上げながら、ニヤニヤして言った。

「これで分かったろ？　人も妖怪も見た目によらぬもんだ。弱っちょろそうだと油断してると、痛い目に遭うぜ」

「俺は誰とも戦わぬから、痛い目になど遭わぬ」

「拳を交えることだけが戦いだと思ってるのか？　若いねえ」

やれやれといった様子で肩を竦めて言った小春を、喜蔵は綺麗に無視した。疾風の出番が訪れるまで、喜蔵と小春は他の天狗たちの戦いを眺めた。出場する天狗の能力に多少のバラつきはあったものの、喜蔵が想像していたよりも、実力のある者たちばかりだった。

（これで予選とは……あ奴は一戦も勝てずに終わるだろう）

小春に唆(そそのか)され、妙な稽古をつけられても、疾風は真剣に取り組んでいた。その健気な姿を思いだした喜蔵は、段々と疾風が哀れに思えてきた。

（……怪我をする前に早く終わればよいが）

珍しく寄せた同情の心が、四半刻も経たぬうちに砕け散ることを、この時の喜蔵はまだ知らなかった。


「……おい、今のは何だ」

「何だとは何だ？」

舞台を注視しながら問うた喜蔵に、小春は首を傾げて訊き返した。

「しらばっくれるな。あ奴が舞台に立った途端、相手が倒れたではないか」

喜蔵が言った「あ奴」とは、今舞台に立っている疾風だった。荻の屋を訪れた時には持っていなかった、銀色の錫杖を手にしている。

「お前が今言った通りだよ。疾風が錫杖を振ったら、それが見事に相手の肩を直撃したんだ。あまりの衝撃に、失神しちまったようだな」

小春はそう言いながら、舞台の上に仰向けに転がっている天狗を指差した。白目を剝いたその天狗は、確かに喪神しているらしく、口から泡を吹いたままぴくりとも動かない。

「……死んでいるのではないのか？」

「妖気出っ放しだから、生きてると思うけど……疾風！　そいつ、生きてるよな!?」

喜蔵の問いに答えた小春は、片手を振って疾風に訊ねた。疾風は倒れている天狗の傍らで屈みこむと、その天狗の首に手を当てた。

「生きております」

「おーし、よくやった！　次もその調子で頑張れよ！」

ぐっと拳を握って言った小春に、疾風は至極丁寧な礼を返した。

「一番十二戦目、勝者は疾風！」

烏天狗の声と法螺の音が、辺りに響き渡った。

（……相手が弱すぎたのだろう）

喜蔵はそう思うことにしたが――。

「本選出場者は、疾風！」

「よっし！　流石は俺の一番弟子だ！」

一番のくじを引いた者たちの試合がすべて終了してすぐ、舞台に駆けあがった小春は、勝者の頭を撫(な)でまわしながら言った。

「恐れ入ります。すべて師の教えの賜物(たまもの)です」

小春が撫でやすいように少し屈みながら、疾風は珍しく微笑んで答えた。

「おいおい、そんなまことのこと言うなよ。照れるだろ。もっと言っていいぞ」

矛盾することを述べた小春は、舞台の外で呆然と立ち尽くす喜蔵に顔だけ振り向いた。

「喜蔵、しかと観てたな？　約束守れよ」

ニッと白い歯を見せながら言った小春に、喜蔵は顔を顰めて舌打ちした。

――賭けをしねえか？

予選会場に向かう道中、小春は喜蔵にそんな提案を持ちかけた。

――疾風が予選を通過するか、否か。お前の好きな方に賭けていい。賭けるものは……牛鍋！　負けた方が、三人分の牛鍋代を払う――どうだ？

――……通らぬ方に賭ける。

普段は賭け事など決して乗らなかったが、今回はあまりにも勝敗が見えていた。どうせ疾風はすぐに負ける。帰り道は腹が空く頃だと考え、ちょうどよいかと気軽に頷いたのだ。

「いや〜楽しみだな、牛鍋。深雪は今日くま坂だよな？　昼休みに行って、あいつと一緒に食おうぜ。八人前は頼まなきゃだな」

「計算が合わぬ。四人でなぜ八人前なのだ」

「そりゃあ、俺が五人前食べるからだ」

「馬鹿も休み休み言え、ただ飯食らいの居候」

「口が悪い奴だな！　賭け事といえど、負けは負けだ。ぜーったいに守れよ」

ぎゃんぎゃんと喚く小春から顔を背けた喜蔵は、こちらに近づいてくる疾風をちらりと見遣った。

（……傷一つついておらぬ、か）

無傷で戦いを終えた疾風は、息さえ切らしていない。戦う前とまるで様子の変わらぬ疾風は、喜蔵が見た修行中の彼とはまるで別妖のようだった。小春が言った通り、人も妖怪も見目によらぬものなのだろう。だが、喜蔵はどうにも得心がいかぬ心地がした。

「お前はそれほどの力があるのに、なぜこ奴に師事を頼んだのだ」

疾風が二人の前に立った時、喜蔵は小春を指差して言った。

「お前が力のない天狗だったら、こ奴の力を借りたいというのも分かる。だが、それほど力があるなら、こ奴の助けなど必要なかろう。お前の今の力は、こ奴が教えて身についたものではあるまい。元から力を持ちながら、なぜこ奴を師に望んだ？」

「……失礼ながら、喜蔵殿は戦いの素人。戦うことができぬ者が、戦いの中に身を置いている者について論じるなどできぬはず」

表情を崩さず、冷ややかな口調で述べた疾風に、喜蔵はむっと顔を顰めて言った。

「……これまでと随分と態度が違うではないか。それがお前の本性――」

喜蔵の言は、人差し指を唇に当てた小春の「しっ」という声に遮られた。

「何か騒ぎが起きてる――中腹の方だ」

低い声を出した小春は、にわかに駆けだした。目を見開いた喜蔵は、すぐさま小春の後を追いかけはじめたが、十も数えぬうちに疾風に追い抜かれた。

（くそっ）

戦うことができぬ者――喜蔵は人間なのだから、当たり前だ。しかし、これまでの戦いで無力な己を悔しく思うことがたびたびあった喜蔵は、心のどこかにある負い目や引け目を言い当てられたようで、胸のうちに澱が溜まっていくのを感じた。

四半刻の半分も経たぬうちに、小春たちは山の中腹にたどり着いた。五番と書かれた立札が刺さった舞台の近くで足を止めた小春は、呆然として呟いた。

「……あれは、幻か……？」

「幻？　何の、ことだ……」

息を切らしながら言った喜蔵は、舞台の上に広がっている光景を認め、目を見開いた。五番の舞台上には、喜蔵よりも一回りは大きい天狗が金棒を持って仁王立ちしていた。目付きは凶悪で、いかにも酷薄そうな笑みを浮かべている。

「この浜風も舐められたものよ。初戦とはいえ、このような貧弱な者を相手にせねばならぬとは」

呻くように述べた浜風という名の天狗に、対戦相手はにこりと笑んで言った。

「お手合せ、よろしくお願いします」

可憐な声を上げたのは、手に金色の錫杖を持ち、山伏装束を纏った愛らしい顔立ちのおかっぱ頭の娘――。

「深雪……！」

小春と喜蔵の叫びが響いた瞬間、試合開始の法螺の音が鳴り響いた。空高く跳躍した浜風が、深雪の肩めがけて金棒を振り下ろす。頭を外したのは、深雪を殺さぬためだろう。だが、いくら加減したとしても、大柄な天狗の力は強大だ。攻撃を食らった肩は、周囲の骨ごと粉砕されてしまうに違いない。

小春は深雪を助けるために駆けだしたが、舞台に上がることもできなかった。

「――何すんだ、放せ！」

腕を摑んだ疾風に、小春は怒声を上げた。

「邪魔立てしない方がよろしいかと――ご覧ください」

疾風の言に従って舞台に視線を戻した喜蔵は、悲鳴交じりの声を上げた。

「深雪！　避けろ……！」

浜風の振り下ろした金棒が、深雪の華奢な肩に触れるまであと五寸という時。膝をぐっと屈伸した深雪は、次の瞬間、浜風よりも高く跳んだ。ばさり、という音を出したのは、深雪の背に生えた褐色の羽だった。

（あの羽の色はどこかで見た覚えがある……鷲か！）

喜蔵の脳裏に、鷲神社の神鳥の姿が浮かんだ。荻の屋に来た時は、目立たぬように雀の姿に化けていたが、露わにした真の姿は立派な鷲だった。あの鷲とよく似た羽が、深雪の背中から生えている。

一体何が起きているのだろうか――喜蔵の混乱をよそに、宙に浮かんだ深雪は、手にしていた錫杖をくるくると回しながら、舞台に向かって急降下した。深雪の思わぬ動きを呆然と眺めていた浜風は、深雪の錫杖が眼前に迫った時、ようやく避けようと身動ぎした。

しかし、時はすでに遅く、錫杖は浜風の腹を直撃した。勢いよく吹っ飛んだ浜風は、三間離れたところに立っていた大木に衝突した。

「……五番十五戦、勝者は春風！」

　勝利を告げる烏天狗の声とぼおーという法螺の音が響き渡った。その瞬間、張りつめていた空気が雲散し、辺りは騒然とした。

「お、おい……何だあの娘……人間にしか見えぬが、えらく強いではないか」

「ただの人間の娘ではなかろう。言い知れぬ気が漂っている。妖気ではないようだが」

「姿形と気の種は違うが、我らと同じ天狗なのではないか？　術で人間に化けているのだろうよ。相手を油断させて、その隙に倒す気なのさ」

「なるほどのう……しかし、一度使ったら、二度は使えぬ手だな。皆に手の内が知れた今も、術を解く気配がないぞ」

　舞台の上で礼をした深雪を眺めながら、観戦していた天狗たちはこそこそと話し合った。呆気に取られていた喜蔵は、小春が疾風の手を振りほどき、舞台に駆けていくのを見て、ようやく我に返った。

「おい、深雪！」

「小春ちゃん……お兄ちゃんも。さっきの声、やっぱりお兄ちゃんだったのね」

　深雪は目の前に立った小春と、舞台外にいる喜蔵を見比べて、困ったように笑った。

「お前……一体何してんだ!?　こっちに来い！」

　怒鳴り声を上げた小春は、深雪の腕を掴み、引っ張った。

「戦っていたの、観てなかった？」

「観てたから言ってんだろ！　何でこんなことになってんだ！」

　小春の怒りように、深雪はますます困ったような笑みを浮かべた。舞台の外に出てきた小春と深雪の許に、喜蔵は急いで駆け寄った。

「お兄ちゃん……」

　安堵（あんど）の声を漏らした深雪は、喜蔵に助けを求めるような視線を向けた。それを察しながらも、喜蔵は深雪に厳しい視線を向けて言った。

「その小鬼の言う通りだ……なぜこんな真似をした。そもそも、お前はまことに深雪なのか？　深雪の振りをしていた烏天狗ではないのか？」

「あたしの振りをしていた烏天狗さん？　一体何のこと……？」

　小首を傾げて答えた深雪は、嘘を吐いているようには見えなかった。離れた場所に立っている疾風を見遣ったが、こちらも顔色は変わらない。疾風が捕まえた「春風」は、一体誰だったのだろうか？　あの天狗が深雪の振りをしているという話は、どこから出たものなのか？　頭の中が疑問でいっぱいになった喜蔵の代わりに、小春が低い声音で問うた。

「浅草中の人々を怪力で助けていたのは、やはりお前なのか？」

「うん……あの時は嘘吐いちゃってごめんなさい。皆には『お兄ちゃんと小春ちゃんが心配するから、あたしがこうしてることは言わないでね』と頼んでたの。でも、あの日はお兄ちゃんたちに見られた気がしたから、綾子さんに頼んでお昼からずっと一緒にいてもらったことにして……。あの……二人ともどうか皆や綾子さんのことは怒らないでね」

お願いします、と頭を下げた深雪を、喜蔵は呆然と見下ろした。深雪が命にかかわるような大きな嘘を吐いていた――そのことに、喜蔵は思いのほか衝撃を受けた。

（いつも素直に気持ちを伝える娘だったが……否、そんなことはないか）

深雪は嘘を吐かなかったものの、言わなかったことならたくさんあった。喜蔵を兄と知りつつも黙ったまま、兄妹と分かった後に共に暮らしたいと願っていたことも口にせず、すれ違いで疑心を抱いた時もぐっと堪えた。本心を吐露するようになったのは、最近のことだ。それも、以前と比べたらという程度で、基本的に深雪は心のうちを語らなかった。

「お前は何であんなことをしたんだ？」

「……せっかく得た力だから、善いことに使いたかったの。はじめはちょっとお手伝いしただけだったんだけど、喜んでくれる顔を見ているうちに、欲が出ちゃって……」

小春の問いに深雪はそう答えたが、喜蔵は（そうではなかろう）と眉を顰めた。

「大方、思いのほか評判になっちまって、皆がお前の力にたかったんだろ？　一部の人間だけ助けるのは公平じゃねえと思ったお前は、頼ってきた奴ら全員を助けてやったんだ」

己が考えていたことをそのまま言葉にした小春に、喜蔵は驚きの目を向けた。

「たかるだなんて……」

そんな、と小声を漏らした深雪を、小春は鼻で笑った。

「ひどいって？　ひどいのは、お前を利用した奴らだろ。お前の事情を知らん奴らにとっては、お前はにわかに怪力を得た女子だ。変に思う奴だって多かっただろう。だが、お前の力が使えると知ったら、お前の事情なんてどうでもよくなって、あっちもこっちも『助けて』と言いだした。これが利用されているのでなければ、何だって言うんだよ」

「違うわ。あたしから『手伝いましょうか？』と声を掛けたから――」

「その言葉を鵜呑みにして、皆はお前に無茶させた。お前の力にはおそらく限りがある。いつどうなるか分からん身で、危ない真似をしたお前も悪い。おまけに、天狗の大会なんぞに出やがって……！」

　糞っと吐き捨てた小春は、まだら模様の髪をぐしゃりとかき混ぜた。小春がこれほど苛立ちを露わにするのは、久方ぶりのことだった。怒りで歯ぎしりしている小春と、眉尻を下げきった深雪を眺めながら、喜蔵は口を開いた。

「……帰るぞ」

　そう言って深雪の手首を摑もうとした時、深雪はさっと身を避けた。目を剝いた喜蔵に、深雪は「ごめんなさい」と小声で詫びた。

「あたし、まだ試合が残ってるから帰れません」

「何を申してる。試合など出るな。……そもそも、なぜここにいる？　そのような扮装をして、まるで天狗にでもなったようではないか」

　喜蔵が眉間に皺を寄せて迫ると、深雪は「……ええ」と低く頷いた。

「明日までは、春風という名の天狗なの……そう約束したのよ」

約束とは一体――そう訊きかけた喜蔵を遮って、小春は呻き声を発した。

「……あの天狗野郎！」

カッと赤く染まった小春の目を見て、喜蔵はハッと思いだした。

「裏山の天狗――花信との契約か……！」

喜蔵の言に深雪が頷いた瞬間、小春は身を翻した。

「待て！」

小春の腕を摑みながら、喜蔵は声を張った。

「待たねえ。裏山に行く」

放せ、と怒鳴った小春は、喜蔵の手を振りほどこうとした。

「行ってどうするつもりだ」

「戦うに決まってる。そんで深雪との約束を反故にさせる」

「力を失ったお前があ奴と戦っても、返り討ちにあうだけだ」

「じゃあ、どうしろと言うんだよ！」

怒鳴りながら振り向いた小春は、人間の見目のままだ。だが、全身から、総毛立つような凄まじい気が発されていた。思わず唾を吞んだ喜蔵を、小春は馬鹿にしたように笑った。

「胆力で閻魔を怯えさせることができるなら、あの天狗くらい倒せるだろうよ」

「……俺は人間だ。奴は妖怪――虚勢しか張れぬお前より、はるかに強い力を持つ大天狗だ。お前など、一撃で倒される。無駄死になど馬鹿のすることだ」

「……力のほとんどを失っても、人間よりは強いんだぜ。その証を今見せてやろうか？」

「やれるものなら、やってみろ」

売り言葉に買い言葉で、小春と喜蔵の間には、一触即発の空気が流れた。

「小春ちゃんもお兄ちゃんも、もうやめて！」

二人を追ってきた深雪が悲痛な声を上げた時――。

「私がいるではありませんか」

場違いなほど凛とした声音が響いた。

「……下がってろ、疾風。お前にはかかわりのない話だ」

険しい表情で切り捨てた小春に、いつの間にか近くに立っていた疾風は、首を横に振って言った。

「お言葉ですが、師匠――私は花信を倒すことを目標に、修行に励んでまいりました」

「そりゃあ、お前が天狗界の頂点に立ちたいからだろ？　花信は、この俺を倒すほどの実力の持ち主だ。奴の力が大したことなかったら、何の興味もなかったはず」

小春の言に、疾風は曖昧な笑みを浮かべた。

(何だその面は)

怪訝に思った喜蔵が顔を顰めた時、疾風は「お話しするのが遅れてしまいましたが」と改まった口調で言った。

「天下一の天狗になった暁には、何でも一つ望みが叶うのです」

「……はあ!?　何だそれ」

　小春は素っ頓狂な声を上げた。深雪や、近くでちらちらとこちらの様子を窺っていた他の天狗たちは、顔色一つ変えなかった。知らなかったのは、小春と喜蔵だけらしい。疾風は空の彼方を指差しながら、どこか遠い目をして言った。

「北西の空には、天狗の祖が棲んでいる――何百、何千年と前からの言い伝えをご存じですか？」

「知らねえな。何千年じゃあ、存在も定かでないってことだろ。大体天狗が空に棲んでるもんかよ。お前ら天狗は皆、山に棲んでいるじゃねえか」

「存在はしておられます。ここにいる大半の者が祖のお姿を拝見したことがありますゆえ……空に棲んでいるというのは、いささか語弊があったかもしれません。何しろ、祖は天狗としての生を終えた方――今や神にも近しい力を持ち、天狗を超えた存在として、こちらの世とあちらの世に三十三年に一度お姿を現します」

「姿を現すのが三十三年ごとっていうことは……この大会に合わせて出てくるってことか。じゃあ、そいつが勝者の願いを叶えるんだな？」

「流石は我が師――ご慧眼御見それいたしました」

　気が遠くなるほどの昔、天狗界は血で血を洗うような争いがひっきりなしに起きていたという。それを平定したのが天狗の祖で、これ以上同族で殺し合うのをよしとしなかった彼妖が作ったのが、天下一の天狗を決める大会だった。三十三年に一度、殺しは不可――

その条件に反発する者が多かったため、天狗の祖は何でも一つ願いを叶えるという約束を提示した。その願い目当てで大会に出る者は多かったが、優勝を勝ちとるのは欲のない者が大半だった。彼らが天狗の祖に願うのは、「健(すこ)やかな身体」「死ぬまで戦いつづける妖生」という漠然としたもので、明確な意志や目的を口にする方が珍しかったようだ。

「強い者は、自尊心も高いものです。いくら神に近しい存在といえど、他妖に頼って願いを叶えてもらうのは御免被ると思ったのでしょう。中には、せっかく優勝しても、願いを口にせず、そのまま保留になった例もあるそうです」

「自尊心に邪魔されてまことの願いを言えねえなんて、そっちの方がみっともねえな。まあ、俺も『力が欲しい』とは願わんと思うが……日々の努力の積み重ねで得た力でなければ、持っていたってしょうがねえからな」

「高いお志、感服いたしました」

深々と頭を下げて述べた疾風を、小春はじっと見下ろして言った。

「……気に食わねえな」

小春の呟きに、疾風はゆっくりと顔を上げ、目を瞬いた。鳶色に戻りつつあった小春の目の色が、また朱に染まりかけていたからだろう。

「欲のない者が多かったといえど、強欲な者も勿論(もちろん)おりました。人間のように、不老不死や莫大な富を望んだ者もいたそうです」

疾風の言を「そんなことはどうでもいい」と切り捨てた小春は、厳しい表情で述べた。

「なぜ俺に願いのことを話さなかった？」

「申し訳ありません。忘れておりました」

「下手な言い訳はやめろ――願いの話を今持ちだしたってことは、奴とかかわりがあるってことだろ？　大方、『私が勝ったら、花信に深雪殿との契約を反故にさせる』とか何とか言うつもりだな？　俺はお前の助けなどいらん。信用のおけぬ妖怪に借りを作るなど、真っ平御免だね」

「私の師となってくださったお礼がしたい――ただそれだけです」

「俺に隠し事をしていた奴のことなんざ信じられねえな。……大体、あの烏天狗はどうした？　お前が連れてきたっていう、深雪の――春風の振りをしていたあいつだ。お前、町で活躍してたのが本物の深雪だって知ってたんだろ？　知っててなぜ烏天狗を『春風』に仕立て上げた？　そうすることで、お前に何の利益があったんだ？」

「……深雪殿がお困りのようでしたので、勝手なことを致しました。あの烏天狗は私の配下の者――まことに眠っていたので、当妖はあの時のことを覚えておりません」

「お前が眠らせたんじゃねえのか？　実は起きていた――となったら面倒だから、始末したんだろ？」

「そのようなことは致しません!!」

　怒声を上げた疾風は、小春の冷たい視線に気づき、口を噤んだ。

「悪いが、お前の言うことは信じられん」

そう言って鼻を鳴らした小春は、ふいっとそっぽを向いた。

「俺も信用できぬ」

疾風の助けを求めるような視線を受けて、喜蔵は腕組みをしながら答えた。

しばしの沈黙の後、疾風はすうっと大きく息を吸いこむと、おもむろに袖を捲(まく)った。思いのほか華奢な手首には、数珠(じゅず)がはまっていた。

きらきら、きらきら、と音が聞こえてきそうなのは、それぞれの珠(たま)の中にちりばめられた金や銀の光だ。珠自体は、深い青と漆黒が混ざり合ったような色をしている。暗い周りのおかげで、金銀のきらめきが増して見えた。

「……星空みてえだな」

呟いた小春は、ほうっと息を吐いた。普段は断然色気より食い気の小春だが、その数珠の美しさには見惚(みと)れたらしい。横でその数珠を覗きこんでいた喜蔵も、小春と同じく感嘆の息を吐いた。

小春と喜蔵が食い入るように数珠を眺めていると、疾風は再び凛とした声を発した。

「これは、裏山の天狗——花信に殺された親の形見です」

疾風の言に、喜蔵と小春は息を呑んだ。

「私は元服を迎えるまで、叔父に育てられ、ひたすら修行に明け暮れて過ごしてまいりました。私が生まれる前に両親が死んだという話は聞いていたものの、どうやって死に至ったのかは知りませんでした。叔父に訊ねても、言葉を濁(にご)されるばかりで——叔父は私を育て、修行をつけてくれた恩妖。しかし、共にいながら十日口を利かなかったこともあるほど、非常に寡黙なのです。唯一饒舌になるのは、酔った時くらいでした。ですが、それも年に一度あるかないかで、おまけに『我がはらからは偉大な方だった。あれに勝る天狗はどこを探してもおらぬ』と私の親を褒めちぎるばかり……。そんな彼に負担を掛けてはならぬと思い、両親の件を知ることは諦めていました。しかし、元服を迎え、独り立ちのためにはじめて山を下りたあの日――」

――お前の親は、天下一の天狗を決める大会で、花信という天狗に殺された。優勝者を選出する、決勝でのことだ……勝負の分は、お前の親にあった。まともに当たっても敵わぬと誰もが思っていたところ、非常事態が起きてな……その混乱に乗じて、奴はお前の親を殺したんだ。もしかしたら、あの騒ぎも奴がしかけたものだったのかもしれん……花信め。あいつはまことに悪い天狗さ……ハハハ、ハハハ。

新しい棲処を探していた疾風に、見知らぬ天狗はそう声を掛けてきた。はじめは無視していた疾風だったが、どこに行っても、誰と会っても、同じようなことを言われた。

――無念なことよの、疾風殿。貴殿の親はあれほど立派な大天狗であったというのに、花信のような悪に手を下されるとは……まことに残念だ。あの天狗の面汚しめ。

――親の仇を取らなくてよいのかい？　お前に引き継がれしその血と才を使い、花信を討つべきだ。お前にはその権利と義務があるはず。

――これ以上、花信の暴虐を許しておくわけにはいかぬ……さあ、疾風殿。共に立ち上がろうぞ！

同情を寄せられ、叱咤激励され、時に花信退治に誘われた疾風は、次第に花信への不信を募らせていった。

「……一度、真偽を確かめようと、あの裏山に赴いたことがあるのです。そこにいた奴の配下の天狗たちは、私を見るなり襲いかかってきました。応戦した私が、最後の天狗を倒そうと錫杖を振り下ろした時――花信が現れ、私の意識は途絶えました」

「お前も花信に負けたのか」

ぽつりと漏らした喜蔵に、疾風はぎろりと鋭い視線を向けた。

「我が親を殺した時と同じように、卑怯な手を使ったのでしょう」

「だが、お前はそのことをはっきり覚えていないのだろう？」

「……喪神する瞬間、奴がこう言ったことはしかと覚えています」

――我の前に二度と姿を現すな――この禁を破りし時は、貴様の親と同じ目に遭わせる。

花信が乗り移ったかのようにそっくりな言い方をした疾風は、おもむろに腕から数珠を取りはずし、天狗にしては薄い赤色の顔の前に掲げて述べた。

「我が親は死の間際、私の名付けと共に、『これを子に渡してくれ』と叔父に託したそうです。真偽のほどは分かりかねますが、天狗の祖がただの天狗であった頃につけていたものだとか。……誓いの証に、これをお渡しします」

疾風が小春の腕に数珠をつけた瞬間、ざわめきが起きた。いつの間にか、喜蔵たちの周りには、大勢の天狗が集っていた。距離は空けているものの、皆こちらを注視している。

「……お、おい――よろしいのか」

焦ったように声を掛けてきたのは、先ほど深雪に吹っ飛ばされた浜風だった。身構えた小春と喜蔵をよそに、疾風は「よい」と素っ気なく答えた。

「だが、それはお主が彼の者の血を受け継ぐという証――」

「血の繋がらぬ者にも継承されたことはある。いつか誰かの手に渡ることは、覚悟していた」

「疾風殿……」

気遣わしげな声を出した浜風は、少し言いづらそうに続けた。

「……せめて、春風に渡してはどうか。疾風殿もご覧になっていただろう。春風は俺を一撃で吹っ飛ばすほどの剛力の持ち主。疾風殿でないのなら、春風こそ数珠の持ち主に相応しい」

「相応しいかどうか決めるのは、数珠の所有者の私だ」

きっぱりと答えた疾風に、浜風はぐっと詰まり、静かに頭を下げて身を引いた。

「おい……俺、こんなもんいらねえぞ」

小春はそう言いながら、腕から数珠をはずそうとした。その手を止めたのは、「持っていてください」という疾風の声だった。

「いらん。こんなもんで誓いを立てられても、俺は得心できねえ。天狗野郎の件もそうだが、お前はまだ俺に色々と隠していそうだ。この数珠は返してやるから、さっさと話せ」

「お話ししたいところではありますが、明日に備えてやるべきことがまだあるのです。急ぎ、手形の許可も取らねばならぬし——今日はここでお暇(いとま)させていただきます」

「はあ？……って、おい！　疾風！」

突如翼を広げた疾風は、小春の制止を振りきり、翔け上がった。

「待て！　逃げるな！」

小春の叫び声が轟いたが、疾風は一切止まることなく、あっという間に空の彼方へと消えた。

「……一体、何なのだ」

「知るか！」

喜蔵の呟きに吠えた小春は、雑な手つきで、がしがしと頭を掻いた。

「お前に近づいたのは、奴の仇が花信だったからか？　花信の宿敵が味方につけば、心強いと思ったのか……だが、花信の件を隠しておく必要はなかったはず。むしろ、それを言った方が、甘っちょろい小鬼の同情を引けただろうに」

「俺は辛いのが売りだ。甘いのはあんみつだけで十分！……しかし、疾風の奴、三十三年前はまだ親の腹の中にいたと言ってたよな？　親が殺されたのがこの大会の時というのがまことなら、その時は父親を殺されたというわけか。そんで、その疾風の父親を殺したのが、天狗野郎だと」

「……その場合、花信は前回棄権、今回は出場不可ということになるが」

「だから、どこを見回してもいなかったのか」

　ちっと舌打ちした小春に、喜蔵は眉を顰めて頷いた。

「奴は何の躊躇いもなく同族を手に掛けそうだから、殺し自体は何とも思わんが……どうにも引っかかる」

　小春の呟きに、喜蔵はむっつりと頷く。肝心なことは言わず、嘘を吐いていた疾風。姿を現さず、沈黙を守っている花信。天狗と契約し、なぜか大会に出ている深雪――

「……おい。お前はなぜ花信の契約を呑んだ――」

　振り返りながら問いかけた喜蔵は、深雪の姿が見えぬことに気づき、鋭い目を見開いた。

「あの馬鹿……！」

　ちっと舌打ちした小春は、舞台に向かって駆けだした。そちらに視線を向けた喜蔵は、ますます目を剝いた。

「あの馬鹿娘め……！」

　小春とそっくりな台詞を吐き、喜蔵も走りだした。舞台の上には、錫杖を手にした深雪がいた。疾風とのやり取りで気を取られている間に、深雪はこっそり自身の二戦目に出たようだ。深雪と対峙しているのは、二刀流の天狗だった。

「お前の実力は計り知れぬ。悪いが、命を取る気で行くぞ。――地嵐、参る！」

　烏天狗の合図があるや否や、そう叫んだ二刀流の天狗・地嵐は、刀を鞘から引き抜き、深雪に飛びかかった。地嵐は、目にもとまらぬ速さで刀を振り回した。深雪は防戦一方で、錫杖を振る間もない。

（真剣で向かっていくとは……まことに殺す気か）

このままでは深雪が危ない——舌打ちをした喜蔵は、あと数歩で舞台にたどり着きそうな小春を認めて、「頼む！」と叫んだ。小春は前を向いたまま、こくりと頷いた。

その直後——。

「……ごめんなさい。あたし、どうしても負けられないの」

深雪の申し訳なさそうな声と同時に、バキバキバキ——と硬質な音が響いた。舞台にあと一歩と迫っていた小春は、そこでぴたりと足を止めた。駆けていた喜蔵も、立ち止まらざるを得なかった。深雪が両手で振り下ろした錫杖が、地嵐の真剣二本を粉々に砕いたのだ。目を見開いて固まった地嵐は、ややあってからその場に尻餅（しりもち）をついた。青褪（あおざ）め、ガタガタと震えだした地嵐に、深雪は屈みこんで言った。

「あたしの勝ちでいいですか？」

武器がなくなっても戦う者はいる。それを考慮して言ったのだろうが、丸腰で尻餅をつき、隙だらけの相手は馬鹿にされたと思ったらしく、顔を真っ赤にして泣きだした。

「大丈夫ですか!?　どこか痛いところが……」

「う、煩い……！　俺の負けだ……糞！」

気遣わしげに述べた深雪に、地嵐はますます泣きながら負けを宣言した。

「……まったく」

喜蔵がそう言って、ほっと息を吐いた時、びゅおおおと凄まじい風が吹いた。

(……竜巻か……!?)

腕で顔を覆いながら、喜蔵は固く目を瞑った。重心を低くしてつま先を丸めるように踏ん張っていないと、飛ばされてしまいそうだった。ずるずると下駄が滑る感覚がし、一層下半身に力をこめた瞬間、

「い、異端の者が現れた！」

上擦った声が響き、喜蔵はぐっと歯を食いしばった。

(異端の者とは誰だ……何が起きている？)

「うわあああ！」

野太い悲鳴が上がったと同時に、ブツッという何かが断たれた音や、どばどばと水の入った桶をひっくり返したような音が轟き、喜蔵は背筋に寒気を感じた。

「ひい、痛い……痛いよ……」

「や、やめろおおお……！」

怪我を負ったらしき者の慟哭や、今まさに襲われんとしている者の叫びが、あちこちから聞こえてきた。風が吹いていたのは短い時だったが、喜蔵には永遠と思えるほど長く感じられた。身動きが取れぬ間にあちこちから上がった悲鳴や音が、それに拍車をかけた。

「ぎゃあああああ」

いつ己の身にもそれが襲いかかるのか――身が震えるほどの恐怖を感じ、喜蔵は泣きそうになった。

「五番の試合はこれにて終了。本選出場者は、春風……！」

烏天狗の大音声が辺りに響き渡り、風が止んだ。

（春風……深雪！）

喜蔵は腕を下ろし、目を開いた。

地が赤に埋め尽くされている――それが倒れた天狗たちだと気づき、喜蔵は息を呑んだ。まさか、と嫌な考えがよぎった時、そこら中から呻き声が発されていることに気づいた。天狗たちが死んではいないことを知り、ほっと息を吐きかけたが、

「……深雪！」

視線を上げた喜蔵は、顔色を変えて叫んだ。翼を広げ、去っていく深雪の姿が見えたのだ。喜蔵はすぐさま追いかけたが、相手は空を翔けている。あっという間に、はるか彼方に飛び去っていった姿を認めて、喜蔵は思わず地を蹴った。

「くそっ！　放せ！」

小春の怒鳴り声が響き、喜蔵はハッと声がした方に視線を向けた。そこには、天狗面を被り、山伏の装束をつけた者と、その天狗面に襟首を摑まれ、高く持ち上げられている小春の姿があった。

「はーなーせーって！」

手足をバタバタと動かしながら、小春は怒声を上げた。

（無事ではないが、無事か……）

心の臓を押さえながら、喜蔵は今度こそ安堵の息を吐いた。

「……お前が異端の者か？」

近づいたら殺される――そう危ぶみつつも天狗面の者に近づいていった喜蔵は、相手から数歩離れたところで止まって言った。

「よく分かったな」

天狗面の者は、妙に明るい調子で答えた。

「天狗の面をつけた天狗など、人間の俺からしても妙だ。何より、死屍累々（ししるいるい）の中、立っているのはお前だけではないか。……この惨状は、お前の仕業か？」

「ああ、そうさ。だけど、誰一妖として殺しちゃいない。殺したら失格なんだろ？　もっとも、大会に出ていない俺にはかかわりない話だが」

天狗面の者は、ハハハと笑いながら言った。

「お前、出てねえのか？」

「これまでもこれからも一生出ることはないな」

「天狗だったら皆出たいものじゃねえのか？」

「俺は異端の者だ。その辺の天狗とは考えが違うのさ」

小春の問いに、天狗面の者は軽い調子で答えた。

（こ奴の何が異端なのだ？　妖怪にしては陰りが一切見られぬところか？）

　だが、それは小春も同じだ。「はーなーせー！」という喚き声で我に返った喜蔵は、小春を指差して言った。

「そ奴を放せ」

「いいぜ」

　あっさり頷いた天狗面の者は、摑んでいた小春の襟から手を離した。

「ぎゃっ！　いきなり放すなよ、尻が割れるだろ！」

「おや、あんた割れてなかったのかい。普通は元からある程度割れてるもんなんだぞ。ちょうどよかったな」

　尻餅をついた小春が非難の声を上げると、天狗面の者は笑い声を立てながら軽口を叩いた。

（……素直に言うことを聞くところといい、陽気な口振りといい、このような場を荒らした者には思えぬが）

　しかし、この天狗は、会場にいた者たちを皆殺しにしようとした男だ。先ほどの惨状を思いだしながら後ろを振り返った喜蔵は、目を見開いた。

「おらぬ……」

　地に倒れていた天狗たちが、姿を消していた。深雪のことを思いだし、空を見ると、そこには何妖もの天狗たちが翔けていた。皆どこか覚束ぬ様子なのは、天狗面の者にこてんぱんにのされたせいだろう。

「俺は初瀬だ。あんたは喜蔵だな」

「……なぜ俺の名を知っている」

明るい調子で名乗りを上げた天狗面——初瀬に、喜蔵は怪訝な視線を向けた。

「あんたのことはこいつを調べるついでに知った。俺が用があるのは、猫股鬼の小春さ」

「……俺と戦いたいってか？　それとも疾風のように、師になってくれと頼みにきたのか？　俺が欲しいなら、疾風と戦ってからにしてくれ。勝った方の師匠になってやるよ。もっとも、あいつもとうに逃げたみたいだがな」

地面に座していた小春は、立てた膝に顎を置きながら、不遜な顔で言った。

「……疾風、ねえ」

皮肉っぽい声を発した初瀬に、喜蔵は思わず身構えた。初瀬の身から、不穏な気が発されたように感じたのだ。それは勘違いではなかったようで、いつの間にか目を赤くした小春が、初瀬の首に伸ばした鋭い爪を押しつけていた。

「何もしてない奴にいきなり爪を立てるとは、行儀の悪い猫だな」

「無抵抗の天狗たちをなぎ倒した奴の台詞とは思えねえな。それに、俺は猫じゃねえ」

ますます目を赤くして言った小春に、初瀬は肩を竦め、首を横に振った。その拍子に、小春の爪がぐっと初瀬の首に刺さり、喜蔵は息を呑んだ。すぐさま爪を引いた小春は、縮めた爪先に血がついているのを認めて、舌打ちした。

「……俺の綺麗な爪を汚しやがって」

「それこそ、これまで幾多の妖怪をその爪で切り裂いてきた奴の台詞とは思えないね」

からからと笑った初瀬は、首に空いた小さな穴の辺りを掻きながら、腰を下ろした。

「喜蔵も座れよ」

「……」

胡坐をかいた初瀬は、まるで友が相手であるような気安い調子で言った。眉間に盛大な皺を寄せた小春が頷いたのを見て、喜蔵は息を吐きながらその場に座した。

（一体これから何がはじまるのだ？　こんなことをしている場合ではないというのに）

空を翔けていく深雪の姿を思いだし、喜蔵は唇を噛んだ。その時、初瀬はまるで喜蔵の心を読んだかのように、こう言った。

「あんたの妹なら、無事だ。そこらで無様に転がってた天狗たちと違って、俺の攻撃はすべて避けたよ。かすり傷一つついちゃいない」

「……お前は深雪まで傷つけようとしたのか」

押し殺した声音を出した喜蔵に、初瀬は呆れたように言った。

「俺は天狗だけ狙ってたのに、あんたの妹が邪魔してきたんだ。防戦一方では負けるから、仕方なくやり返しただけさ。こちらに危害を加えてこなければ、俺もあんたの妹には手を出さなかったよ」

「天狗の言など信じられぬ」

「ひどいね、俺も元はあんたと同じ人間だったというのに」

肩を竦めて言った初瀬に、喜蔵は眉を顰めた。

「お前……天狗道に堕ちたのか」

初瀬をじろりと見上げながら、小春は低く問うた。

「天狗道ねえ……仏教の六道から外れた道をそう言うんだったか？　小春は妖怪なのに、仏の道など信じてるのかい」

「俺が信じてるのは、俺だけだ」

ふんと鼻を鳴らした小春は、「それで？」とぶっきらぼうに言った。

「元人間のお前が、俺たちに何の用があるってんだ？　あ、俺たちじゃないか。喜蔵は俺のついでだものな。ついで……ついでだって」

ふきだした小春を横目で睨みながら、喜蔵は腕組みをして嘆息した。

「……時が惜しい。さっさと用件を話せ」

「あんたはついでなんだけどなあ……嘘嘘。そう怖い顔しなさんなって」

喜蔵の鋭い視線を受けた初瀬は、小春に傷つけられた首をまた掻きながら笑って続けた。

「用件の前に、俺の昔話を聞いてもらうよ」

小春と喜蔵は示し合わせたかのように、同時に頷いた。

四、天狗の神さま

お椀をひっくり返したような、丸みのある大きな山——大椀山。そのふもとにある玉村に、平五郎は生まれた。

「今年も不作だなあ……去年よりもひどいかもしれん」

「この日照り続きでは仕方がねえさ。人なら歩いて日陰に移動できるが、米や野菜はそうはいかねえ」

「人が代わりに干上がってくれりゃあいいが」

力なく笑いながら交わされる会話を、平五郎は幼き頃からよく耳にしていた。

（玉村は貧しいんだ。三郎の家も、与作さんの家も、おトメさんの家も、皆貧しい）

幼いながらも、己を取り巻く状況を理解していた平五郎は、落胆と優越の相反する気持ちを抱いていた。

「平五郎の家はいいなあ。お前の家は名主さまだ。子が何人いても、食いっぱぐれることたあねえんだものな」

毎日遊んでいる幼馴染の三郎が羨ましそうに言った時、平五郎は苦笑しつつ、「そんなこたあねえさ」と答えた。

「貧しいのはうちも同じだ。代々名主役を担ってるが、生きていくだけで手一杯なのさ」

「そんなこと言って、本当は贅沢三昧なんだろ」

「三郎は、おいらが嘘吐きだって思ってるのかい？」

「……幼馴染のよしみで信じてやるよ」

唇を尖らせて言った三郎は、平五郎の肩を軽く小突いた。平五郎は笑ってやり返しつつ、内心溜息を吐いた。

(悪いなあ、三郎。お前えの言う通りだよ)

平五郎は四人兄弟の末っ子だ。平五郎が生まれる前に死んだ者を入れると、七人兄弟だったことになる。彼らは皆早世したが、この時代は特別珍しいことではなかった。特に、貧しいこの村では、腹が膨らむまで食べることなど夢のまた夢で、腹の虫を常に鳴らした大人と子どもばかりがいた。赤子がすくすくと育ち、一人前の大人になることがどれほど困難であるのか――それを知らぬ者はいない。皆が飢えぬためにせっせと働いている中で、平五郎の家は確かに他と違った暮らしをしていた。

「美味しいなあ、この米。与作さんが育てたやつとは大違いだ」

炊きたての飯を食べながら、平五郎の次兄の栄吉は言った。

「与作さんの悪口は言うな。不作ながらも、あの人は頑張っているじゃないか」

栄吉をたしなめつつ、長兄の二郎は煮っ転がしを咀嚼する。それぞれの膳には、とりどりの食材を使った料理が並べられている。村人たちが見たら、特別な祝い事でもあるのかと驚くことだろう。

「悪口のつもりはねえさ。こう日照りが続くんじゃあ、頑張ったところでな……」

栄吉の嘆息交じりの言に、「そうね」と長姉のさとが頷く。

「これはかりは仕方ないわ。おてんとうさまをどうにかできるのは神さまだけだもんね」

神さま——その言葉を聞きつつ、平五郎は黙々と豆を食べた。野菜や米が不作の年も、平五郎の家にはそれらが毎日膳に並ぶ。平五郎にとってはそれが普通だったが、自分が生まれる少し前——平五郎の叔父が死ぬ前までは、この家も困窮しかけたことがあるという。

だが、そのさらに数年前は、今のように恵まれた暮らしをしていたと聞いた平五郎は、物心ついた頃から、何者かに暮らしを左右されているようなこの家の不思議をずっと考えてきた。

「ねえ、おいらたちがいつも食べてる米や野菜は、一体どこで作られたものなの？」

平五郎が父にそう問うたのは、十の時だった。例年通りひどい日照りに悩まされ、村人たちはひもじい思いをしていた。平五郎の家でも去年より毎度の食事の量が減っていることに、平五郎は気づいていた。

「……どこで作ったものなのかは、父さんも知らないんだ」

ややあって答えた父・小弥太に、平五郎は驚いた顔を向けた。

「あれは、神さまからのいただき物だ。うちには大きな神棚があるだろう？　朝起きて神棚の前に行くと、そこには米や野菜が並べられてるんだ。お姿は見たことがないが、夜のうちに神さまが届けてくださってるのだろう。だから、大事に食べなきゃいけないよ」

「どうして神さまがくれるの？　おいらたちの家だけなんでしょ？」

三郎や他の村人たちの家を訪れた時、平五郎は皆と自分たちがまるで違う暮らしをしていることに気づいた。平五郎は生まれてこの方、食うに困ったことはない。皆から聞く「ひもじい」や「貧しい」という言葉を心に抱いたことさえなかった。

「おいらたちは皆と何が違うの？　なんで神さまはおいらたちにだけ恵んでくれるの？」

「神さまにお仕えしているからさ」

首を傾げた平五郎に、小弥太は困ったような笑みを浮かべて言った。

「お前が大きくなったら、教えてやろう。それまでは、胸に秘めておいておくれ」

この家の暮らしのことを皆に言っちゃあいけないよ――小弥太が続けたのは、彼がいつも言っている台詞だった。

「自分と同じだと思っていた相手が自分より優れていたり、裕福だったりすると、人は相手を恨み、憎むようになるんだ。親しくてもそうでなくても、かかわりない――否、親しければ親しいほど余計に忌み嫌うようになるかもしれん。己が不幸なのに、なぜあんたは幸せなんだ。共に地獄に落ちろ……そんな風に思ってしまうものなのさ。俺たちがこうして毎日飢えることなく、満ち足りた暮らしを送っていると知られたら、村中大騒ぎになるだろう。松明を持って、家の周りを囲まれるかもしれん」

真面目な顔をして述べた父に、平五郎はごくりと唾を呑みこんだ。

「……おいらたちだけこんな風に暮らしていいのかな」

仲のいい三郎、よく面倒を見てくれる与作、優しい言葉を掛けてくれる太郎、叱られて泣いていた時に慰めてくれたイワ――貧しいが心優しい玉村の人々のことが、平五郎は好きだった。彼らを差し置き、自分たちだけが恵まれた場にいる――平五郎はずっと罪悪感を抱きながら生きてきた。

「いいも悪いもない。俺たちはこの家に生まれた。三郎たちは違う家に生まれた。さだめを決めたのは、神さまだ。文句があるなら、神さまに言ってもらわなきゃ困る」

怒ったような口調で述べたのは、いつの間にか近くにいた二郎だった。いつも己には優しい二郎の剣幕に、平五郎はびくりと身を震わせた。

「……神さまにどうやって言えばいいの？　神棚？」

問うと、二郎はハッと我に返った顔をして、「すまん」と小さく詫びた。

「神棚もいいが、お社の方がいいな」

穏やかな表情で小弥太が答えた。お社は大椀山の中腹にある天津神社を指す。村の氏神として信奉されているが、村人たちが詣でるのは年に一度、一月一日だけと決められていた。そこの神は、静かな暮らしを好むという。大椀山は、氏子の村人でも中々立ち入れぬ場所だったが、名主である平五郎の家は例外だ。神主不在の社を掃除し、傷まぬように管理しているのは、小弥太や二郎たちだった。平五郎も長じたらその役を担うのだろう。

「本当はもっと奥、山の頂上がいいんだろうがね。神さまはそこに住まわれているのさ」

「父さんや兄さんたちは、神さまに会ったことがあるの？」

　二人の答えは否だった。面識さえない相手から恩恵を受ける――何だか妙だ、と平五郎は思った。掃除やお供えをしたくらいで恩恵が得られるなら、誰だってそうしただろう。

（どうしてうちが……うちだけが選ばれたんだろう？）

　一等訊きたかったその問いは、一度も訊ねることができなかった。

（三郎たちには悪いが、神さまがお山にいらっしゃる限り、おいらの家は安泰だ）

　皆のことは心配だったが、最も大事なのは、自分と家族だ。父と兄から大椀山の神について聞いた日以来、平五郎は毎日社に行き、いつもありがとうございますと礼を述べた。


　平五郎が十三になった年、小弥太が死んだ。

「何で父さんが……何で、どうして……」

　平五郎は父の遺骸(いがい)に縋(すが)りつきながら、おいおいと泣いた。姉のさとは一年前に隣村に嫁いだので、家には平五郎の他に、長兄と次兄、それに半月前に産まれた弟がいた。弟を産み落とした後、産後の肥立(ひだ)ちが悪かった母は、息を引き取った。

「……きっと村の奴らにやられたんだ」

「栄吉！」とたしなめるように言った二郎に、栄吉は震える拳を握りしめながら食ってかかった。

「親父がこんな風に死ぬはずない……誰かにやられたんだ」

二郎は唇を噛みしめ、胸に抱いている末弟をぎゅっと抱え直した。平五郎は泣きながら、小弥太の首を見つめた。そこには、生々しい縄の痕が残っている。

小弥太が神社の境内にある神木の下で首を吊って死んでいる姿が発見されたのは、つい先刻のこと――。

――小弥太さまがお社で首を括られた……！

そう言って平五郎の家に知らせにきたのは、父を発見した三郎だった。平五郎たち兄弟から少し離れた場所に立っている三郎は、顔を真っ青に染め、必死に涙を堪えていた。

（三郎、何をそんなに怯えてるんだ）

父に縋りつき泣いていた平五郎は、友の様子がいつもと違うことに気づき、首を捻った。

「お、俺……ごめんなさい。決まりを破って、最近よくここに来てたんだ。木の実や山菜をとって食事の足しにしようと思って。その時、何度か小弥太さまを見かけて……神木を虚ろな目でじっと眺めていたから、気にはなっていたんだ。でも、それを言ったら山に入ってることが露見するから、黙ってた……俺が素直に打ち明けていれば、こんなことにはならなかったかも……ごめん……ごめんなさい」

とうとう泣きだした三郎を見て、平五郎はますます涙を流した。「三郎のせいじゃない」と慰める二郎に、栄吉はずっと「父さんは殺されたんだ！」と喚いていた。

「……父さんはできた人だ。恨みなど買うはずもないことは、お前もよく知っているはず」

「俺たちの暮らしぶりが露見したんだろう。姉さんの輿入れがあまりにも立派だと、皆が話してた。笑みを浮かべちゃいたが、目はちっとも笑ってなかった。そんなことにかける金があるなら、村のために使ってくれと思ってたに決まってる」

　二郎の言に反論した栄吉は、拳を握って震えていた。玉村は、相変わらず不作続きだ。先日、ついに飢え死にが出た。

（神さまもお困りなんだろう……うちへのお恵みも随分減った）

　米や野菜といった食物の差し入れが減ったのは、数年前からだ。他の村人たちに比べたら十分食べていたが、昔と比べると差は歴然だった。ひもじい、貧しい、という気持ちは、平五郎にはまだ分からない。だが、腹が減ったという感覚は増えた。

　小弥太の様子が変わったのは、その頃だった。以前は穏やかな表情を浮かべていることが多かったが、極端に笑みが減った。ふとした時、眉間に皺を寄せて悩んでいるような素振りも見せたが、栄吉はそれに気づいていなかったらしい。小弥太が自ら首を括ったとしか見えぬこの状況で、「父は誰かに殺された」と思っているようだ。一方二郎は、何か言いたげに口を開こうとしては止め、暗い表情を浮かべている。

（……二郎兄さんは何を知ってるんだろう？）

　次々と湧いてくる疑問を口にすることはできなかった。父に縋って泣いているのは、平五郎一人――二郎の腕の中で泣いている弟の乙吉は、父の死に気づいているのだろうか？

「兄さんも気をつけろ……次に狙われるのは、きっとあんただ。その次は俺で、そのまた次は平五郎――お前だ」

にわかに矛先を向けられた平五郎は、次兄の言葉にびくりと身を震わせた。

「おいらも殺されるの……？　じゃあ、乙吉も？」

「栄吉、馬鹿なことを言うな！」と叫んだ二郎を遮って、栄吉は「そうだ」と大声を張り上げた。

「お前も乙吉も殺される。乙吉など、まだ赤子だ……簡単にやられるだろう」

「そんなの駄目だ……！」

悲鳴交じりの声を上げた平五郎は、父のそばから離れ、駆けだした。

「おい、平五郎！　どこへ行く!?」

二郎と栄吉、それに三郎の焦った声が聞こえてきたが、平五郎は立ち止まることなく、一心不乱に山を駆け上った。

(神さまに……頼むんだ！)

乙吉を殺さないで。二郎兄さんも栄吉兄さんも、助けて――と。

(本当は、父さんを生き返らせてほしいけど……)

己たちの命を助けてもらう上に、父まで生き返らせてほしいと、頼めるはずがなかった。

――神さまは俺たちのことをよく見ている。山の上から、じっとな。いい行いをしたら、褒美(ほうび)をくれる。悪い行いをしたら、罰を下す。

――三郎をからかったことも、神さまは見てたのかな？……おいら、天罰が下る？

――見ていたとも。だから、罰を下したんだ。お前が三郎をからかった後、三郎はしばらくお前と口を利かなかっただろう？　お前は反省して、泣きながら三郎に謝った。お前に孤独を教えたのは、神さまだ。お前は悪いことをした。だが、ちゃんと詫びて、その後、前よりも三郎に優しくなった。神さまはそれも見てくれていたはずだよ。

――神さまは何でも見てるんだね……何でも知ってて、何でもできるんだね。

――そうさ、何でもできるから神なんだ。だが、何でもできるからといって、何でも言うことを聞いてくれるわけじゃない。物事には何でも対価が必要なんだ。対価は様々だ。食べ物であったり、欲であったり、その者自身であったり……大事な人であったりもする。

そう言って父が儚(はかな)く笑ったことを、平五郎は思いだした。あの時は父が何を言っているのかよく分からず、頷くしかできなかったが、今は違う。

「……おいら、何でもする。だから、おいらたち兄弟をどうか助けて……！」

己の命はどうなったっていい――たった十三の平五郎には、そこまで思いつめることはできなかった。だが、命でないなら何でも差しだすつもりだった。

「神さま……おいらたちをお守りください。神さま、どうかおいらの願いを叶えて！」

平五郎はそう叫びながら、鬱蒼(うっそう)と茂った木々の中を駆け回った。枝や葉で腕や足に傷がつき、血が流れたが、やめなかった。

「神さま、お願いだ……どうかおいらを、おいらたちを助けておくれ！」

心の底から叫んだ瞬間、平五郎の身がふわりと宙に浮いた。

＊

目が覚めた平五郎は、声にならない悲鳴を上げた。

（な……何だ……血だらけ……!?）

朱に染まった人の顔が、目の前にあった。

「身体はどうだ」

掛けられた気遣いに目を白黒させながら、平五郎は言った。

「あ、あんたこそ血塗れ……」

血じゃない――そう気づいた平五郎は、口を噤んだ。目の前に立ち、平五郎の顔を覗きこんでいる相手は、真っ赤な肌をしていた。顔も首も手も、露出している部分すべてが赤い。山伏装束で隠された身体も、顔などと同様の色をしているのだろう。

「あんたは山伏……？」

「違う」

平五郎の問いにはっきりと答えた相手は、掠（かす）れた声音をしていた。横に広がった藍（あい）色の目は、星をちりばめた空のようにきらきらと輝いている。眉がないため、秀でた額が目立ち、引き結ばれた薄い唇は、目と同じく横に広がっていた。目の玉以外どこもかしこも赤かったが、平五郎が一等釘付けになったのは、その長い鼻だった。

「異国からやって来たの？」

「異国人は確かに鼻が長いが、私ほどではない。もっとも、私は鼻高の中では低い方だ」

くすりと笑って言った相手は、三寸ほど前に突きだすように伸びている鼻を指で撫でた。

まじまじと相手を眺めた平五郎は、前に絵草子か何かで見た、ある妖怪を思いだした。

「……天狗」

ぽつりと述べた平五郎に、山伏装束の者はあっさり頷いた。

「私は平野という。お前は初瀬だ」

平野と名乗った天狗が口にしたのは、聞き覚えのない名だった。

「お、おいらの名前は、平五郎だ……！」

「何を申しておる。お前は初瀬だ」

平五郎の手首を摑み、ぐいっと引っ張り上げながら、平野は冷たく言った。親にも兄たちにも怒られたことがほとんどない平五郎は、平野の淡々とした態度に怯んだ。

「……で、でも……おいらは人間だ」

「まことにそう思うのか？」

「ま……まことだ……！」

勇気を振り絞って答えた平五郎を、平野は怜悧な目で見下ろした。平野は、父や兄と同じくらいの上背だが、彼らとは比べ物にならぬほどの威圧感を纏っている。何もかも見透かすような鋭い目に見つめられているうちに、平五郎は色々なことが分からなくなっていった。

(おいら、どうしてここにいるんだ……確か、神さまを捜しに山に入って……あれ、神さまじゃなくて、父さんだったっけ？　兄さんたちは一緒じゃないのかな？　乙吉は……)

あれこれ考えているうちに、平五郎はいつの間にか小川の前に立っていた。「覗いてみろ」と平野に命じられた平五郎は、素直に「うん」と返し、小川のほとりにしゃがみこんだ。静かな水面は、空からの日差しできらきらと輝いていた。

(綺麗だな……)

ほうっと息を吐いた平五郎は、川に映っている己の姿を認め、目を瞬いた。下がった眉に、丸い目鼻、三角の口——見慣れた己の顔だったが、それ以外には覚えがない。長い白髪、山伏装束、背に生えた翼、赤い肌——どれ一つとっても、己のものとは思えなかった。不思議に思った平五郎は、装束を脱ぎ捨て、全身を確かめた。

(おいら、こんなにどこもかしこも赤かったっけ？……赤かったような気もする)

首を傾げながら、平五郎は装束を身につけた。翼を閉じて着てしまったことに気づき、しまった——と思ったが、平野から「翼を広げてみよ」と言われ、こくりと頷いた。

広がれ！——そう思った瞬間、装束の下にあったはずの翼が外に出た。試しにぱたぱたと動かしてみると、身体がふわりと持ち上がった。

「あまり高く上がるなよ」

「うん……うん……！」

平野の言に応えた平五郎は、興奮した面持ちで羽ばたいた。

はじめて翔けた空は、驚くほどに空気が澄んでいた。あまり高く上がるなと言われたことも忘れて、平五郎は夢中で翼を羽ばたかせ、鳥たちと一緒に空中散歩を楽しんだ。

――平五郎、どこだ……!?　怯えさせてすまん……大丈夫だから、帰ってきてくれ！

――おーい、平五郎！　皆、お前を捜してくれてるんだ。だから、帰ってこい……！

山の中腹辺りの空を飛んでいた時、そんな叫び声が聞こえてきたが、

（誰の声だろう？　おいらを呼んでるけれど、おいらの知ってる奴かな……平五郎？　あれ、平五郎って誰だっけ？　聞き覚えがあるけど、思いだせないや）

うーんと唸った平五郎は、翼を傾けて方向転換し、頂上へと取って返した。

「あまり高く上がるなと申したはずだ」

初瀬――そう呼んだ平野に、平五郎は「ごめんよ」と笑って詫びた。


平五郎が初瀬と名を変えてから四年――。

「……畜生！　また負けたあ！」

上を向いて叫んだ初瀬は、後ろにひっくり返るように倒れこみ、足をバタバタと動かした。まるで幼子のような仕草だが、初瀬は十七の立派な青年だ。低かった背はぐんと伸び、

今では平野を追いこした。装束に覆われていても分かるほど体格もよく、それに見合う
——否、それ以上の腕力や体力を持っていた。

「惜しかった……あと一歩だったのに！」

「お前の一歩は随分と大きい。ここから空に浮かぶ星々くらいの距離がありそうだ」

悔しがる初瀬にそう返したのは、平野だった。平野の見目は四年前とさほど変化がないが、顔に浮かぶ表情は以前よりも柔らかかった。喜怒哀楽が激しい初瀬と共にいるうちに感化されたのだろう。当妖はそれを知らぬようだったが、平野の顔を四年間ずっと眺めてきた初瀬は無論気づいていた。

「……平野、もう一戦頼む！」

「お前が三つ数えるうちに立ち上がれたら、手合せしてやろう」

平野はそう答えたそばから、「一、二」と素早く数え上げた。この短い時では、身体中ぼろぼろになった初瀬は起き上がれぬと踏んだようだが、

「——よし！　約束通りもう一戦頼むぜ」

三と言いきらぬうちに、初瀬は勢いよく起き上がった。平野が珍しく目を見開いただけで、初瀬は今味わった悔しさを忘れ、上機嫌になった。

「……足が速いだけが取り柄だったが、少しは力が身についたようだ」

ニヤニヤと笑いだした初瀬から視線を背けながら、平野は言った。

「『弱いお前を鍛えてやる』と言って、俺を朝から晩までしごきあげてくれた奴のおかげ

さ。俺はそいつを打ち負かすために、こうして修行に励んでるんだ。寝る間も惜しんで、ずっとな。勝ったら何でも一つ言うことを聞くと言ったのを忘れてねえだろうな？」

「約束を違える天狗が、山一つ統べる宗主であるはずがない」

見くびるな、と平野は鋭い声を発した。同時に発されたのは、凄まじい妖気だった。はじめてその妖気を浴びた時、初瀬は全身を震わせた後、喪神した。目が覚めたのは、三日後のことだった。怯えて泣いた初瀬に、平野は「修行を再開するぞ」と言った。

（こいつは天狗じゃなく、鬼だ——とあの時は思ったっけ）

平野の修行は、とかく熾烈だった。喪神していた三日以外、手合せしない日はなかった。初瀬は平野以外の天狗は、一妖しか知らない。時折訪ねてくる平野の弟の野分というその天狗も相当な力量の持ち主だったが、野分は生まれてから一度も平野に勝てたことがないという。

——平野は特別だ。……だが、お前ならいつか平野と並び立つかもしれない。

この前、はじめて手合せで勝った時、野分は初瀬にそう言った。

——あんたの言うことは間違ってる。俺は平野と並び立つんじゃなく、平野を超えるよ。近いうちに、必ず。

初瀬は自信満々で誓ったが、平野と手合せするたび、埋まらぬ差に気づくばかりだった。

「……近いうちと言ったのは、間違いだったかもなあ」

首を傾げた平野に「何でもないさ」と返した初瀬は、ふうっと息を吐いた。それが初瀬の構える合図だと気づいた平野は、帯の背に挟んでいた錫杖を手にし、初瀬に向けた。

睨み合って十数えた頃――初瀬が飛んだ。胸元から団扇を取りだし、それを力いっぱい扇いだ。たちまち巻き起こった強風は、初瀬がくるくると団扇を回した様子を真似るかのように渦を巻きだし、地上にいた平野の許に向かっていった。翼を広げ、空を翔けた平野を、竜巻と化した強風が追う。凄まじい速さで移動する竜巻から逃げる平野を、初瀬も追いかけた。竜巻と初瀬に挟みこまれた平野は、絶体絶命の危機に陥った――かに見えた。

「お前の力はこんなものか」

平野は微かに笑って言うと、錫杖を素早く左右に動かした。その攻撃は見事に初瀬と竜巻に命中した。瞬きを三度繰り返したほどの短い間だったが、それぞれ五十は突かれただろう。生身の初瀬だけでなく、実体のない竜巻もぼろぼろになった。初瀬は腹を押さえながら、地に落下した。そして、竜巻は風に戻ることなく、空に散った。

「……くっそー！」

地に倒れた初瀬は、腹を抱えたまま叫んだ。優雅に羽ばたきながら、地上に降り立った平野は、初瀬をじっと見下ろした。どこまでも澄みきった静かな目に見つめられ、初瀬は息を止めた。

「精進しろ」

ふっと笑った平野は、くるりと踵を返し、深い森の中に消えた。

「……今日は三回も笑った」

ほとんど見えなくなった平野の姿を目で追いながら、初瀬は口元を緩めぽつりと述べた。

近いうち——野分にそう宣言してから、一年後。

「うおおおおおおお！」

風を巻き起こすほどの大音声を出した初瀬は、両方の拳を空に突き上げた。震える拳と肩、何とか笑みを嚙みころそうとしている唇からも、初瀬の抑えきれない興奮がありありと伝わったのだろう。勝ちを譲った平野は、常以上に落ち着いた声音で初瀬に語りかけた。

「とうとう約束を守る時が来たようだ」

「随分と待たせちまったな。まさか、赤い顔色が薄くなって、桃色になるまで待たせることになるとは——」

「お前の冗談ほどつまらぬものはない。私はそろそろ食料を調達しにいかねばならぬ。さっさと願いを申せ」

薄闇へと変わりはじめた空を見上げて、平野は言った。天狗は人間ほど頻繁に食べずとも動けるが、それでも食わねば死ぬ。だから、平野は毎日山を下りて、食料を探しにいった。初瀬は何度も「俺も行く」と申しでたが、平野の答えはいつも決まって「否」だった。

——食料を調達してから、立ちよる場所がある。私一妖で行く方が都合がよい。

そう言われてしまったら、無理についていくことはできなかった。

「……つまらんとは心外だが、それじゃあ遠慮せず言わせてもらうぞ」

腕を下ろしながら言った初瀬は、平野をじっと見下ろした。さらに背が伸びた初瀬を、平野は静かな瞳で見上げた。平野が戯れに「私に勝てたら願いを叶えてやろう」と述べた時からずっと、初瀬には抱きつづけてきた願いがあった。それをようやく口にできる——初瀬は願いが叶う前から、天にも昇るほど幸せな心地になった。

「……正気か」

初瀬が願いを口にした時、平野は驚愕の表情で呟いた。

（こいつの表情がここまで変わったのは、はじめてだな）

五年も共にいて、まだはじめて見る顔があるのだと知り、初瀬は胸が躍った。思わず笑みを漏らした初瀬を見て、平野は初瀬の言が冗談だと思ったらしい。

「私を惑わし、二度目の勝ちを得るつもりか」

唸り声を上げげて身体中に妖気を漲らせた平野に、初瀬は再び同じ願いを述べた。

「俺はあんたに負けっぱなしだ。本当の勝ちをくれると言うなら、願いを叶えてくれ」

頼む——と言って、初瀬は頭を下げた。その姿勢のまま三日が過ぎた頃、平野はようやく「承知した」と答えた。

それからも、初瀬は平野に教えを乞いながら修行に励んだ。一度目の勝利から半年後、初瀬は二度目のそれを得た。三度目は十日後、四度目は六日後、五度目は三日後——修行をはじめた当時は一生縮まらぬと思った力の差は、初瀬のたゆまぬ努力と平野の献身的な教えにより埋められていき、さらに三月が過ぎた頃、初瀬は平野に並ぶほどの実力を得た。

「優勝したら、天狗の祖に何でも願いを叶えてもらえるのか……へえ、随分と太っ腹だ。しかし、天下一の天狗を決めるだなんて、面白いことを考えるなあ」

ある日、平野からその大会の話を聞いた初瀬は、目を瞬いた。天狗は山に籠ってひたすら修行に励むものと思いこんでいたのは、己がそうだったからだろう。初瀬は自身が天狗になってからそれほど時が経っていないのは知っていた。それ以前は何をしていたか思いだせないが、天狗になった日から、初瀬は山で一番の大木に毎日印をつけていた。あれから六年近く経つが、初瀬は五十年以上経ったような心地がしていた。

（歳を取ると時が経つのが早く感じるというが、俺はその反対だな。形は大きくなったが、心は餓鬼の頃のままなのかね）

嫌だなあと頭を掻いた初瀬は、ハッとひらめいて平野に問うた。

「もしや、あんたが日々修行を欠かさずにいるのは、天下一の天狗になるためなのか？」

錫杖を一心に振っていた平野は、手を止めぬまま「違う」と答えた。

「私は強くなるために修行している。天下一の天狗になるために修行をする者もいるが、私はそれだけのために励むことはできぬ」

「じゃあ、あんたは出たことがないんだ？」

ある、と答えた平野に戦績を問うと、仰天する答えが返ってきた。

「……ぜ、前大会の優勝者!?　平野がか!?」

常通りの無表情で頷いた平野に、初瀬はますます驚いたものの、すぐに得心した。

「俺を幾度も負かせるくらいだ。そんな天狗、他には滅多にいないよな」

平野の「井の中の蛙……」という呟きを無視して、初瀬は問うた。

「前回は何を願ったんだ？」

「何も願っておらぬ」

「じゃあ、その願いはどうなったんだ？　まさか『いらぬ』と突き返し、駄目になったんじゃあ……」

欲のない平野ならやりそうだと顔色を青くした初瀬に、平野は曖昧に首を傾げて言った。

「……祖は『いつか必ず願いでよ』と申されたが、あれがまだ有効なのかは分からぬ」

「天狗の祖というのは、えらいのに気の長い、良い奴なんだな……で、前大会優勝者。次の大会はいつなんだ？　あんたはそこに出るのかい？」

「次はふた月後だ。私も出る」

「何だかんだ言って、興味があるんじゃないか。さては、意外と乗り気で天下一の天狗として過ごしてきたんだろう？」

からかうように述べると、平野はようやく素振りを止めて、初瀬に視線を向けた。

「これまでは天下一の天狗の称号など、どうでもよかった。それを得てからも、同じだった。そんなものはなくとも、私の力は強大だ。見ず知らずの天狗に強さを疑われようと、痛くもかゆくもない。様々なことをまるで気にしなかった――だが、今は違う」

きょとんとした初瀬をまじまじと見つめた平野は、ふわりと柔らかく笑んだ。

「勝って証立てしてみせる。守るべき者ができた者は、誰よりも強いのだと」

「守るべき者……まさか俺のことか？　あんたに守られなきゃならぬほど弱くないぞ」

微笑むばかりで答えぬ平野に首を傾げつつ、初瀬は咳払いを一つして、声を張った。

「ふた月後の大会——俺も出る！」

「お前は無理だ。大会に出るには、代々大会の審判を任されている烏天狗の一族に届けを出さねばならん。少なくとも、一年前にはな」

「一年前……!?　れ、例外はないのか？」

あっさり否定された初瀬は、平野にずいっと迫って問うた。

「届け出は絶対だ。だが、届けでた者が止むを得ぬ事情で欠場となった場合、代理の者を立てて出場することはできる。万が一その代理者が優勝した場合、天下一の天狗の称号は届けでた者のものになり、褒美の願いは代理者のものとなる」

「称号は、届けでた者のものになるのか!?　いくら願いを叶えてもらえるとはいえ、そんな条件で代理をする奴なんていないだろう!?」

「少なくとも、私はこれまで一度も聞いたことはない」

「やはり、例外はないか……いや、ここは、お前が俺に出場権を譲って、例外を作ってくれ！」

初瀬はそう言うなり、パッと平野に飛びつき、羽交い締めにしようとした。しかし、平野はすらりと躱し、反対に初瀬の後ろに回って首に腕を回し、絞め上げた。

「く、苦しい！　この、少しは手加減しろ！」

「この程度で音を上げるようでは、大会に出られたとしても初戦敗退だ」

「何だと!?」と叫んだ初瀬は、力任せに平野の腕を振りきり、上に飛んだ。そのまま平野の頭に振り下ろした足は、またしても躱されたが、初瀬は平野の腕を摑んで背負い投げにした。草の上に倒れこんだ平野の上に馬乗りになった初瀬が、得意げに「参ったか」と言った瞬間、平野は勢いよく上半身を起こし、初瀬の額に自身の頭をぶつけた。

「くうう……石頭め」

「頭の強度はまだまだだな」

「鍛えたら強くなるもんなのか!?」

「知らぬ」

初瀬の喚き声と、平野の素っ気ない声が、山に響き渡り、木々が揺れた。兄弟のような二人のじゃれ合いを見ていたのは、木々やそこに棲まう鳥や虫たちだけだった。


修行と喧嘩とじゃれ合いを繰り返しているうちに、天下一の天狗を決める戦いが十日後に迫った。一日目の予選を通過した者が、二日目の本選に進める。大椀山は予選会場に選ばれていないため、平野は別の山に行かねばならぬという。一等近い会場は、天狗の翼で四半刻も掛からぬ場所にあったが、平野はわざわざ他国の遠い山を選んだ。

「久方ぶりの外だ。感覚を取り戻すためにも、手間をかけねばならん」

「そうか、あんたは俺と会ってからほとんどこの山に籠りきりだったものな……」

それを普通に思っていた初瀬は、しみじみと言った。

「留守を頼む。決して山を下りるなよ」

「あんたが天下一になって無事に帰ってくるまで、ここで待ってるさ」

真面目な顔をして頷いた初瀬を、平野は信じたようだった。

（騙して悪いな……あんたの実力は誰よりも認めてるが、それでも心配は尽きないんだ）

大会出場は諦めたものの、初瀬は平野の戦いを観に行こうとしていた。木陰にでも隠れて見守るつもりだが、万が一平野の命が脅かされるようなことになったら、躊躇せず戦いに割って入るだろう。初瀬にとって、平野はたった一妖の師であり、今や大事な家族だった。

（家族は俺が守るんだ……今度こそ――今度こそ？）

何かを思いだしかけた初瀬は、首を傾げた。初瀬は平野の他に親しい天狗はいない。野分とは数度顔を合わせたが、他の天狗には一度も会ったことがなかった。

――なぜこの山にはあんたしか天狗がいないんだ？　一山に一天狗という決まりでもあるのかい？

――天狗それぞれだ。何十もの配下の天狗をつれ、群れで行動する天狗もいれば、少数で寄り集まって山に棲まう天狗もいる。私のようにたった一妖で山を守る天狗は珍しいが、まったく存在しないというわけではない。群れの中で一等強い天狗が山を統べるのが決まりだが、一か所に縛られたくないと己の山を持たぬ者も少数ながらいるようだ。

以前、何気なく問うた時、平野はそう答えた。

――あんたはなぜ一妖きりでこの山を守ってるんだ。

――群れるのが不得手なのだ。私のような身の者は、そうした考えを持つ者も多い。……かつて、たった一妖だけ弟子を取ったことがあるが、その者も力をつけると、宿願を果たすため、山を下りた。

――何だ……俺が一番弟子じゃなかったのか。

――剝れるな。……あ奴――花信は、いずれ天狗界の頂点に立つ男。才気に溢れ、何より努力家だ。この狭い山にずっと籠っているような天狗ではない。野分も旅をしながら修行する道を選び、出ていった。時折顔を合わせる方が、お互い気楽でよいのだろう。

寂しげな笑みを浮かべて言った平野に、初瀬はそれ以上何も言えなかった。平野の身が他の山々を統べる天狗たちと違うであろうことは、他を知らぬ初瀬にも何とはなしに分かっていた。山を統べるなら、一寸の隙もなく、強い方がいいに決まっている。平野に責があるわけではないが、その隙を突かれて平野が他の天狗に倒されるようなことがあってはと考えると、大人しく待っているわけにはいかなかった。

平野の後を追い、空を飛びはじめた初瀬は、しばらくして違和感を覚えた。

（……何か妙な気を感じる。懐かしいような、気味が悪いような……）

首を捻った時、視線が下に向いた。大椀山の中腹付近だと気づいた初瀬は、目を剝いた。

そこには、寂れた神社があった。神木の枝にぶら下がった何かが、風で揺れている。

「……父さん？」

呟いた初瀬は、ゾクゾクと背筋に悪寒を覚えた。

——何で父さんが……何で、どうして……。

……きっと村の奴らにやられたんだ。

……父さんはできた人だ。恨みなど買うはずもないことは、お前もよく知っているはず。

次々と蘇ってくる記憶に、ふらりと眩暈を覚え、初瀬は頭を抱えた。

（そうだ、あの時父さんが死んで……村の奴らに殺されたって、栄吉兄さんが——）

初瀬は山の中腹に向かって急降下した。どんどん近づいてくる神社は、記憶の中にあるものよりも大分古びていた。まるで、あれから数十年経ったかのような有様だった。

地に降り立った初瀬は、逸る気持ちを抑えつつ、神木に向かった。たった数十歩の距離が、もどかしくてたまらなかった。ようやく神木の前に立った初瀬は、そこにぶら下がっているもの——首を括って死んでいる人物をじっと見つめた。

「父さん——じゃない……」

初瀬は掠れた声を上げた。ぶら下がっているのは、父によく似た面差しの青年だった。はじめて会った相手のはずだが、なぜか懐かしい心地がした。

「父さん、母さん……おさと姉さん……二郎兄さん、栄吉兄さん……乙吉……！」

自分が平五郎という名の人間であったこと、姉が嫁ぎ、母が死んだこと、父が首を括り、兄弟の身も危ういこと、そして、天狗になったこと——己の半生が一気に蘇った衝撃に、初瀬は叫び声を上げた。

その時、山を急ぎ足で登ってくるいくつもの足音がした。とっさに身を翻した初瀬は、簾が半分上がっていた本殿へと駆けこんだ。奥に隠れる前に、足音の主たちが神社に到着した。彼らは神木で首を括っている男を見て息を呑んだが、誰も声を上げなかった。まるで、そこにそれがあるのが分かっているような風だった。

（あれは父さんじゃない……父さんは六年前に死んだんだ。父さんに似た誰か——）

親戚にそんな人物がいたかと考えかけた初瀬は、山を登ってきた彼らが本殿に近づいてくるのを認め、固まった。簾の隙間から皆の風貌を見る限り、人間の老爺しかいない。知った顔はないものの、皆どこか懐かしい心地がした。だが、幼馴染と再会したような温かさを感じたのは、一瞬だった。彼らが手に持っているものを認めた初瀬は、ハッと息を止めた。槍に刀に弓、鉈に鍬——どれも古びていたが、今日に備えて研いできたのが分かる代物ばかりだ。凶器を手にした者たちは本殿を囲いこみ、こちらを睨み据えていたが、やがてその中の一人がゆっくり前に出た。どうやら、彼が村のまとめ役らしい。

丸い目に丸い鼻、三角の口——その男を見た初瀬は、また懐かしさを覚えた。はるか昔、どこかで顔を合わせたことがある——それは、一体どこだったか。

（……俺が育った村か？　だが、六年前はこんな奴いなかった）

六年前に村を束ねていたのは、死んだ父だ。その跡を継いだとしたら、長兄の二郎だろう。二郎が何らかの理由で辞したのなら、次兄の栄吉がなったはずだ。

（まさか、まことに殺されたのか……!?）

村人たちへの憎悪の念が湧き上がり、初瀬は思わず簾をめくって外に出かけたが――

「長きにわたり人身御供（ひとみごくう）を求めておきながら、何の力も与えてくれぬ神など、この村には必要ない。父母や兄、息子や孫たち……お前が攫（さら）った身内の分も仇（あだ）を討たせてもらう！」

男がそう叫んだ直後、その場にいた村人たちは皆、本殿に向かって駆けだした。簾から姿を現した初瀬を見ても、彼らは大して驚かず、目を血走らせただけだった。

（何だ……一体何が起きてる？　人身御供というのは、一体――）

突然の事態についていけず、混乱に陥った初瀬を尻目に、村人たちは怒りの声を上げた。

「神の正体が妖だったとは……天狗は人を攫うと聞いた覚えがあるが、攫うだけでは飽き足らず、屍（しかばね）を求めたということは――攫った人間たちを喰いやがったな！」

「もう許さねえ。これ以上、村の奴らを天狗に殺させちゃならん！」

怒声を上げた村人たちは、刀や鉈を振り回しながら、初瀬に迫った。本殿の外に出た初瀬は、翼を出すのも忘れて、固まった。

（……人身御供？　天狗が人の肉を喰らった？）

この山に住まう天狗は、平野と初瀬の二妖しかいない。食料を調達するのは、もっぱら平野の役目だった。中には、猪（いのしし）や鹿（しか）らしき肉が交ざっていた覚えもあったが――

「……まさか、平野が父さんたちを？　俺もその肉を喰らったのか……？」

呆然としていた初瀬は、顔に向かって飛んできた矢を片手で掴んだ。

その時、初瀬の目の前は真っ暗になった。


「――うわあああああああああ！」

耳を劈く悲鳴に、初瀬は我に返った。周囲を見回した初瀬は、目の前にある光景が信じられず、目を見張った。境内は、血の海だった。どこもかしこも血に塗れ、手足や指といった肉片があちこちに飛んでいる。その恐ろしい海に倒れていたのは、初瀬を殺そうと迫ってきたあの村人たち――皆、屍と化していた。

一体誰が――そう問いたかったのは、否定してほしかったからだ。

「俺が殺した……」

血塗れの両手を見つめながら呟いた時、ぽたぽた、と何かが滴る音がした。

（生温い……）

頬に何かが伝ったのを感じた初瀬は、ぼんやりと上を向いた。父とよく似た青年が首を括っている神木の枝先――そこに男が突き刺さっている。彼の口から流れた血が、初瀬の頬にかかったのだ。その男は、初瀬に物申した、村のまとめ役と思しき老爺だった。

父に似ているが、父ではない――首を括っている者に対してもそう思ったことがまた頭をよぎった初瀬は、慌ててその男を地に下ろした。

（まだ息がある……！）

呼びかけようとした時、男は目を瞑ったまま、荒い息で話しだした。

「……俺がまだ赤子だった頃、ひどい不作に見舞われた。ついに飢え死にした者が出た時、父の小弥太は言い伝えに従って、神に家族の誰かを捧げようとした。結局誰も選べず、自身が首を括った」

初瀬は息を呑んだ。言葉が出てこず、心の臓の動きだけが高まった。

「父の跡を継いだ長兄は、自ら首を括った。その後名主になった次兄も神に命を捧げたが――自ら首を括ったわけじゃない。『不平が出ぬように運で選ぼう』と俺に提案し、二人でくじを引いたんだ。俺を助けるためにわざとアタリを引いたのだと思ったが、あれは全くの偶然――失敗だったんだろう。次兄が供物として捧げられる日、『村人を道づれに死んでやる』と言って暴れだした兄を、俺は槍で突いて殺した。兄は恐怖のあまり、引きつった笑みを浮かべていたよ。死に顔は、涙と鼻水塗れだった……情けないと馬鹿にすることはできなかった。栄吉兄さんも、ずっと辛かったんだろう」

その後もひどい災害が起きるたび、神に人身御供が捧げられた。男は自ら挙手したが、息子や娘たちに強硬に反対され、願いは通らなかった。

「俺の代わりに子どもたちが死ぬのは、見るに堪えなかった。老いぼれこそ先に死ぬべきだと散々訴えたが、いざその時が訪れると、周りは俺を拘束（こうそく）し、身動きを封じた。やっと解いてもらった時には、すでに事が済んでいた。『玉村はじまって以来の名名主』などと周りはなぜか俺を慕ってくれていたが……俺はただ、長年家族を見殺しにしつづけただけだ」

そう言って、男は咽び泣いた。これまで供物として捧げられた先祖たちと同様に、家族が犠牲になってくれたからこそ、この村の平静が保たれている——たとえ、ひどい寒波や風雨に見舞われ、村人たちの暮らし向きが貧しくとも、命があれば報われる日が来るかもしれないと考えるようにしていたが、心はずっと晴れぬままだった。

男の我慢がついに決壊したのは、十日前からのひどい天候のせいだった。

「……一昨日の嵐で、田畑は全滅だ。大半の家も吹き飛ばされた。女子どもは逃げ遅れ、大勢が死んだ。動けない年寄りたちは逃げることさえかなわず、壊れた家から投げだされて溺れて死んだ。若い男連中は、とうにこの村を見限って出ていった。残っているのは、俺たちのようなまだ多少動ける年寄りばかり……それも、もう誰もいない」

男の絞りだすような言を受け、初瀬は視界の端に映る血塗れの者たちを見遣った。脈や呼吸を確かめたわけではないが、彼らが皆死んでいるのは分かった。薄く目を開いた男は、顔を歪めた初瀬を見上げて嘲笑った。

「約束を違えた己を責めている……わけはないな。神は傲慢なものだ。否、神ではなく、ただの天狗か……これまで神と偽り、一体どれだけの命を喰らってきた？　大勢殺してもまだ満足がいかぬのか。残念だが、村に残っている者はいない……ここに来る前、わずかに生き残っていた女子どもは、隣村に逃れさせた。俺たちで最後だ……心して喰らえ」

「……俺は喰らわない」

　初瀬は掠れた声を発した。

「ならば、嬲るか？　人を人とも思わぬ化け物め……」

「俺はそんな恐ろしいことはしない……同じ人間を殺すなど、そんな馬鹿なことを――」

　言いかけた初瀬は、ハッと目を見開いた。

　平五郎――蘇った昔の名を思わず呟いた初瀬は、片手で頭を抱えて呻いた。

「……喰らった者の名を、よく覚えているものだ。平五郎は俺の三番目の兄……お前に攫われてしまったから、俺は顔も覚えていない。もう六十年は前になろうか。平五郎兄は、あの頃まだ十を少しすぎたばかりだったと聞く……さぞや無念だったことだろう。今日、ここで首を吊ったのは、俺の孫の平三郎だ。俺が首を括るはずだったのに、先んじてここに来て身代わりとなった――平三郎……。冥途へと旅立つ前に、俺が皆の無念を晴らしてやる……！」

　男はそう言うなり、重ねられた手に握っていた短刀を、初瀬の胸に突き刺した。

「ははは……これで、悪夢は終わる……これで最後だ……！」

　乾いた笑いを漏らしながら言った男は、初瀬の腕の中から、ずるりと地に落ちた。それでも短刀に手を掛けたままだった男を見下ろして、初瀬はぐしゃりと顔を歪めた。

「……乙吉」

　小声を出した初瀬は、自身の胸をわずかに傷つけた短刀を、乙吉の胸に乗せた。六十を過ぎた乙吉の顔は皺と染みだらけで、赤ん坊の頃の面影はない。

（おあいこか……俺にも、平五郎だった頃の面影など残っていないのだろう）

初瀬という名を冠してから、ずっと天狗として生きてきた。その間六年――だが、どうやら人間の世では、その何倍もの時が流れていたようである。

「なぜ人身御供など必要としたんだ……」

己よりもずっと年嵩になった弟を見つめながら、初瀬は呟いた。捧げものは人でなければならなかったのだろうか。どうして、己を殺さず天狗にしたのか。なぜ平野は、村との確執を己に伝えなかった――頭の中がぐちゃぐちゃになった初瀬は、よろよろと歩きだした。転がっている死体を集め、一体一体綺麗に整えた後、掘った穴に全員を並べ入れ、土をかぶせた。埋葬が終わってすぐ、初瀬は山を下りた。

乙吉が言っていた通り、村はひどい有様だった。田畑はぐちゃぐちゃで、人の気配は一切ない。しばらく村を徘徊していた初瀬は、ふと立ち止まった。そこは、昔の己が住んでいた家だった。無残に壊れてはいるものの、なくなった他の家々と比べて、かろうじて家としての体裁を保っていた。中に入った初瀬は、壊された神棚と、大事そうに並べられたいくつかの位牌を見比べて、目を閉じた。

（……許さねえ）

初瀬はばさりと翼を広げ、空に翔けあがった。

三十三年振りに行われた天下一の天狗を決める大会は、一日目の予選を無事終え、二日目の本選を迎えていた。本選に残った天狗は、総勢二百妖――そのうち、たった一妖が天下一の天狗の称号を得ることができ、次の大会までの三十三年間は、その優勝者が天狗界の頂点に君臨することになる。天狗界のみならず、妖怪の世でも絶大な影響力を持つことになるため、その身を捧げるほどの熱意を持って大会に臨む者も多かった。熱くなりすぎて対戦相手を殺してしまう者もいたが、即刻失格・処分となるため、さほどの騒ぎにならぬうちに事態が収束するのが常だった。

そして今大会は、本選の準々決勝までほとんどその失格処分がない、稀な事態となった。

「……見事な戦いぶりだ。やはり、奴が決勝に残ったか」

準決勝第一試合が終了した時、観客席からそんな呟きが聞こえてきた。優勝候補の一妖と目されていた天狗が、大勝したのだ。今大会の出場者は、天狗界始まって以来といってもいいほど、実力者揃いだった。その中でも、特に目立っていた四妖が、見事に準決勝に残った。

「次の結果によっては、決勝戦が師弟対決となるぞ」

「皆が待ち望んでいた戦いだ。これは目が離せぬな」

観戦していた天狗たちは、今か今かと次の戦いを待っていた。

「準決勝第二戦――平野と追風。はじめ」

烏天狗の声と法螺の音が鳴り響いた瞬間、観客たちは興奮しきった歓声を上げた。

先に動いたのは、追風だった。

「きええええええ！」

甲高い声を発しながら、一足飛びで平野との距離を詰めた追風は、見るからに重そうな木刀を思いきり振り下ろした。観客たちの唾を呑みこむ音が響いた。

「取った！……ちっ！」

勝利を得たと確信した追風は、喜びの声を上げかけて止めた。ひらり、と躱した平野は、宙返りをして追風の背後に立った。平野は錫杖で追風の腰を殴りつけると、追風がよろめいた隙をつき、続けて今度は足を払おうとした。

「させるか！」

辛くも避けた追風はそう叫びながら、再び木刀を振り下ろした。またしても躱した平野に、追風は畳みかけるように連続の突きを入れた。八度まで避けたものの、最後の最後で右上腕に突きを食らってしまった平野は、にわかに高く跳んだ。追風もすぐさま後を追ったが、凄まじい速さで翔けあがっていく平野には中々追いつけない。雲にぶつかった時、平野は左手に錫杖を持ち替えて、ぐるぐると振り回した。そこから巻き起こった風は、いくつもの小さな竜巻となり、勢いよく落下した。重なり合うようにして下に向かっていった竜巻は、空を翔け上っていた追風にぶつかった。

「このような子ども騙し、俺には通用せん！」

追風は余裕の言を述べながら、木刀で竜巻を弾き飛ばす。すべて竜巻が消えたと思った追風が、平野の許に飛んでいこうとした瞬間、追風は動きを止めた。一つだけ残っていた竜巻に、視界を遮られたのだ。眼前の竜巻を忌々しげに木刀で弾いた追風は、いつの間にか間近に迫っていた平野に、錫杖で胸を突かれた。

「……うわあああああああああ！」

叫び声を上げた追風が地に落下するまで、平野は追風を錫杖で押しつづけた。二妖が舞台に戻って間もなく、倒れている追風の身を確かめた烏天狗は、頷いて声を張った。

「……追風の喪神により、準決勝第二戦は平野の勝利！」

わっと歓声が上がった。錫杖を脇に抱えた平野は、右上腕と腹を撫で、深い息を吐いた。

決勝開始は、それから四半刻後——先に舞台に立ったのは、錫杖を携えた平野だった。

ほどなくして、もう一妖の決勝進出者が舞台に近づいてきた。

「これより、決勝戦を執り行う。西、平野。東、かし——ぎゃああ！」

東の天狗の名を呼びかけた烏天狗が、突如悲鳴を上げた。驚いた観客たちは、揃って空を見上げた。その時、何かが舞台に向かって猛烈な勢いで落ちてきた。

「な、何だ……あれは……!?」

ある天狗は舞台を指差しながら、驚きの声を上げた。

「天狗……なのか？　それらしくはあるが——あれは天狗じゃない……」

怯えたような声音を出した者もいれば、悲鳴交じりに叫んだ者もいた。

「異形……い、異端の者だ……！」

誰かが上げたその声に、その場は騒然とした。

「異端？……まあ、そうだろうな。俺は元々人間だ。大分天狗っぽくなったが、よく見るとまだ人間の名残がある。どうせ化けさせるなら、もっとそれらしくすればよいものを――なあ、平野？」

そう言ったのは、凄まじい速さで空から落ちてきた天狗――初瀬だった。あの勢いで落下したというのに、怪我一つしていない初瀬は、向かいに立つ平野に歪んだ笑みを向けた。

「初瀬……思いだしたのか」

大して驚いた様子もなく呟いた平野に、初瀬の怒りは頂点に達した。

「そうさ、すべてな。お前が俺の家にしてきた仕打ちも知った――……覚悟しろ！」

初瀬はそう叫ぶや否や、手にしていた団扇を思いきり振った。巻き起こった強風に、観客たちは「ぎゃああ」と悲鳴を上げ、逃げまどった。風を避けて跳んだ平野は、迫ってきた初瀬を錫杖でいなし、今度は地に降りた。初瀬は団扇で風を起こしながら、平野を追った。

「……なぜ反撃してこない！」

初瀬は怒鳴った。平野は錫杖で風や初瀬の蹴りや拳を受け流しはするものの、自ら攻撃はしてこない。

「長年俺を騙していたくせに……今度は騙し討ちでもする気か!?……許さん――俺は、お前を許さん……！」

喉が嗄れるほどの声で叫んだ時、初瀬の意識は途絶えた。

「……え」

間の抜けた声が聞こえて、初瀬は我に返った。厳しい修行を繰り返した時に覚える疲労感が、全身を覆っている。

「くっ……——」

身を起こしかけた初瀬は、思わず呻いた。肩に激痛が走ったのだ。気づかぬ間に、大きな傷を負ったらしい。確認しようとして、初瀬はまた呻き声を上げた。開こうとした目が、じくじくと染みて痛かった。水ではなく、もっとどろりとした液体でも注ぎこまれたのだろうか？　それについても、覚えはなかった。しぱしぱと瞬きを繰り返すうちにこぼれた涙のおかげで、ようやくしっかり目が開いた。あれほど大勢いた観客は一妖もいなかったが、舞台には蠢く影があった。初瀬は目を眇め、ぼやける視界の中にいる者たちを見つめた。影は二つ——初瀬のすぐ間近の赤い血溜まりの中にあった。

全身に切り傷を負い、倒れているのは平野だった。血塗れだが、微かに胸が上下しているように見えた。その傍らに立つ者——平野の決勝戦の相手らしき天狗は、肩で息をしている。平野ほどではないものの、彼もあちこちに切り傷があった。まるで、鎌鼬にでも襲われたかのように——

怒りに染まった目で、その天狗はじっと平野を見下ろしていた。右手の中にある大刀は、血で真っ赤に染まっている。

（――止めを刺す気か！）

平野に伸ばされた手を見て、初瀬は「やめろ！」と大声で叫んだ。

「お前が……お前が平野を手に掛けたのだな……なぜこんな真似を――ぐっ！」

立ち上がろうとした初瀬は、一足飛びで目の前にきた天狗に蹴られ、後ろに転倒した。

「ううう……ぐわああ……っ！」

肩に空いた穴を刀でぐりぐりと抉られ、初瀬は涙ながらに呻き声を上げた。そんな初瀬を冷ややかな眼差しで見下ろしながら、天狗は言った。

「我が師も落ちたものだ。同情するだけでは飽き足らず、このような愚か者を弟子に取るとは――」

「……我が師……？　お前、花信か……!?」

以前平野は、一度だけ花信という名の弟子を取ったことがあると教えてくれた。いつだったか、野分にちらりと訊いてみたところ、「花信は下山後もめきめきと頭角を現し、今や天狗界で一、二を争う実力者だと言われている」という返事があった。

「気安く我が名を呼ぶな」

「……うぎゃあっ！」

無事だった方の肩を刀で突かれた初瀬は、裏返った悲鳴を上げ、地面をのたうち回った。

「平野は、我に天狗道のすべてを教えた偉大な師――しかし、その師はもうどこにもおらぬ。腑抜けた魂など、天狗界には不要だ」

　踵を返しながら言った平野の一番弟子――花信は、まっすぐ平野の許へ向かっていく。その後を這いずって追いかけながら、初瀬は涙と鼻水を垂らし、喚いた。

「や、めろ……！　平野を殺すな！　平野……平野！……おいらを攫ってきたのは、平野だろ！　おいらを置いていくな……！」

　流れた涙が赤かったのは、我に返る前に浴びた血が目の中にまだ残っていたせいだった。

「貴様も殺そうとしていたではないか」

　前を向いて歩きながら、花信は嘲笑交じりに言った。花信の指摘にぐっと詰まった初瀬は、「ち、違う……」と小さな声を漏らした。

「殺そうとしたんじゃない。おいら……おいらを騙していた平野に仕返ししたくて――」

　途中で言葉を止めた初瀬は、再び「違う」と呻いた。この六年――人間の世では六十年以上もの間、初瀬は平野と共にいた。修行に明け暮れ、寝食も共にした。平野は家族を失った初瀬にとって、家族だった。たとえ、その家族を奪ったのが平野だったとしても――。

「おいらは腹が立って……それ以上に哀しくて、辛かった。誰も殺したくなんかなかったのに、気づいたら弟たちを殺してたんだ……平野は、おいらに皆を殺させるために強くしたの……？　どうしておいらを選んだんだ……！」

　初瀬はただ得心がいく答えを平野の口から聞きたかったのだ。しかし、神社で起こした一件のように、いつの間にか我を忘れて暴れていたらしい。喪神している間のことは分からぬが、もしかすると平野を傷つけたのかもしれぬ。

「まさか、俺が平野をそんな目に――」

「どこまで愚かなのだ、貴様は」

初瀬の言を遮り、冷ややかに告げた直後――花信が平野目がけて大刀を振り下ろした。

「……あああああああ!!」

悲鳴を上げた初瀬は、動けぬはずの身を起こし、翼を広げて花信に飛びかかった。初瀬に背を向けていた花信は、初瀬が団扇を振る直前に顔半分だけ振り返り、ふっと笑った。

「大天狗平野は死んだ――これで、天下一の天狗の座は我のものだ」

忌々しげに吐き捨てた花信は、身を屈めて半回転しながら、刀を払った。躱せぬ速さではなかったにもかかわらず、まんまと腹を斬られたのは、一瞬見えた平野の顔が幸せそうに笑んでいたからだ。身が裂ける激痛を感じながら、初瀬はゆっくり目を閉じた。

初瀬が目を覚ましたのは、数日経った夜だった。初瀬は相変わらず舞台の上に仰向けに倒れていたが、周囲には誰もいなかった。観客たちは勿論、平野や花信の姿も――

(……遺骸まで持ち去ったか)

怒りを覚えたのは一瞬だった。数日眠っている間に、初瀬の心はすっかり動きが鈍くなってしまったようだ。東に日が昇り、西に沈むまで、初瀬は瞬きもせず空を見上げていた。星の煌めきが夜空に馴染んできた頃、初瀬は己に向かって近づいてくる相手に声を掛けた。

「仇を取りに来たのか？　野分――生憎、まことの仇は俺じゃないぞ……はは……」

　じっと初瀬を見下ろしていた野分は、眉を顰めて答えた。

「……俺の役目は、お前に真実を語ることだ。一度しか申さぬゆえ、心して聞け――玉村の人身御供は、お前の家が勝手に始めたことだ。お前の何代も昔、磯六という男が、大椀山に入った。当時は名主であっても、あの山に入ってはならぬという厳しい決まりがあった。だが、磯六はそれを破った――人を殺して逃げてきたのだ」

　磯六が殺したのは、当時玉村で名主をしていた男とその家族だった。飢えて死にかけていた磯六は、ある日堪えきれず、名主の家に盗みに入った。食べ物を少しだけもらい、金に手をつける気はなかった。だから、腹が満たされたらすぐ出ていこうとしたのだが――その時、名主の息子たちに見つかってしまった磯六は、彼らからひどい折檻を受けた。飢えて死ぬよりももっと辛いことがあると知った磯六は、たまたま近くにあった鉈を手に取り、振り回した。自分の身を守ろうと無我夢中だった磯六は、名主一家全員が血塗れで倒れているのを認めるまで、己の犯した罪に気づかなかった。

　大変なことをしでかした――青褪めた磯六は、名主の家を駆けでた。磯六が向かったのは、大椀山だった。人喰いの天狗が棲んでいる――昔からの言い伝えを信じていた磯六は、それを現のものにしてもらおうと考えた。

「……人喰いの天狗が棲んでいる？　俺はそんな言い伝え、聞いたことがない」

　黙って話を聞いていた初瀬は、思わず口を挟んだ。

「磯六が名主になった時、彼はその言い伝えが真っ赤な嘘だと触れて回った。……そう、磯六は名主になったんだ。大椀山に棲んでいた天狗に助けられたのさ」

　──俺を喰い殺してくれ！

　そう叫びながら山を駆けまわった磯六は、やがて力尽きて倒れた。

　──まことに喰い殺されたいのか？　素直に答えよ。

　あちらの世へと旅立つ間際、そんな問いを耳にした気がした磯六は、どうせ夢か幻だろうと思い、本音を漏らした。

　──俺は許されぬことをした……本来なら、喰い殺されてしかるべきだろう。だが、もしも罪を償うことができるなら……生きたい……！

　磯六はそう叫び、目を閉じた。

「地獄に向かった──そう思ったが、磯六は再び目を覚ました。周りを見回して、口から心の臓が飛び出るほど驚いたそうだ。何しろ、そこは奴が人を殺した場所──名主の家だった」

　山にいたはず──そう思った磯六は、妙な点に気づいた。磯六が殺した名主たち家族も、彼らが流した血も、どこにもなかったのだ。何が起きているのか分からぬまま、磯六は名主の家を駆けでた。そこにちょうど通りかかった村人は、磯六を見て「名主さま」と呼んだ。ますます困惑した磯六は、村の一軒一軒を回り、己が何者に見えるか訊ねた。返事は最初に出会った村人と同じ、「名主さま」だった。

磯六は、再び大椀山に走った。山の中腹に差しかかったところで響いたのは、先ほどの声だった。

――お前の願いは叶えた。その礼に、お前は一度死にかけたこの場所に社を建て、我ら天狗を神として祀れ。道を外れたことをすれば、天罰を与える。それは、お前だけでなく、村の者たち全員に降りかかるものだ。それを止めたくば、死で償え。

声を発したのが天狗だと知った磯六は、震えながら叩頭した。

「磯六は、それから名主として生き、妻を娶り、子を生した。天狗の命に従い、社も建てた。豊作が続き、村には金ができた。誰も飢えることのない村で、磯六は幸せに暮らした――わけではなかったようだ」

家族や村人たちを愛すれば愛するほど、磯六は本物の名主とその家族を殺した自責の念に苛まれ、深く苦しんだ。村が災害に見舞われたある年、磯六はついに天罰が与えられたと考えたという。

「……死で償ったのか？」

問うた初瀬に、野分は歪んだ笑みを向けて答えた。

「ああ――ただし、そうしたのは磯六の妻女だった。磯六は死を決意した時、己の罪を身内に話したのだ。真面目で誠実な磯六がそんな過ちを犯していたなどとすぐに信じられる者はいなかったが……妻女だけは信じたそうだ」

社の中で手首を切って死んでいる妻を見つけた磯六は、妻の手に握られていた小刀で、己の首を掻ききった。その後、長らく続いていた災害は、嘘のようになくなった。磯六の子どもたちは、父の言がまことのことだったと悟った。

「天罰が下ったら、家の者を神に差しだす――お前の家はそう決めた。何かことが起きるたびに、お前の身内は自ら……または、身内に殺してもらい、その死を神に捧げた」

野分が掠れた声で言った時、初瀬は勢いよく半身を起こし、叫んだ。

「……神？　ふざけるな……人喰いの天狗だろ！　俺の家族を喰らった……」

身体と心の痛みで涙を流した初瀬を、野分は幾分険の和らいだ目で見つめた。

「……それが間違っているのだ。平野は人喰い天狗ではない。人身御供を望んだこともない。磯六を救ったのは、大椀山の先代天狗――我らの父だ。父も人喰いではなく、人に天罰を与えたこともなかった。磯六の死後、災いが止んだのは偶然だ。天罰を与えるのは神だけだ。かといって、神になりたがっていたわけでもない……ただ、妖怪らしく、人間をからかって遊ぶのが好きな天狗だった」

平野たちの父は、気まぐれで磯六を生かし、村人たちに暗示をかけ、磯六を名主だと思いこませた。野分が言った通り、人身御供だの天罰だの神だのという話は、単なる作り話だった。故意でないとはいえ、人を何人も殺すような人間が、約束を守るわけがない――そう思った平野たちの父は、磯六が妻の後を追って自害するまで、己がしたことさえ忘れていたという。

「人間をからかってばかりいた父も、流石に不味いと思ったらしい。どうしようか考えているうちに、またお前の家は人身御供を差しだした。あの時村人に暗示をかけたように、お前の家の者たちにも暗示をかけたのだが……いくらやっても効かなかった。家族を犠牲にしてきたという自責の念が強すぎたがゆえかもしらん」

数年おきに——天狗にとってはもっと短い間に人身御供が差しだされるのを、平野たちの父は眉を顰めて眺めるしかできなかった。

「情のない奴だと思っていたが、年老いて気が弱っていたのかもしれぬ。それから父は、毎日名主の家に米や野菜を届けるようになった。何を馬鹿なことをしているのだと俺は呆れて見ていたが、父が死んだ後も、その習慣は止まなかった」

「……平野が、届けてくれていたのか……？」

震え声で問うた初瀬に、野分は頷いた。

「あれは律儀な性分だ——まったく妖怪らしくない。だから、お前のことも助けた。お前は、何年も毎日あの社に通っては祈っていたんだろう？　それを、平野は見ていたんだ」

うん、と答えた初瀬は、蹲って嗚咽を漏らした。

「お前の父親は、人身御供に懐疑的な考えを持っていたようだ。だから、不作が続いても、人身御供を出さずに様子を見て、家の秘密も妻女と長子にしか教えていなかった。天罰がまことにあると認めたのは、飢え死にが出るほどの事態になった時だ」

　これ以上不作が続けば、村人全員が飢えて死ぬ——悩みに悩んだ末、小弥太は自害しようと決めた。しかし、夫の思惑を察した妻女が、先に小弥太の決意を遂げていた。平五郎の弟、乙吉を産んで間もない頃だった。

「……俺は、乙吉を産んだせいで母さんは死んだと思ってた。だが、父さんは『乙吉を恨むな。恨むならこの父を恨め』と言った。だから、俺は母さんの忘れ形見の乙吉を、大事に想ってた。よく面倒を見て、可愛がってたのに……俺は、乙吉も殺してしまった……！」

　うわあああぁ——という悲痛な叫び声が、大椀山に響いた。

「……お前が山に入った時、お前は崖から足を踏み外し、死にかけた。お前を助けたいと願った平野が力を分け与えなければ、お前は死んでいただろう。だが、そのせいで、お前はそのような『なりそこない』になった。お前は天狗であって、天狗ではない。時折力の制御が利かなくなるのは、お前が『なりそこない』だからだ。鼻高天狗のくせに、人間とほとんど変わらぬみっともない鼻がよき証だ。お前のことは決して許さぬが……同情すべきところもある。平野の弟子だった初瀬は死んだ。これで醜悪な面も性も隠し、これまでのことをすべて忘れて、異端の者として生きよ——たった一妖でな」

　そう言って、野分は初瀬に何かを投げつけた。それが天狗面であることに初瀬が気づいたのは、野分が去って大分経った後だった。朝ぼらけの中、ゆっくり腰を上げた初瀬は、その天狗面をつけ、飛び立った。

（すべてを忘れる……そんなことできるわけがねえ）

野分の温情を無にすることを思いながら、初瀬は星々の間を縫うように翔けた。

＊

「……後味が悪ぃな」

腕組みをして唸った小春に、傍らで胡坐をかいている喜蔵は眉を顰めて頷いた。「悪い悪い」と軽い調子で詫びたのは、小春たちに己の半生を語った初瀬――元・平五郎だった。

「謝るくらいなら、最初から話すなよ」

「いや、そっちを詫びたんじゃない。まだ話は終わってないからさ」

楽しそうに言った初瀬は、「ここからが本題だ」と澄ました声を出した。

「平野を勘違いから襲ったのは俺だが、殺したのは花信だ。自分が認めていた師が、俺のような異端の者を弟子にし、寵愛していたことがどうしても許せなかったらしい。まったく、ふざけてるよなあ……くくく」

背筋にぞっと悪寒を感じた喜蔵は、傍らの小春に視線を向けた。腕組みをした小春は、珍しく昏くよどんだ目をしている。

「あれから三十三年間、俺は奴に苦しみを与えることだけを考え、修行を重ねてきた。花信は今、天狗界で最も強い妖怪だともっぱらの評判だ。奴を慕い、持ち上げる者も多い

――俺は、そんな天狗界ごと壊してやろうと思っているのさ。ちょっとばかり暴れたら、いつの間にか『異端の者』なんていうあだ名をつけられ、忌避されるようになったが……あいつら天狗は、元人間の俺が自分たちより強いのが気に食わないんだ。……なあ、あんたたちは妹の件で花信を憎んでいるのだろう？　協力して共に奴を倒そうぜ」

ひとしきり笑った初瀬は、物騒な台詞とは反対に明るい声で続けた。それを受け、肩を震わせた小春は、にわかに大きな笑い声を立てた。

（……こ奴までおかしくなったか？）

訝しむ喜蔵をよそに、小春はぴたりと笑い声を止めると、じっと初瀬を見ながら言った。

「俺は確かにあの天狗野郎が嫌いだ。深雪の件でますます大嫌いになった」

「ならば――」

「だからこそ、俺はこの手で奴をやっつけたい。他妖の力を借りるなんざ、真っ平御免だ！」

腕を解き、ぱっと勢いよく立ち上がった小春は、拳を握って叫んだ。内心ほっと息を吐いた喜蔵は、「小鬼に追従するようで気に食わぬが、俺も同感だ」と小声を出した。

「お前はこんな時まで素直じゃねえな！　ただ『同感だ』と言やあいいのに」

同意を寄せた喜蔵に、小春は呆れた顔をして言った。

「……へえ、そうかい。味方にはならぬか。残念だな」

初瀬の低い呟きが響いた瞬間、強風が吹いた。心の臓が縮み上がるほどの冷気を感じ、喜蔵は思わず息を呑んだ。その凶暴な風は、目の前に座っている初瀬の身から溢れでたもののようだ。初瀬は怒りが頂点に達すると、我を忘れて暴れる——そうなった時、力を失った小春と、人間の喜蔵は、為す術もなく倒れるだろう。まさか、こんなところで死の危機に瀕するとは思わなかった喜蔵は、何とか回避しようと口を開きかけたが——

「俺は誰の味方にもならん。共闘を望んでいるなら、他を当たれ」

きっぱりと言いきったのは、目を赤く染めた小春だった。さっと顔を青くした喜蔵の想像とは反対に、初瀬は腹を抱えて笑いだした。

「無力なくせに、言うことだけは一丁前なんだな！　その図太さ、嫌いじゃないぜ」

けたたましいほどの声で笑いつづけた初瀬は、にわかに翼を広げて地を蹴った。

「邪魔な天狗は殺す——それが俺の主義だが、あんたたちは天狗じゃない。だから、見逃してやるよ」

初瀬が地から離れてすぐ、まるで夢だったかのように冷たい風は一瞬で消失した。そして、一度も振り返ることなく、初瀬も空の彼方へと姿を消した。

「……肝が冷えた」

「お前が怯えるなんて、めっずらし」

驚いたように言った小春に、喜蔵は眉を顰めてぼそりと返す。

「ここで俺たちが死ねば、深雪は誰が助ける？　少なくとも、明日を無事に終えるまで、俺は死ねん」

小春はむっと黙りこむと、頬を掻きながら立ち上がった。頭の後ろで手を組んで歩きだした小春は、空を見上げながら「……指切り！」と叫んだ。

「あん時はお前限定で言ったけど、あの中にはもちろん深雪も入ってる。お前はいっつも忘れるけど、あの約束は生涯有効だからな！」

――あれは俺からの約束だ。今回――否、この先も、お前が危ない目に遭ってしまったその時には、俺が必ず守ってやるよ。

（……一生忘れるものか）

いつか交わした約束を思い返して口をへの字に曲げた喜蔵は、勢いよく腰を上げ、小春の後を急ぎ追いかけた。

五、決戦

初瀬と別れた小春と喜蔵は、急ぎ山を下りた。

「本当は行きと同じくもののけ道を使いたいところだが……くそ！　疾風を捕まえておくんだった！」

もののけ道は今日と明日の二日間、大会に参加する天狗たち専用の道となっている。特別通行手形を所持している疾風は、一刻前に姿を消したままだ。

「明日はどうする気なのだ？」

今日は歩いて帰れる距離だからいい。しかし、本選会場である信州の赤岳は、今日のうちに移動しても間に合わぬ道程である。眉を顰めて問うた喜蔵に、小春は「今考えてる」と険しい声で言った。

「……こんなことなら、天狗に知己を作っておけばよかったぜ。そもそも、疾風の奴が俺を騙すような真似をしなければ、明日も普通にもののけ道を通れたんだ。あいつ、明日会ったらただじゃおかねえ……牛鍋二十人前は食わせてもらわねば割にあわん」

ぶつぶつと言いながら早足で歩く小春に、喜蔵は嘆息交じりに言った。

「明日のことはとりあえず後回しでよい。お前は先に戻れ。俺もなるべく早く帰る」

初瀬登場の混乱に乗じ、深雪は空を翔け去った。天狗の大会に出場できた深雪は、もののけ道も通れるはずだ。それなのに、わざわざ翼を使い、赤岳まで移動するとは考えがたい。家で休むかは分からぬが、明日の支度をしに一度家に帰るのではと喜蔵は睨んでいた。

「深雪が家にいたら、柱に縛りつけてでも外に出すな」

「……承知。お前の兄貴に命じられて仕方なくって言うわ。じゃあ、一足先に行くな」

さっさと戻れ、と喜蔵が言いきる前に、小春は目にも留まらぬ速さで走りだした。あっという間に遠のいた小さな背を見送りながら、喜蔵も駆けだした。

——明日までは、春風という名の天狗なの……そう約束したのよ。

深雪はそう述べたが、そもそもなぜ花信は深雪に天狗の大会への出場を乞うたのか。

——力を失った今、我に勝てると本気で思ったか？　今のお前が我と対等に戦うつもりならば、こう言ってやる——百年早い。

猫股の長者との戦いで傷つき、ほとんどすべての力を失った小春を何の手加減もなく攻撃した時、花信は歪んだ笑みを浮かべて言った。出会った頃の花信とはまるで別妖のようだったため、喜蔵は密かに驚き、慄(おのの)いた。

——ならば死ね。弱い貴様などには用はない……我が用があるのは、我を負かしたあの経立だけだ。

はじめて花信と会った折、彼はひどく興奮し、怒っていた。迷い戸惑い、もがき苦しみもした。それを癒し、救ったのが、深雪だったと喜蔵は思っていた。

――あたし、実は一度空を飛んでみたかったの。もしよかったら、背中に乗せて家まで送ってくれませんか？

自身や周りを傷つけられたにもかかわらず、深雪は心の底から笑って言った。花信の背に乗って空を翔けた深雪は、ちゃんと喜蔵の許に帰ってきた。

（あの時はまだ共に住んでいなかったから、俺の許にではないか……）

喜蔵は息を切らしながら、苦笑をこぼした。深雪と共に暮らしはじめて、ようやく一年が経つというのに、もっと前から――それこそ、生まれた頃から共にいたような気がしていた。共に暮らしはじめてふた月くらいは、二人の間にぎこちなさが漂っていたのをすっかり忘れてしまったのだろう。

――あたし、お兄ちゃんと会えて嬉しい。一緒に暮らせて嬉しい。叱ってもらえて嬉しかった……お兄ちゃんはあたしと会えて少しでも嬉しかった？

――俺はずっと妹に会いたかった。お前が無事で嬉しい。

花見の席ではじめて心のうちを伝え合わなければ、未だにぎくしゃくしたままだったかもしれぬ。もっとも、その後もすぐに仲が深まったわけではなく、毎日少しずつ目が合う機会や、交わす言葉が増えていった。仲を取り持つように間に入ってくれた綾子やさつき、近所の人々の気遣いがあったからだ。彼らは「そんなことないよ」と笑い飛ばすだろうが、喜蔵たち自身の歩み寄りだけでは、二人はまだまことの兄妹になれていなかっただろう。

――お兄ちゃん。

深雪はいつも喜蔵を労わりながら、励ますように笑った。喜怒哀楽ははっきりとしているが、常は穏やかで優しい。今日の戦いの最中ですら、深雪はいつも通りだった。

（どうせ今回のことも「大丈夫だから」と笑って言うのだろう。……お前の大丈夫ほど信用ならぬものはない）

ぐっと眉間に皺を寄せた喜蔵は、さらに足を速めながら呻いた。

「……俺の妹を傷つけるような真似をしたら、決して許さぬ」

それが、たとえ深雪自身であったとしても――喜蔵は一心に駆けた。


足を止めることなく走りつづけた喜蔵は、ようやく家に着いた時、ほっと息を吐いた。額や首に流れる汗を着物の袖で拭いながら、裏戸に手を伸ばした。

「喜蔵！」

掛けられた声に振り返ると、背後に髪を振り乱した小春が立っていた。

「家にはいない。今、裏山に行ってきたが、花信も配下の天狗たちもいなかった。あの山はもぬけの殻だ」

「……近所を手分けして捜すぞ」

頷いた小春と共に踵を返した喜蔵は、こちらの様子を窺うように裏通りに佇んでいた相手を認め、目を瞬いた。二人の視線を受け、おずおずと裏戸の前に来たのは、いつになく緊張を孕んだ表情をした綾子だった。非常に整った見目ゆえ、こうして固まっていると、まるで生き人形のようだ。言葉を発せなかった喜蔵に代わり、小春が「どうした？」と声を掛けた。

「俺たち、深雪を捜してるんだ。火急の用じゃなければ、また今度――」

「深雪さんは明日の戦いが終わるまで、こちらには帰らないそうです。『あたしは大丈夫だから、どうか安心して。信じて待ってて』……そうおっしゃってました」

小春の台詞を遮り、綾子は言った。

「お前の長屋にいるのか？」

鋭い声を出した小春は、綾子の横を通りすぎて、裏通りに出ようとした。

「私のところにはいません。……私に伝言を頼んですぐに出ていってしまいました」

「どこに行った？」

足を止めた小春は、綾子をじっと見上げながら言った。鳶色の目にちらりと朱が差した。怒りの籠った視線に肩を震わせつつも、綾子は「言えません」とはっきり答えた。

「お前がまことのことを言ってる証はあるのか？　お前はこの前、深雪に頼まれて俺たちに嘘を吐いた。深雪のためと思ったんだろうが、あいつがあんな無茶をしてたのに止めなかったお前は、本当に深雪のことを考えてたのか？　俺なら絶対に深雪を止めてた」

お前は深雪がどうなってもいいんだ――小春がそう言いきる前に、喜蔵は小春の頭を叩いた。

「……言いすぎだ」

喜蔵は横を向きつつ、ぼそりと述べた。小春は眉を顰めたものの、言い返さなかった。

そんな二人を交互に見遣った綾子は、重ねた指先に力を込めて、意を決したように言った。

「少しだけでいいんです。私の話を聞いてもらえますか……？」

なぜ、今そんなことを——戸惑いを覚えた喜蔵は、綾子の様子を窺った。発した声の調子と同じように、決意の籠った表情を浮かべている。綾子はいつもおどおどして、自信がなさそうだ。愛想がよく、世話焼きだが、相手が深くかかわろうとすると、たちまち避ける。喜蔵が想いを告げてからというもの、綾子は喜蔵と目を合わさなくなった。邪険にしたり、嫌悪を露わにしたりはしないが、距離を置こうとしているのは明らかだった。

綾子は生来の類まれな美貌のせいで、これまで幾多の男たちに想いを向けられてきた。それは寡婦となった後も変わらなかったが、当人は死んだ夫を忘れられずにいた。心底愛していたのだろうし、悪しき呪いに巻きこんでしまったという負い目があるのかもしれぬ。

——兄に幼馴染に父と祖父、それに大勢の村人たち——お前にかかわった男は皆死ぬというのを忘れたか？

昨年の花見の折、綾子にそんな言葉を投げつけたのは、綾子の身にとり憑いた飛縁魔という妖怪だった。綾子自身には聞こえぬ飛縁魔の声は、あまりにも過酷な綾子のさだめや半生を喜蔵に語ってきかせた。綾子の身を支配している凄まじい呪い——それはまだ、綾子を雁字搦めにしているのだろう。そうでなければ、得心がいかぬ事態が綾子の身には起こりすぎている。

(だが、己が悪いと言うばかりで、誰のことも責めなかった……この人はそういう人だ)

だから、喜蔵は綾子を好ましいと思ったのだ。喜蔵が想いを伝えた時も、綾子は喜蔵を一切否定しなかった。相手を受け入れられぬ自分が悪い——そう思ってしまうのが、綾子の唯一の欠点かもしれぬ。

(何でも己のせいにしてばかりいたら、己も他人も不幸になるではないか)

好きな人間には幸せであってほしいものだ。どうでもいい相手でも、不幸せに向かっていく姿を見るのは辛いものがある。皆が幸せに生きられる世などどこにもないことは、喜蔵も分かっている。それでも、せめて己の好きな者たちだけは——と願ってやまなかった。

「……散らかっていますが」

どうぞ——と言って、喜蔵は裏戸を開いた。

「深雪を捜しに行かなくていいのか」

責めるような目をした小春が、硬い声音で問うた。

「俺は信じる」

喜蔵の答えを聞いた小春は、「はあああ……」と息を吐きながら、片手で顔を覆った。

「これじゃあ、俺が悪者みてえじゃねえか。妖怪だからって皆が皆悪者になりたいわけじゃねえんだぞ。汗だくになるまで方々駆け回ったってのに……ったく、割にあわねえぜ」

小春はぶつぶつ言いつつ踵を返すと、喜蔵を押しのけ、中に入った。後に続いた喜蔵は、裏道に立ったままの綾子をちらりと振り向いて、「冷えますから」とぼそりと言った。

「……ありがとうございます」

美しく笑んだ綾子は白い息を吐きながら、喜蔵の長屋へと足を踏み入れた。

「奇跡的に客が来ることだってあるんだから、茶菓子くらい用意しておけよな。綾子悪いな、気が利かねえ野郎が家主だから何もねぇんだ。すべてこの鬼面のせいだからさ」

三人分の茶を入れ、居間に戻ってきた小春は、綾子には笑みを、喜蔵には馬鹿にしたような表情を向けて言った。

「……あれほど怒っていたくせに、ころりと態度を変えるな」

「俺はまだ怒ってる。けど、それはそれだ。俺は綾子が好きだもの。綾子が話を聞いてほしいと言うなら聞いてやりたいし、困ってるなら力を貸してやりたい」

（よく恥ずかしげもなく、そういうことが言えるものだな）

喜蔵は呆れつつも、感心した。小春は迷うことなく、率直に気持ちを述べる。だが、今しがた怒られたばかりの綾子は、素直に受け取れなかったようだ。思いつめた顔をして、

「どうぞお構いなく……手短に話します」と小声で言った。

「いや、手短に話されると何が何だか分からなくなりそうだから、そこそこしっかり話し

てくれ。散漫な話でもいいから、要点はちゃんとまとめてな」

「注文が多い餓鬼だ。それでは、いつまで経っても話しだせぬではないか」

　呆れ顔で述べた喜蔵に、小春はにやつきながら「へえ〜？」と言った。

「珍しく優しいこと言うじゃねえか。相手が綾子じゃなかったら、そもそも『あんたの話など聞く暇はない』と切り捨てそうなのにな」

「そんな真似はしない。それに、これから話が進まぬことがあるなら、どうせお前が今のようにまぜっかえした結果だろう。今度やったら、お前を家から放りだす」

「おいおい、いいのか？　俺がこの家からいなくなったら、大変なことになるぞ。まず、俺を慕って店を訪れる奴らが来なくなる。近所の連中は、俺を追いだした鬼ってことでお前を虐める――のは無理か。お前の顔恐ろしすぎるものな。だから、無視だ無視！　鬼が来たぞ、目を合わせるなーってさ。ひどい仕打ちだが、俺を追いださなければそんな目に遭わないんだから、自業自得だ。あちこちから無視されたお前は、綾子に助けを求めるけど、『小春ちゃんを追いだした人とは口も利きたくありません』と振られるんだ、また！そんで、進退窮まって元色魔の許を訪ねるんだが、奴はあの姉ちゃんに夢中だから、ここでも袖にされる。あの彦次にも無視されるなんて……何だか哀れになってきたな。だが、ここまで来たら、閻魔商人が地獄に行くところまで考えてやらなきゃ……いだだだ！」

　調子よく喋っていた小春は、喜蔵に両頬を思いきり抓まれ、喚いた。

「無駄に回る口だな。俺は無駄が嫌いだ。省いてやろう」

「ひゃめろ！　ひゃ、まひゃひゃ……くひをひゅいひゅけるひひゃにゃいだりょうな!?」

喜蔵が針と糸を手にしたのを認め、喜蔵の腕からさっと逃れた小春は、慌てて綾子の背に隠れながら、「鬼！　閻魔！　守銭奴！　老け顔！　情なし！　今時髷！　文明不開化野郎！　もっと豪華な飯食わせろ！」と悪口と文句を並べ立てた。

「ふ……ふふ……ごめんなさい。ふふふ」

小春と喜蔵のやり取りを黙って聞いていた綾子は、下を向いてくすくすと笑いはじめた。小春がほっと息を吐いたのを見て、喜蔵は内心鼻を鳴らした。

（……人外のくせに、他人の気持ちを無駄に察しおって）

小春がいつも以上に喜蔵に突っかかったのは、綾子の心を解すためだったのだろう。しばし笑いつづけた綾子は、先ほどよりも柔らかな表情を浮かべて、すっと息を吸いこんだ。

「夫を亡くした時、私は覚悟したんです。……私が呪われた身だということは、喜蔵さんにはお話ししましたね？　小春ちゃんは――」

「俺は妖怪だ。お前の身に起きていることくらい、知ってる」

綾子の言を遮った小春は、喜蔵の傍らで胡坐をかきながら言った。己が妖怪だと明言した小春に、喜蔵は非難の視線を向けた。綾子は飛縁魔憑きだが、妖怪の姿が見えず、声も聞こえない。小春のことも、妖怪だとはっきり認識しているのか怪しいと思っていた喜蔵は、綾子を混乱させるようなことを言ってはならぬと考えたが――

「よかった。どう説明したらいいかと悩んでいたんです……私は話すのが苦手だから」

綾子は胸に手を当て、安堵の息を吐きながら言った。

「おっとりしてるお前が、いきなりべらべら喋りだしたら怖いだろ。今、お前が言いたいことを好きに話せばいいんだよ。礼はいつもの美味い飯でいいぜ？」

そう言ってニッと笑んだ小春に、綾子は眉尻を下げて「ありがとう」と微笑んだ。

「そんで、何を覚悟したって？」

「死を——覚悟しました」

小春の軽い問いに、綾子は静かに答えた。喜蔵はびくりと肩を震わせたが、横にいる小春は「そうか」と平然と答えた。

「死のうと思ったのか？」

小春の問いに眉を顰めて俯いた綾子は、ゆっくりと首を横に振った。

「私はあの時、いつか私の身にも訪れる死について考えました。それがいつなのかは分からないけれど、その時が来るまで私は生涯この世で独りぼっちなのだと思ったんです」

それが綾子にとっての「死」であったと悟った喜蔵は、膝の上に置いた拳を握りしめた。

「……大げさですよね。私はこうして生きているのに」

困ったような笑い声を漏らした綾子に、小春は「そうでもねえさ」と肩を竦めて言った。

「俺は妖怪だからよく分からんが、人間は誰かと共に生きていくもんだ。だから、長い人生を独りで生き抜けなんて言われたら、きっと死ぬよりも辛い——なあ？」

にわかに話の矛先を向けられた喜蔵は、ふいっと視線を逸らした。喜蔵には心当たりがありすぎる話だった。

「ここに来るまで、私は死んでいたんだと思います」

やがて綾子が発した言葉に、喜蔵と小春は揃って驚きの表情を浮かべた。

「夫が死んでから、夢の中にいるような、ふわふわとした心地で生きてきました。働いていても、ご飯を食べていても、何の感慨も湧かなかった……それに気づきもしなかったんです——皆さんに会うまでは」

伏せていた顔を上げた綾子は、喜蔵と小春を交互に見比べて続けた。

「小春ちゃんと喜蔵さん、深雪さんや彦次さん……皆さんと出会って、私は独りきりで生きているわけじゃないと思えたんです。今はまだ、手に手を取り合って生きていけるとは思えませんが……それでも、独りじゃないと知っているから、この先どんなに辛いことがあっても、それを心の支えに生きていける——そう信じられるんです」

「綾子……」

小春の呟きに、綾子は見惚れるほど優美な笑みを浮かべて頷いた。

「信じあえる人たちがいるから強くなれる——深雪さんもきっとそう感じているんじゃないでしょうか。私は深雪さんを信じています。どんな時でも、何があっても……深雪さんは皆さんを裏切るような真似はしません。だから、どうか信じて待ってあげてください」

そう言って、綾子は深々と頭を下げた。小春と喜蔵は顔を見合わせ、頷き合った。

　綾子を長屋に送り届けた小春は、裏戸を潜るなり、「飯飯飯〜」と歌いだした。

「呑気なことを申している場合ではない。明日はどうするつもりなのだ」

　土間で腕組みをして待っていた喜蔵は、不機嫌な声を出した。もののけ道が通れなければ、本選会場に向かうことさえできない。考える、と答えた小春にまるでその様子がないので、喜蔵は（さてはこ奴忘れていたな）と呆れると同時に、苛立ちを覚えた。

「あー……それなら解決済みだ」

　面白くなさそうな顔をして言った小春は、喜蔵に何かを放り投げた。とっさに手で取った喜蔵は、それが木札であることを認め、眉を顰めた。そこには、妖怪の世で通用する文字が記されているようだが、喜蔵にはやはり何も書かれていないように見えた。

「猫股鬼小春および、同行の人間喜蔵、天一会に参加致す為、もののけ道の通行を認める――だとよ。ご丁寧に、裏にも表にも『特別通行手形』と印が押してある」

　鼻を鳴らしながら説明した小春に、喜蔵は胡乱な目を向けた。

「誰を脅して奪い取ったのだ？」

「妖聞きが悪いことを言うな！　綾子を送って戻ってきたら、裏戸の横に立てかけてあったんだよ！　家を出た時にはなかったから、ほんの一瞬の隙を狙って置いたんだ。……裏面に【疾】と記してあるから、疾風の奴が用意したんだろうよ」

　唇を尖らせて言った小春は、腕組みをしてそっぽを向いた。

――明日に備えてやるべきことがまだあるのです。急ぎ、手形の許可も取らねばならぬし――

予選会場から去る時、疾風がそう口にしていたことを思いだし、喜蔵は眉を顰めた。

(奴はなぜ俺たちを大会に呼びたがるのだ?)

疾風が憎んでいるのは、花信だ。小春は花信と因縁があるが、喜蔵は深雪の件以外で花信とかかわりがない。しかし、疾風は喜蔵の名を手形に盛りこんでいる。小春と喜蔵に何かをさせるために、大会に呼びたがっているのだろうか?

「……これはまことに通用するものなのか?　妙なことになったらどうする」

木札を小春に投げ返しながら、喜蔵はぶつぶつと言った。

「疾風が持っていた物とよく似てるし、天狗臭いから本物だろ。嫌な臭いだぜ、ったく」

木札の匂いを嗅いで鼻に皺を寄せた小春は、それを懐にしまいこんで、踵を返した。

「ちょっくら家の周りを見てくる。お前はその間に飯を作っておけよ」

「偉そうに命じるな」と答えつつも、喜蔵は素直に小春の言に従った。今喜蔵にできることといえば、明日の戦いに備えて兵糧(ひょうろう)をこしらえることくらいだった。喜蔵は黙々と夕餉を作りながら、深雪のことを考えていた。

――……ちょっとお味噌汁の味が薄かったかしら?　でも、その方が身体にいいわよね。

相変わらず料理が苦手な深雪は、昨夜も失敗した料理に首を傾げつつ、ぽつりと言った。

――深雪ちゃんは一向に上達しないが、料理をするのは好きなんだな?

遠慮なくずけずけと言う小春をねめつけながら、深雪は苦笑交じりに答えた。

——正直に言うと、お料理はそんなに好きじゃないの……でも、上手くなりたいから、頑張る。だって、お兄ちゃんと小春ちゃんに美味しい物を食べてほしいんだもの。

「……味のしない味噌汁でもよいから、また作ってくれ」

喜蔵の呟きに、応える者はいなかった。

変わりはねえな——四半刻後、帰ってきた小春は肩を竦めて言った。その後、黙々と夕餉を食べた二人は、早々と就寝することにした。常ならば「もう寝るのか？　爺どもめ」などとからかってくる妖怪たちが、今宵は姿一つ現さない。

「何かの寄り合いでもあって、留守にしているのか？」

不思議に思った喜蔵が店に向かって呟くと、茶杓の怪らしき声が返ってきた。

「鬼姫に今宵だけは静かにしていろと脅され——頼まれたのだ」

用意周到なことだ、と呆れた喜蔵は、布団の中に入った。少し離れた場所で、小春はすでに布団の中の住妖と化していた。

「そういえば、こういうの随分と久しいな」

行燈の火を消して間もなく、小春は言った。ちらりと視線を横に向けたが、闇に慣れていない喜蔵の目には何も映らなかった。しかし、小春は見えているらしく、「おそろしや闇夜に浮かぶ鬼の面」と呟き、忍び笑いをした。

「いつもは深雪がいるもんな。お前と二人ぼっちなのは、鬼やらい以来かね？」

「……覚えておらぬ」

本当は覚えていたが、そう言うのも癪だったので、喜蔵は嘘を吐いた。

「物覚えが悪い奴だな。その前の夏は、ひと月くらいこんな感じだったんだぞ」

「どこかの間抜けな小鬼が空から落ちてきて、勝手に居候を決めこんだせいでな」

「あの鬼は大した奴だったよなあ。強大な力があるのに、それを鼻にかけない慎ましさ」

「阿呆か」と鼻を鳴らした喜蔵に、小春はニシシと笑い声を立てた。

「あの頃のお前は、まだ十代だったんだよな。あんな老けた十代、はじめて見たぜ」

「お前は百を超えていたくせに、餓鬼にしか見えなかった。見目も中身も――今もか」

「分かってねえなあ！　俺は敢えて子どもに見えるように振る舞ってるんだよ。その方が皆可愛がってくれるし、食い物も恵んで……お前、本当におっそろしい面してんなあ！」

堪えきれぬといった風にふきだした小春は、しばし笑いつづけた。無邪気で明るい笑い声を聞いているうちに、喜蔵はなぜか物悲しさを覚えた。

小春は妖怪とは思えぬほど裏表がなく、素直で明るい性質だ。今も心から笑っているのだろう。だが、小春がこうして人間の少年のように振る舞うたび、喜蔵の胸はざわめいた。なぜだと首を捻った時、まだ笑いの余韻が抜けきらぬような様子で、小春は言った。

「俺がこの家の庭に落ちてきた時、綾子が様子を訊ねにきたんだったよな？　近所の連中はお前が怖いから近づかなかったってのに。あいつ、自分のことを弱いと言ってたけど、そんなことねえよな。綾子ほど強い人間はそういない――いや、深雪に初にさつき……俺が知ってる人間の女は皆強いな。男は弱っちょろい奴ばっかだけど」

彦次に清十郎に逸馬――喜蔵の脳裏をよぎった男たちは、おそらく小春の頭の中にも浮かんだのだろう。

「妖怪は人間と違って、腕力や体力にほとんど男女差がない。だから人間のように、男がどうとか女がどうとか言う奴はいないんだ。そういや、特に天狗なんかは、男だか女だか分からん奴が多いな。揃いも揃って山伏装束だろ？　どいつもこいつも顔は真っ赤だし、造作もさほど違いはないし……せいぜい鼻が高いか低いかくらいだ。力の差もなけりゃあ、声の高さもあまり変わらん。あいつらは一体どうやって見分けてんのかね？」

「天狗に訊け。俺には分からぬ」

「ほら、すぐそれだ。お前はそんなんだから、話が広がらないまま会話が終わっちまうんだ。俺みたいにやっさしい奴じゃないと、こうやって話を続けてくれないんだからな」

「お前と話を続けたいと思ったことは一度もない」

「またまた～」と笑いつつ、小春は寝返りを打ったようだった。がさごそという音が聞こえなくなった時、喜蔵は口を開いた。

「……深雪は強いとお前は言ったが、あれはそれほど強い娘ではない。あの人も……綾子さんもそうだ。芯が強いのは間違いないし、強くあろうと努力している」

だが、強くあろうと努力している時点で、元から強い人間ではないと言っているようなものだと喜蔵は思っていた。綾子と同様に、初も強くあろうとしている人間だ。幾重にも掛けられた己の家の呪をとくために、かつて喜蔵と偽りの祝言を挙げた相手の顔が頭に浮かんだ。

（元から強い人間など、おらぬのではないか……？）

少なくとも、己の周りにはいない――そう考えかけて、喜蔵ははたと気づいた。

「八百屋の娘は……あれはどうやっても強いか」

「そこはさつきも強くないって言ってやれよ」

ぷはっとまたふきだした小春は、くすくすと笑い声を立てた。今宵はいつも以上によく笑うが、その刻が長ければ長いほど、喜蔵の胸はざわめいた。

「お前が言った通り、強さを求めてること自体が、弱さの証なのかもしれねえ。……でも、本当に弱い奴は、そもそも強くなろうとしねえよ。弱い自分が嫌だったとしても、変わろうとせず、ますます弱くなるんだ」

「お前はそれが気に食わぬのか」

「他人や他妖のことだ。そいつの好きにすりゃあいいが、俺は嫌だな」

きっぱりと言いきった小春を、喜蔵はじっと見据えた。徐々に闇に慣れてきたが、表情までは読み取れなかった。その代わり、小春が天井に向かって片手を伸ばしたのは見えた。

「俺は、弱い自分が嫌だ。だから、強くなろうとしたし、実際に強くなった。今はちょっとばかしそれを失っちまってるけど、近いうちに必ず取り戻す」

そう言って、小春は掲げた手を握りしめた。まるで、空に浮かぶ星を摑むような仕草に、喜蔵は目を細めた。天井に星などあるはずもないが、なぜか眩（まぶ）しさを覚えたのだ。

「ふあああ……もう駄目だ」

　欠伸をした小春は、いかにも眠そうな声を上げ、布団の上に手を下ろした。その手は、喜蔵の手よりも二回り以上小さいものの、喜蔵の何倍も力を持っている。妖力のほとんどを失ったとはいえ、小春の持つ潜在的な力は、人間と比べるべくもないほど強い。

「……力を取り戻したら」

　喜蔵の呟きに、小春は「うん？」と不思議そうな声を出した。

「力を取り戻したら、どうするのだ」

「どうするってそりゃあ……」

　答えあぐねている様子の小春を、問うた喜蔵はじっと見つめた。

　――俺は行くよ。

　出会いを果たした夏の終わり、小春は笑って別れを告げ、喜蔵の前から姿を消した。小春にとっては、「いつか必ず来る別れ」だったのだろう。だが、喜蔵は違った。

（あのままふてぶてしく居座りつづけるものだと思っていた）

　今なら、「冗談じゃない」と撥ね除けるだろうが、あの頃はそう思いこんでいたのだ。

　喜蔵は当時、誰ともろくに口を利いていなかったが、小春が来てから近所の人々と少しずつ交流するようになり、長らく違えていた彦次との仲も修復した。

（別段、俺はあのままでもよかったが……）

　それを口にすれば、皆が「素直じゃない」と非難してくるのが分かっていたので、言うつもりはなかった。あのままでもよかったというのは本心だが、そうでなくてよかったと安堵する気持ちもまことだった。

「綾子は俺たちと出会って強くなったと言ったが、俺は反対のことを思ってたんだ」

俺は力だけじゃなく、一妖で生きていく覚悟まで失ったんだって——そう呟いた小春を見て、喜蔵は息を呑んだ。

「綾子の言った通り、人間はきっと誰かのために強くなれる生き物だ。けど、妖怪は誰かのために弱くなる……特別な相手を作った途端に、駄目になるんだ」

「……人間のように、妖怪も守るために戦えばいいではないか」

「そりゃあそうするさ。だが、一瞬たりとも目を離さないなんてできない。隙をつかれて、死なせちまうことだってあるかもしれん——もし、そうなったらどうする？」

喜蔵は開きかけた口を閉じた。人間も妖怪も、いつ死ぬか分からぬ身の上だ。人間も、病や老いではなく、殺されて死ぬこともあるが、それは稀だ。妖怪たちは、病や老いで死ぬ方が少ないのだろう。喜蔵は妖怪のすべてを知っているわけではないが、小春たちの日常を見ていれば、どれほど戦いや死に密接した妖生を送っているのかは分かった。

「大事な者が殺されたら、俺は相手を同じ目に遭わせるかもしれぬ」

そう言った喜蔵に、小春は「お前はそんなことしねえよ」と即答した。

「殺す一歩手前まで追いつめるところまではやれるかもしれんが……命までは取らない」

「俺が『甘っちょろい』からか？」

「そんな事態に陥った時には、お前がとどめを刺す前に、俺が相手を仕留めるからさ」

小春が発した言を聞いた喜蔵は、思わず布団から身を起こしかけた。

「……物騒なことを申すな。俺はお前に尻拭いをしてもらうのは真っ平御免だ」

「おいおい、そこは『お前にそんな真似をさせるのは御免だ』だろ？」

ケタケタと楽しそうに笑い声を立てた小春を、喜蔵はぎろりと睨んだ。

「下らぬことをごちゃごちゃと喋っていないで、さっさと寝ろ。明日は大事な日だ」

低い声音を出した喜蔵は、起こしかけた身を横たえて、頭からすっぽり布団を被った。

「……今の俺に力があったら、天狗たちを皆やっつけられたのにな」

ぽつりとこぼした小春の呟きには、迷子のような心細さが滲んでいた。眉を顰めた喜蔵は、「下らぬことを申すなと言ったはずだ」と鼻を鳴らした。

「今できぬことを嘆(なげ)いても、時の無駄だ。できぬものはできぬのだからしようがない」

「身も蓋もねえな」と笑った小春は、衣擦れに紛れそうな小声で続けた。

「過去を悔いてもしようがねえし、俺はそういうのが大嫌いだが……今も力があったら、深雪をあんな目に遭わせなくて済んだとは考えちまう。……守ってやると言ったのに、約束を破ってばっかだ」

溜息を吐いた小春は、やがてすやすやと寝息を立てはじめた。それが元気のよい鼾(いびき)に変わった頃、喜蔵は舌打ち交じりに言った。

「……約束を破ったことなどないではないか」

*

天下一の天狗を決める本選の日が、ついに訪れた。

「よし、行くぞ！　俺についてこい！」

空が白々と明けてきた頃、裏通りにぴょこんと飛びでた小春は、胸を張って声を張り上げた。昨夜の殊勝な様子は幻だったのだろうか——家の戸締りをした喜蔵は、額に手を当てて嘆息した。

「……朝っぱらから煩い。近所迷惑になるから止めろ」

「俺が煩いんじゃなく、お前が辛気臭いんだ——痛っ！　俺はその辺に飛んでる虫じゃないんだ。口で言やあ分かるんだよ！」

小春は叩かれた頭を押さえながら、恨めしげな顔で喜蔵に苦情を述べた。

「言っても分からぬから毎度叩かれているとなぜ分からぬのだ。お前の頭は飾りか？」

「お前がぽんぽこぽんぽこ狸の腹鼓みてえに叩くから、ちょっとばかし具合が悪くなったんだ！　責任取って治せ！」

「医者を呼ぶなら、自分の金で呼べ」

冷たく言い捨てた喜蔵は、両手を振り上げて怒る小春を置いて、さっさと歩きはじめた。これから熾烈な戦いが行われるとはとても思えぬやり取りだが、本選は数刻後に迫っている。そこには、昨日の予選を勝ち抜いた強者たちが出場してしのぎを削るが、天下一の天狗になれるのはたった一妖だ。その一妖は、天狗の祖から願いを叶えてもらえるという。

「……それほど叶えたい願いがあるものなのか」

　喜蔵はぼそりと言った。これまで生きてきて、喜蔵は強く何かを欲したことがなかった。

「妖怪は強欲なんだよ。まあでも、疾風が言ってたように、願いを叶えてもらうのが目当ての奴は、予選で落ちただろうけどな。他妖任せにする奴が勝ち進めるほど、戦いってのは甘くねえもん」

　喜蔵の隣に並んで歩きだした小春は、頭の後ろに手を当てながら言った。

「いくら努力してもままならぬ願いならばどうなのだ。奴の話では、過去には不老不死を望んだ者もいたようだが」

「はあ？　不老不死なんて無理に決まってる——と言いたいところだが、アマビエとか百目鬼の野郎とかがいるからなあ……」

　喜蔵の問いに、小春はうんざりした声で返した。

　アマビエは、海に棲まう妖怪だ。神出鬼没で、彼妖が現れると、災害や飢饉が起き、大勢の人死にが出る——という言い伝えがある。人間にとっては最も忌避すべき妖怪の一妖だが、アマビエのもう一つの力を知った者は、何とかして彼妖を手に入れようとするという。その力が、『不老不死』だった。アマビエが持っているその力を、海の妖怪のみならず、陸や空の妖怪たちも皆、こぞって欲している。神出鬼没で、滅多に姿を見せないアマビエを、喜蔵は一度だけ目にしたことがあった。

「アマビエの行方は相変わらず分からぬのか？」

「奴の居所を知ってるのは、当妖だけだろ。……いや、目だらけ野郎も知ってそうだな」

目だらけ野郎こと百目鬼の笑みがよぎったのか、小春は眉間に皺を寄せて答えた。面白くなさそうに口を尖らせた小春を横目で見ながら、喜蔵は記憶を探った。

（奴と最後に会ったのは……確か、酉の市の前だったな）

小梅が荻の屋に居つく以前のことなので、ふた月以上は経っている。

身体中に無数の目を有する妖怪・百目鬼は、名を多聞という。元は人間であった多聞は、とある一件で百目鬼と同化し、それから四百年以上生きつづけている。妖怪は人間に比べて長命だが、それでも寿命がある。しかし、多聞は不老不死だ。長すぎる妖生に飽いている彼は、折に触れて喜蔵や小春に性質の悪い悪戯をしかけてきた。今回もどこからともなく現れるのではと危惧していた喜蔵は、辺りを見回しながら声を潜めて言った。

「用心しろ。あ奴、今回も首を突っこむ気かもしれぬ」

「目だらけ野郎を庇うつもりは毛頭ないが、多分今回は出しゃばってこねえだろうよ」

小春は確信したように言うと、通りかかった井戸の横で屈みこみ、親指を噛み千切った。

喜蔵はハッとして足を止めた。小春は親指から流れた血で井戸に「も」の字を書くと、それを〇で囲んだ。たちまち現れたのは、底が見えぬ穴だった。この下に広がっているのが、望んだ通りの行き先に導いてくれる、妖怪専用の不思議な通路――もののけ道だ。

――……天狗以外は通さぬ。

穴の中からくぐもった声が響き、喜蔵は目を見開いた。

「通行証ならあるぞ。ほれ」

小春はそう言うと、懐から出した木札を穴の中に差し向けた。

――……許す。

「へいへい」と軽々しく返事をした小春は、木札を懐に収めるなり、穴の中に滑りこんだ。喜蔵は一瞬躊躇いを覚えたものの、すぐに小春の後を追って、穴の中に身を投じた。

もののけ道は、相変わらず真っ暗だった。ややあって、道の先にほのかな明かりが灯った。家から持ってきた行燈を片手に立っている小春を認めて、喜蔵はほっと息を吐いた。

「今日は天下一の天狗を決める戦いだ。他妖や他人の邪魔をするのが好きなあの百目鬼でも、そこに割りこんでくるとは思えん」

歩きだしながら、小春は言った。先ほどの話の続きだと思い至った喜蔵は、小春の後を追いつつ、「あれは他妖の都合など考える奴ではない」と口をへの字にしてぼやいた。

「……俺だって本当はそう思ってるけど、そう言ったら本当に出てきそうだろ!?　ただでさえ面倒な戦いなのに、あんな訳分からん奴までしゃしゃり出てこられちゃあ、ややこしくてたまらん！」

行燈を持っていない方の手を顔の前に掲げた小春は、「くわばらくわばら悪妖退散」とまったくもって妖怪らしからぬことを念じた。

（……まことに大丈夫なのか？）

小春が大会に出るわけではないが、喜蔵は不安でならなかった。

――どんな時でも、何があっても……深雪さんは皆さんを裏切るような真似はしません。だから、どうか信じて待ってあげてください。

綾子の言葉を信じていないわけではないが、胸の中に広がった不安は、深雪が無傷で帰ってくる以外には、消し去ることができぬだろう。

「……あ奴も今頃向かっているのだろうか」

「深雪ちゃんは真面目だからな。ひょっとすると、とうに着いて――」

喜蔵の呟きに答えかけた小春は、にわかに立ち止まり、喜蔵に行燈を押しつけた。

「――何の用だ」

小春が低い声音を発した瞬間、しゅるしゅるしゅるしゅる――という音が響き渡り、二人の前に旋風（つむじかぜ）が巻き起こった。土埃（つちぼこり）が舞い、喜蔵はとっさに目を瞑った。五つも数えぬうちに、風は収まったようだった。薄目を開いた喜蔵は、道の先に立っている相手を認め、息を呑んだ。

灰色がかった白髪に、赤い肌。正面に伸びた長い鼻に、鋭い双眸（そうぼう）。山伏装束を纏い、腰に立派な刀を帯びて立っていたのは、幾度となく相まみえた裏山の天狗――花信だった。

「引き返せ」

真一文字に結ばれていた口を開いた花信は、厳かな声音を出した。

「何言ってんだ？」

「あの場にお前たちは相応しくない。これ以上立ち入るな」

小春の言を無視して、花信は重ねて言った。

「天狗じゃねえからか？　それなら、深雪だってそうだよな。あいつを今すぐ返すなら、引き返してやる」

「あの娘は、もはや我と同じ世に生きている。いわば、我らは同志――身を引くのは、お前たちの方だ」

「ハッ！　ふざけんなよ……深雪は人間だ！　お前なんかの同志なわけねえだろ！」

逆毛を立てるように怒鳴った小春は、ざっと地を蹴って、花信に飛びかかった。凄まじい勢いだったが、花信は小春の攻撃を間一髪で躱し、数歩後ろに飛んだ。すぐさま反撃してくるはずだと喜蔵は身構えたが、花信はなぜか動こうとしない。

「気味悪ぃな……やり返してこいよ！」

吐き捨てるように言った小春は、爪を伸ばしてまた花信に襲いかかった。

「……は？」

小春の爪を避けきれず、顔に切り傷を作った花信を見て、小春は間の抜けた声を上げた。固唾を呑んで二妖の様子を見守っていた喜蔵も、内心驚いていた。常の花信ならば、すかさず小春を返り討ちにしただろう。今日の花信は、まるで別妖のように大人しい。

「何か企んでるのか？　それとも――」

　訝しげな表情と声を露わにした小春は、何か思いついたように言葉を切った。次の瞬間、小春は高く跳んだ。喜蔵が一度瞬きをする間に、小春は伸ばした鋭利な爪で花信の胸を引っ掻いていた。血がふきだす――そう思い目を閉じかけた喜蔵は、はたと気づいた。装束は裂けていたが、花信の身には傷がついていない。花信が避けたのか、小春が加減したのか――どちらにせよ、これまでには見られなかった様相を呈している。花信はほとんど無傷なのにもかかわらず、やはり動こうとしなかった。

（一体どうしたのだ？　なぜ反撃しない……何か理由があるのか？）

　時が止まったかのように、二妖は睨み合った。ただならぬ空気が漂う中、喜蔵はごくりと唾を呑みこんだ。

「……ふふふ……なるほど、なるほど。そういうことか……ふふ」

　顎に手を当て、含み笑いしながら言った小春を、花信は能面のような表情で見下ろした。

「丸ごと分かったわけじゃねえが、大筋は合ってる気がするぜ。そうか、だから深雪はこいつに同情して、こんな馬鹿げた約束を――」

「知った口を叩くな」

　小春の言を遮って怒鳴った花信は、一足飛びで小春に襲いかかった。危ない――喜蔵がそう叫ぶ前に、小春は花信の頭上に移動していた。花信の背を思いきり蹴飛ばした小春は、宙がえりして着地した。花信の背後に立ったことで、ますます自身の考えに自信を持ったらしい。ニヤニヤしながら、「弱え弱え」と馬鹿にするような声を出した。

「天下一の天狗候補の花信さまが、簡単に後ろを取られるとは……なっさけねえなあ！」

小春の言に、花信は唇を嚙みしめるばかりで、反論しなかった。

「一体どうなっている……？」

花信らしからぬ態度や行動に、喜蔵は思わず困惑の声を漏らした。

「こいつはな、おそらく俺と同じ――うわっ！」

機嫌よく答えかけた小春は、悲鳴を上げた。喜蔵も声を発しそうになり、すんでのところで留まる。にわかに目の前に起きた竜巻に、小春も喜蔵も巻きこまれたのだ。辺りの景色が見えぬほどの速さで回転するそれに、喜蔵は一瞬で目が回った。

（目を開けていられぬ……気持ちが悪い）

腹から胃液がせり上がってくるのを感じた喜蔵は、瞼を閉じ、口を手で覆った。

「な、何だこりゃ！　おい、お前の仕業か！　花信……！」

小春の喚き声を聞いたのを最後に、喜蔵の意識は遠のいた。


高い木々が並ぶ中、枝を揺らすように寒々しい風が吹いていた。

「……ここは裏山か」

目を覚まして早々、喜蔵はむくりと半身を起こしながら言った。

「人間には、山はどこでも同じに見えると聞いた覚えがあるが……流石は古道具屋だ」

　感心したような声で答えたのは、喜蔵の正面に立っている若天狗だった。彼の他にも大勢の鼻高天狗や烏天狗たちが、喜蔵たちの周りを取り囲んでいる。喜蔵は天狗の見分け方など分からないが、何度か話したことがある目の前の若い天狗のことは知っていた。

「お前らが揃っていなければ、どこの山か見当もつかぬだろう。宗主殿の姿が見えぬが、お前たちを残して消えたか」

　皮肉を述べた喜蔵に、裏山の若天狗――凩はぐっと眉を顰めて低い声音を出した。

「……消えたわけではない。我々がお前たちを風で攫い、ここまで連れてきたのだ。宗主はおそらく空を翔けてこちらに向かっているのだろう」

「奴をあの場に置き去りにして、俺たちだけを連れてきたただと……調子が悪い宗主に代わって、成敗しようという魂胆か？　それほどその小鬼の力が恐ろしいか」

　己の横で呑気な顔で寝ている小春をちらりと見下ろしながら、喜蔵は言った。

「……前者はまるで見当違いだが、後者はその通りだ」

　宗主を嘲る者は殺す――そんな風に言い返してくると予想していた喜蔵は、凩の言に目を見張った。

「宗主を止められるとしたら、その猫股鬼だけだ」

「忘れたのか？　こ奴は力のほとんどを失っている。花信とぶつかっても勝負には――」

　先ほどの二妖の様子を思いだし、喜蔵は口を噤んだ。あの時、優位に立っていたのは、どう見ても小春だった。

「……起きろ。何やらますます妙なことになっているようだ」

喜蔵は小春の身を乱暴に揺すって言った。唸り声を上げつつ、丸まった猫のような体勢になった小春を見て、天狗たちは「これを頼りにしてよいのか」と小声でささやき合ったが、小春はすやすやと寝息を立てて起きる様子がない。呆れた喜蔵が息を吐いた時、凩は馬鹿にしたように鼻を鳴らして言った。

「猫股鬼は狸寝入りをしてるだけだ。隙をついて、こちらを襲おうとしているのだろう」

「……ちっとは強くなったか。前回の大会で禁を犯して出られぬ奴の代わりに大会に出場すれば、いい線行くんじゃねえか？」

頭を掻きながら、小春は静かに身を起こした。バキバキと動かした手を見た喜蔵は、ハッとした。そこには、小さな手に不釣り合いな鋭い爪があった。凩の言った通り、隙をついて天狗たちを倒すつもりだったのだろう。卑怯な手を嫌う小春がそんな真似をしようとしたことに、喜蔵は内心驚いた。

「悔しいが、己が出ても優勝はかなわぬ……ここにいる皆もそうだ。だから、我々は出場を取りやめ、宗主の優勝を阻むことに力を傾けることにした」

「出場資格のない花信が、優勝できるわけがなかろう」

腕組みをし、顔を顰めて述べた喜蔵に、凩は首を横に振った。

「大会の一年前に届けを出していれば、代理を立てて出ることができる」

「代理？　あ奴の代わりに一体誰が――」

言いかけた喜蔵は、息を止めた。

「深雪を代理に立てた――これで謎(なぞ)は解けたな」

低い声音を出したのは小春だった。俯いているのでどんな顔をしているのかは分からなかったが、その身から発される気は怒りに満ちていた。

――契約を努々(ゆめゆめ)忘れるな。

数か月前に花信が口にした台詞を思いだした喜蔵は、眉を顰めて首を傾げた。深雪が鷲から力をもらい受けたのは、小春と猫股の長者の戦いの後だ。

「猫股の長者との戦いの頃、あれはただの非力な娘だった。鷲から力を得た後ならいざ知れず、ただの人間を代理になどするだろうか？」

「数か月後に鷲から力を授けられることになると知ってたのかもな」

喜蔵が口にした疑問に、小春はあっさりと答えた。

「花信に未来を予知する力などあるのか？」

「あいつにはねえけど、妖怪の中にはそういう力を持つ奴らがいる。件とかな」

件は、他妖や他人の未来や過去を覗き見できる力を持つ、牛に似た見目の妖怪だ。普段は人に化けて暮らしており、喜蔵がはじめて会った時も、商人風の姿をしていた。妖力を使って商いをしている件に、花信が仕事を頼んだのだろうか。

「あ奴が誰かに頼みごとをするとは考え難いが……」

「どうせ脅したんだろ。下っ端妖怪がよく使う手だ」

お偉い宗主さまのくせに情けねえ――嘲りを口にした瞬間、小春は後ろにとびすさった。

「……宗主を侮辱することは許さぬ」

唸るように言ったのは、小春に刀で突きを繰りだした凩だった。息を呑んだ喜蔵や他の天狗たちとは違い、小春はニッと白い歯を見せて笑い声を立てた。

「ようやく本性を現したか。うん、似合わねえことはしねえ方がいいと思うぞ？」

「こたびの件がなければ、貴様などに頼るつもりはなかった……！」

「俺に頼ったって？　しおらしくは振る舞っちゃいたが、頼まれた覚えはねえな」

悔しげに述べた凩に、小春はからかうように言った。二妖の間に――否、小春とこの場にいる天狗たち全員の間に、例えようのない緊張感が走った。

（……このままでは、本選どころではなくなるのではないか？）

大会に興味はないが、そこには深雪が出る。何とか戦いを阻止し、無事に連れ帰るのが、喜蔵たちの使命だ。

「こんなところで貴重な時を潰している暇はない。早く裏山を出て深雪を助けに――」

喜蔵は話の途中で口を噤んだ。傍らでは、小春が夜の猫のように目を真ん丸にしている。喜蔵も小春と同じくらい驚いた顔をしていたが、そうなるのも無理はなかった。凩をはじめとする天狗たちが、一斉に土下座したのだ。

「何のつもりだ？」

呆然としている小春に代わって喜蔵が問うと、天狗の一妖が顔を俯けたまま言った。

「宗主の請願成就を妨げてほしい」

「お前たちにとって、その宗主の願いとやらは随分と都合の悪いもんのようだな」

けっと鼻を鳴らした小春に、喜蔵は眉を顰めて「まさか」と呟いた。

「願いを叶えてもらう権利は、代理の者がもらえるはず……深雪は天下一の天狗の称号のみならず、その権利をも花信に渡すつもりなのか？」

「そうに決まってる。それをひっくるめての『約束』なんだろ」

小春はこともなげに言ったが、その目は赤く染まりつつあった。

「他人に戦わせておきながら、その褒美をも横取りしようという腹積もりか。……いくら妖怪といえども、強欲が過ぎる」

喜蔵が唸るように言ったとき、

「――ふざけるなよ！」

大音声を発した小春に、叩頭していた天狗たちはびくりと身を震わせた。おそるおそる上げた顔に浮かんでいるのは、怯えの表情ばかりだった。唯一その前から顔を上げていた凩は、小春の真っ赤に染まった目から逃れるように、視線を逸らした。

「深雪を散々利用して高みの見物してやがる不届き者を許してたまるか！」

吐き捨てるなり歩きだした小春を、喜蔵は慌てて追いかけた。

「花信と戦うつもりではあるまいな？　力を失ったお前がぶつかって勝てるはずがない」

「力を失った花信相手ならどうだ？」

足を止めた喜蔵に、小春は振り返って続けた。

「いくら大会に出られぬからといって、あれほど自分の力を信じてる奴が人間の小娘を代理にするなど、おかしいとは思わないか？　さっき対峙した時、奴から妖気があまり感じられなかったんだ。戦いに備えて抑えてるのかと思ったが、それにしても弱々しかった」

小春の言に、喜蔵は顔を顰め頷いた。確かに花信は、大会に出る資格を失ったからといって、他人に頼るようには思えなかった。力を失くしたから仕方なく——という方が、得心がいく気がした。

（しかし、なぜあ奴は力を失ったのだ？）

そう考えかけて、喜蔵は首を振った。花信の事情を探るよりも、今はすべきことがある。

「俺は奴が代理を立ててまで叶えたい願いとやらに興味はねえが、そこに深雪が利用されるのは我慢ならん——だから、俺は奴を倒す！」

小春は拳を握りしめながら、高らかに宣言した。

「……勝てるのか？」

喜蔵の問いに、小春は迷わず「必ず勝つ！」と答えた。

「俺は花信を捜しに行く。お前は、このまま帰れよ……と言いたいところだが、一人じゃどうせ帰らねえだろう。だから、試合を見て待ってろ」

「何を申しているのだ。まずは山を下りねばならぬだろうに……急いでもののけ道に入らねば、間に合わぬぞ！」

ここが裏山であることを思いだした喜蔵は、慌てて踵を返しかけたが、

「何を申してるんだはお前だよ。ここは赤岳だ。あっちの方から声がするじゃねえか」

小春は呆れたように言いながら、西の方を指差した。耳を傾けてみると、確かにざわめきが聞こえてきたため、喜蔵は凩を振り返って睨んだ。ここは裏山かと呟いた喜蔵に肯定するような言を返したのは、凩なりの意趣返しだったのだろう。

「俺は花信を見つけだす。そんでさっさと倒して、深雪との契約を反故にさせる。急いでその証を取って戻ってくっから、そん時はそれを盾に深雪を説得して連れ帰るぞ！　お前は深雪が無茶しないように、試合を見守ってろ。そんじゃあ、後でな！」

「おい、待て……！」

喜蔵の制止も聞かず、小春はあっという間に駆けていった。

「……見守る以外にできることはないのか」

思わず漏らした呟きに、「ない」と答えたのは凩だった。喜蔵に近づきながら、凩は感情を押し殺したように淡々とした調子で言った。

「我らも試合を見に行く。ついてこい」

「試合に出ぬのに、なぜ行く。深雪を試合に出さぬために力ずくで向かっていく気か」

「あの娘に手荒な真似はしない。我らが宗主のご意向に刃向うのは、ただ一点のみ――宗主の願いを叶えさせぬことだ」

苦々しげに述べた凩に、喜蔵は片眉を持ち上げて問うた。

「花信は一体何を望んでいるのだ」

従順な凩たちが花信の意向に反する行為をする——花信の望みは、裏山の天狗たちにとってどんな意味を持つものなのだろうか。それが彼ら全員を脅かすほどのものだとしたら、天狗以外の妖怪や人間にも影響のあることなのではないのだろうか。浮かんできた不安を吹き飛ばしてくれる答えを期待したが、凩は喜蔵に一瞥もくれず、歩きだした。

「……本選が始まったようだ」


流石は本選だ——設えた舞台を見た喜蔵は、内心唸った。予選会場の相撲の土俵のような簡素な舞台が作られているものだと思っていたが、本選のそれは木で出来ていた。円の大きさは予選と同じくらいだが、その円を形作っているのは切り株だ。

（あれほど太く大きな木の幹など、見たことがない）

妖怪の世から持ってきたに違いないが、手段は皆目思い浮かばなかった。妖怪と暮らしていても、喜蔵は未だ彼らについて知らぬことばかりだ。おそらくこの先も分からぬままなのだろう。人間と妖怪はまるで違う生き物だ——折に触れて思う気持ちが、また頭に浮かんできた。目の前で繰り広げられている戦いのせいだろう。

「逃がさへんで……！」

鋭い声を発した筋骨隆々の天狗——高西凩は、空振りした拳を再び振り上げながら、対戦相手の後を追った。

「ふふふ……あはは……！」

楽しそうに笑ったのは、高西風の攻撃を軽々と避けつづけている、ならいという若天狗だ。疾風と同じくらい小柄で、動きが素早く、躱し方も上手かった。試合開始から百発以上は繰りだされている拳を、ならいは一発も掠らせていない。体格や齢の差から、高西風は楽勝だと思っていたのだろう。何十発も連続で空振りした時、驚愕の表情を浮かべた。

「大丈夫かい？　もう倒れそうじゃないか」

息を切らし、青褪めた高西風を眺めながら、ならいはくすくすと笑い声を立てた。表情は余裕に満ちている。この試合はならいの勝ちだと喜蔵は確信したが、

「……あの若いの、終わったね」

喜蔵の近くにいた鼻高天狗がぼそりと述べた。その意味を思わず問いそうになった時、

「……いぎゃあああああああああああああ！」

耳を劈くような悲鳴が轟いた。

（あ――）

心の中で喜蔵は小声を漏らした。空を飛んでいる細い棒――それは、高西風の手刀で切断された、ならいの右腕だった。

「痛い……痛い……痛いいいいいい……！　ああああああ！」

舞台の上に転がったならいは、右肩を押さえながら喚き散らした。

「ごめんなあ。拳で片つけたろ思うたんやけど、あんたが上手に避けるさかい、本気出し

てもうた。ほな、忘れもんや」

悪びれもせず笑って言った高西風は、舞台の上に落ちた腕を拾い、ならいに放り投げた。

「……執拗な攻めや殺しは、失格ではなかったか？」

高西風が勝者として名を呼ばれたのを眺めながら、喜蔵はぽつりとこぼした。

「あの程度では、執拗に攻めたことにはならぬし、死にもしない。失格になる要素は一つもなかろう」

前を見据えたまま答えた凩に、喜蔵は非難の眼差しを向けた。

「荻の屋の主人殿。人間の物差しを捨てぬ限り、本選を最後まで見つづけるのは無理だ」

凩は皮肉っぽい笑みを浮かべて言った。喜蔵は眉を顰めながら、無言で舞台の上に視線を戻した。痛い痛い、と泣き叫びながら、ならいは自身の腕を脇に抱えて、舞台を降りた。手助けする者はおらず、観客たちは「早く次の試合をやってくれ！」とせがんだ。

（少しは気に掛けぬのか？　同じ天狗だろうに……）

小春と出会ってからというもの、喜蔵の人生には妖怪が当たり前のように存在するようになった。自分の店で妖怪相談処を開かれるのは御免被りたいが、小春に巻きこまれ、つい相談に乗ってしまうこともあった。少なからず、喜蔵は妖怪の存在を認めて生きているが、妖怪たちは違うのだろう。同じ天狗でもこの扱いなのだ。人間と妖怪は違う――またしてもそう確信したというのに、喜蔵は得心がいかぬような心地がした。

考え事をしている間に、舞台上では次の戦いが始まっていた。激しく拳を交えているのは、隻眼（せきがん）の天狗と隻腕の天狗だった。二妖の力は拮抗（きっこう）しているように見える。何の縁もゆかりもない相手だが、喜蔵は隻眼の天狗を応援した。

――こっちの視力を盗られた。

小春が右目を指しながら言ったのは、昨夏のこと。百目鬼に奪われた小春の右目の視力は、未だ戻る気配はない。百目鬼から奪い返さぬ限り、回復は無理なのかもしれぬ。相手が多聞でなかったら、小春の妖力が以前のままだったら――たられぱという話ほど無駄なものはないと知りつつ、喜蔵はどうしても考えてしまった。小春の件も深雪の件も、あの時こうしていれば、とその当時を振り返っては、無力な己を情けなく思った。

（あ奴は一体どこに消えたのだ？　早く戻ってこぬと、深雪の試合が始まってしまう）

焦りを覚えた喜蔵は、隻眼の天狗が勝ったことにも気づかず、辺りをきょろきょろと見回した。あちらもこちらも天狗だらけで、見分けがつかない。ここに花信や疾風が交じっていても分からぬことに気づき、喜蔵は舌打ちした。

「――西、疾風」

響いた声に、喜蔵は急ぎ顔を正面に戻した。烏天狗が呼んだ通り、舞台上には疾風がいた。錫杖を右手に携えた疾風は、開始の合図と同時に、対戦相手を場外に吹っ飛ばした。

「……今、何をした」

「錫杖で相手の喉を三度突いた」

呟いた喜蔵に、凩は低い声音で答えた。面白くない――そう思っているのがありありと窺えたが、喜蔵は驚きでそれどころではなかった。

（あ奴……また強くなったのではないか？）

疾風の実力に目を見張ったのは、昨日のことだ。しかし、今日の疾風は、昨日の彼とは比べるべくもない強さを持っているように見えた。冷静に考えれば、一朝一夕で力が身につくはずがない。これが疾風の真の力なのだろう。喜蔵の視線に気づいたらしい疾風は、ニヤリと意味ありげな笑みを浮かべた。

「妹御との手合せ、楽しみにしております」

目の色を変えた喜蔵が何か言い返す前に、疾風は舞台を下り、そのままどこかに消えた。

（……もしかすると、想像していたよりもはるかに――）

嫌な予感にごくりと唾を呑みこもうとした時、喜蔵はにわかに咽た。褐色の翼を羽ばたかせた深雪が、空から舞台に降り立ったのだ。

「……深雪！」

掠れながらも声を張った喜蔵は、前で見ていた天狗たちを押しのけ、舞台に向かっていった。深雪は昨日と同じく山伏装束を身につけ、金色の錫杖を手にしている。呼ばれた声にぴくりと肩を震わせた深雪は、ちらりと喜蔵に視線を向けた。大丈夫――そう口にしたのが分かった喜蔵は、腹の中がカッと熱くなった。

「何が大丈夫なのだ……即刻出場を取りやめろ！」

この馬鹿娘――と悪口を言いかけた時、法螺の音が鳴り響いた。

「勝者、東の春風！」

舞台まで数歩と迫ったところで、喜蔵は足を止めた。一試合前の疾風と同じ――それ以上の速さで、深雪は対戦相手から勝ちを得た。相手の天狗は、舞台の端でうつ伏せに倒れていた。ううう、と呻き声が聞こえてくるので、気を失ってはいないらしい。相手を一瞬で倒した深雪は、怪我一つ負っていない様子だった。また喜蔵に視線を向けながら、「ごめんね」と言った深雪は、翼を広げてどこかに飛んでいった。後を追おうと踵を返しかけた喜蔵は、後ろにいる観客の天狗たちを見て、口をへの字にした。これほど大勢いては、掻き分けているうちに深雪の姿を見失ってしまうだろう。

（……次の試合までここで待った方がよさそうだ）

初戦を勝ち抜いた深雪は、また舞台に現れる。その時、割って入ればよいと考えた喜蔵は、観客席の一番前で深雪を待ち構えることにした。

しかし――。

「勝者、西の春風！」

二戦目に出た深雪は、一戦目と同じく一瞬で勝った。深雪が舞台に現れた時点で喜蔵は駆けだそうとしたが、それを見た観客の天狗たちに、腕や肩を摑まれ止められたのだ。

「人間の兄ちゃん、邪魔するな。これから面白いところなんだ」

「そうそう。俺はあの春風に賭けてるんだ。ここで負けられちゃあ困る」

アハハと笑い声を立てた天狗たちに、喜蔵はじたばたもがきながら「放せ！」と叫んだ。

そうしているうちに、深雪はまたしても空に翔け去った。

「勝者、西の疾風」

わあっと沸く声を聞いた二戦後、

「勝者、東の春風」

ざわめきと密やかな囁き(ささや)が辺りに満ちた。

「……いい加減放せ！」

相変わらず天狗たちに拘束されながら、喜蔵は抗議の声を上げつづけた。

「しつこい奴だ！　三十三年に一度の素晴らしき大会を、人間ごときに台無しにされたらかなわぬと何度も言っただろうに……ひっ、その恐ろしい顔を止めろ！」

喜蔵の右肩を押さえている天狗は、夜道で化け物に会った時のように怯えた顔をして言った。屈強な天狗たちの目にも、喜蔵の顔は恐ろしく映るらしい。化け物が人を化け物扱いするな——と頭の中で文句を言いつつ、喜蔵は「放せ！」と叫び、抗いつづけた。

（あの馬鹿鬼……何をしているのだ）

一向に帰ってこぬ小春に、喜蔵は苛立ちよりも不安を募らせた。花信と会う前に、さらなる変事に巻きこまれたのではないか——そんな嫌な想像を捨てるべく、頭を横に振った。

「勝者、東の春風！」

何度目かの勝利を認める誓言を受けて、舞台上の深雪は花が綻(ほころ)ぶような笑みを浮かべた。戦いに似つかわしくない可憐な様に、客席からほうっと感嘆の息が漏れた。翔け去っていく深雪をうっとりとした目で見つめる天狗たちを、喜蔵は恨みの籠った鋭い目で睨んだ。

「……ひえっ」「ぎゃっ！」「うわあ！」と目が合った天狗のほとんどが悲鳴を上げる中、喜蔵はひたすら心の中で深雪と小春の名を呼びつづけた。


そして、ついにその時が訪れた。

「これより決勝を執り行う」

喜蔵の願いや奮闘もむなしく、大会は最後の大勝負を迎えた。

「西の疾風——前へ」

烏天狗の命に会釈を返しながら、疾風は舞台の上に立った。

「東の春風——前へ」

はい——凛とした声音と共に、深雪も舞台の上に現れた。決勝戦だというのに、深雪も疾風もまるで普段と変わりない様子をしている。だが、よく見ると、それぞれの目には覚悟の色が浮かんでいた。

（一体どんな覚悟をしているというのだ）

ぞっとした喜蔵は、たまらず大声を上げた。

「深雪……棄権しろ！」

喜蔵の声は、周囲の天狗たちの歓声でかき消された。それでもめげずに喜蔵は続けた。

「兄の言うことが聞けぬのか！　深雪!!」

できる限りの大声を出したものの、疾風の前に立った深雪は喜蔵を見ようともしない。

「お前に何かあったら、母さんに何と言えばよいのだ」

声を抑えて呟いた時、深雪は虚を突かれたような顔をして、喜蔵を振り返った。

「……おっかさんの名前を出すなんて、ずるいわ」

困ったような顔をして言った深雪を見て、喜蔵は激しく手足を動かした。

「こ、こら……暴れるな！」

喜蔵を取り押さえている天狗たちが焦った声を上げる中、じっと喜蔵を見ていた深雪は、ゆっくり口を開いた。

「お兄ちゃん、ごめんね。あたし、どうしても約束を守りたいの。……天狗さんのためじゃなく、自分のために――」

「深雪……！」

喜蔵が叫んだ瞬間、どこからともなく現れた数十妖の烏天狗が、舞台上を囲いこむように飛びながら、一斉に法螺を吹いた。

「決勝戦――はじめ！」

昨日今日で一番の歓声が響いた瞬間、深雪は翼を羽ばたかせ、翔けた。目で追えぬほどの高さまで上った深雪は、金の錫杖をくるくると回転させつつ急降下した。風を纏いながら下りてくる深雪を見上げながら、疾風は腰を落とし、居合抜きのような構えで銀の錫杖を持った。

「……すまぬ」

疾風の口から漏れた声に、喜蔵は目を瞬いた。

「お前が死ねば、花信の心も死ぬ――私はそれが見たいのだ」

そう言ってニヤリとした疾風は、錫杖に手をかざし、何事か唱えた。次の瞬間、錫杖は真剣に変わった。それを目にした喜蔵は、ぶるりと身を震わせた。ただの棒を持つ深雪と、人が斬れる刀を手にした疾風――どちらが優勢かなど、考えなくとも分かることだった。

「やめろ……!!!」

あと少しで地上というところまで深雪が下りてきた時、喜蔵は悲痛な叫び声を上げた。

しかし――

「……チッ!」

憎々しげな舌打ちを漏らしたのは、深雪に真剣を躱された疾風だった。太刀筋(たちすじ)は深雪の正面を捉えていたが、疾風が刀を振りきるよりも、深雪が横に避ける方が早かったのだろう。それからしばし、二人は切り結んだ。もっとも、深雪が手にしているのは、錫杖だ。迫りくる凶刃を、深雪は錫杖の柄ですべて弾き返し、徐々に間合いを空けていった。

「このっ……逃げるな!」

刀が届かぬ距離になった時、疾風は苛立った声を上げた。

「分かったわ――これで終わりにします」

そう言うや否や、深雪は錫杖を左手に持ち替え、一足で疾風の懐に飛びこんだ。圧倒的な力の差だった。

「ちょっと痛いと思うけど……ごめんなさい」

眉を顰め低く呟いた深雪は、右手で疾風の顔を掴み、そのまま舞台に叩きつけようとしたが――

びゅおおおおおおおおおお。

突如、大きな音が響き渡った。

（……何だ!?）

固唾を呑んで戦いを見守っていた喜蔵は、目を剝いた。心の臓が縮みあがるほどの轟音(ごうおん)は、舞台を中心に巻き起こった竜巻のせいだった。

「わあああ……！」

観客席から悲鳴が上がったが、喜蔵は舞台しか見ていなかった。

（土埃のせいで、よく分からぬ……深雪はどうなった!?）

灰色に染まった視界の中から、喜蔵は必死に深雪の姿を捜した。竜巻が止んだのは、舞台上で蠢く影が三つあることを認めた時だった。ほどなくして、視界も元通り良好となった。舞台をじっと見据えた喜蔵は、息を呑んだ。三つの影の正体は、深雪に疾風、それに天狗面の男――初瀬だった。

「なぜ、お前がそこに……！」

唖然(あぜん)とした喜蔵が思わずそう漏らした時、

「……邪魔立てをするな！」

鋭い声を上げて刀を振り上げたのは、疾風だった。

「できぬ相談だ。そいつは俺が殺ると決めたのさ」

深雪を指差した初瀬の言に、喜蔵は「何……!?」と声を上げた。

「悪いな、喜蔵。あんたの妹に恨みはないが、復讐の道具に使わせてもらうことにした。どうやら花信は、あんたの妹に随分と執着しているらしい。奴を殺す前に、奴が大事にしているものを殺す――いい考えだろう？」

あっけらかんと言った初瀬に怒りを露わにしたのは、喜蔵――ではなく、疾風だった。

「これは私の獲物だ！　無残な死骸と化したこの者を、花信に渡すと私は決めたのだ！」

「疾風……貴様、そんなことを思っていたのか!?」

喜蔵の叫びに、疾風は初瀬を睨み据えたまま頷いた。

「それならば、なぜ俺を会場に呼んだ？　途中でお前の企みが露見し、俺や小春に邪魔をされるとは思わなかったのか!?」

「邪魔をされるよりも、あなた方が妹御の罪を知らぬままでいることの方が嫌だった。荻野深雪は、あなた方を裏切り、花信と深い親交を結んでいた。裏切り者には、死を――そう思うのは、妖怪も人間も同じことでしょう？」

くすりと笑って述べた疾風を、喜蔵は信じられぬものを見る目で眺めた。

「馬鹿なことを――俺たちは深雪を裏切り者とは思っておらぬし、罰など望むわけがない。

深雪を害することは決して許さぬ……！」

「そのような生温いことを申すとは……いくら顔が恐ろしくとも、やはり所詮は人間か。だが、私は妖怪だ。あなたのような考えに至ることはない」

荻野深雪を殺す——再びそう言った疾風に、「気が合うな」と同意したのは初瀬だった。

「俺もまったく同じことを思ってここに来たんだ。年の功に免じて、譲ってくれよ」

「なぜ私が異端の者の言うことなど聞かねばならぬのだ！……予定が狂ったが、仕方がない。この娘の前に、お前を成敗してくれよう。これまで散々天狗界に迷惑を掛けつづけた報いを、今ここで受けるがいい！」

激昂しながら叫んだ疾風は、初瀬の腹に鋭い突きを入れた。深雪に襲いかかった時よりもさらに素早い動きだったが、初瀬は難なく攻撃を躱すと、団扇で風を巻き起こした。今度は竜巻ではなく、ただの風だったが、観客席にいる天狗たちを数歩後退りさせるほど、大きくて強かった。腰を落とし、つま先に力を入れた喜蔵は、何とかその場に踏みとどまった。この強風が続くようなら、喜蔵もどこかに飛ばされてしまうだろう。くっと呻き声を発した時、喜蔵は舞台の右方で動く小さな影を見つけた。

「——この隙に逃げるぞ！」

そう言ったのは、いつの間にか姿を現した小春だった。熾烈な戦いを繰り広げている疾風と初瀬の近くに立ちすくんでいた深雪は、己の許に駆けつけてくる小春を見て、一瞬泣きそうに顔を歪めた。

「……どうして」

「そんなの、お前を助けにきたに決まってんだろ！　ほら、さっさと逃げるぞ！」

途方に暮れたように呟いた深雪を怒鳴りつつ、小春は深雪の腕を掴んで引っ張った。

「……くっそ、びくともしねえ！」

小春は渾身の力を籠めて深雪の腕を引っ張っているようだが、深雪は微動だにしない。

「小春ちゃん、駄目よ……あたし、逃げないと決めてるの」

「馬鹿も休み休み言え！……畜生！　お前の身体はどうなってんだ!?」

深雪は震える唇で決意を語ったが、深雪の腕を引くことに夢中な小春は、深雪の様子が妙なことに気づいていないようだった。哀しげでありながら落ち着いた表情を浮かべている深雪を眺めていた喜蔵は、舌打ちしながら駆けだした。喜蔵を拘束していた天狗たちはとうに手を離していた。

「異端の者は、やはりおかしい……！　疾風殿も我を失っておられるようだ」

「このままでは、俺たちもやられてしまうぞ。皆、逃げろ！」

観客席の天狗たちが悲鳴を上げながら逃げていくことにも気づかぬまま、喜蔵は舞台に駆けあがった。小春と深雪の許に向かっている途中、「あ」という驚きの声を耳で拾った喜蔵は、声がした方にちらりと視線を向けた。

刀を振り上げ、驚愕の表情を浮かべている疾風の視線の先には、片膝をつき、片手で顔を覆っている初瀬の姿があった。足元には、天狗面が落ちていた。

「……その顔……まさか――」

唇を戦慄かせながら言った疾風は、力が抜けたかのように手を下ろした。一瞬できた隙を見逃さなかった初瀬は、天狗面を拾い上げながら、団扇を大きく扇いだ。

「……うわあああああああ！」

突風に吹き飛ばされながら、疾風は叫び声を上げた。あっという間に彼方まで飛ばされていった疾風を、喜蔵は呆然として見つめていたが、真横に風が通りすぎたのを感じ、ハッと振り向いた。舞台の右端にいたはずの初瀬が、物凄い速さで反対方向へ駆けていくのを認め、喜蔵は叫んだ。

「逃げろ！」

深雪と小春の名を呼ぶ前に、初瀬は二人の前に立った。

「悪いな。俺はどうしても花信に復讐がしたいんだ」

そう言うなり、初瀬は団扇を振りかぶった。

させるか！――飛び上がりながら叫んだのは、小春だった。初瀬の手首を摑んだ小春は、それを無理やり捻った。ごきっと嫌な音が響き、初瀬の手から団扇が滑り落ちる。すかさず団扇を拾った小春は、それを真っ二つに折って投げ捨てた。

「これでお前も万策尽き――ぐっ……！」

ニヤッとした小春は、すべて言い終えぬうちに初瀬に蹴り飛ばされ、舞台の下に落ちた。

「小春ちゃん！」

悲鳴を上げ、小春を追いかけようとした深雪だが、ハッとしたように振り返った。

「……そのまま後ろを向いていてくれたら、殺せたんだけどなあ」

腰に差している刀に手を掛けて、初瀬は残念そうな声を出した。そんな初瀬をじろりと睨み上げながら、深雪は恐ろしい形相で言った。

「……よくも小春ちゃんを」

許さない——そう叫んだ瞬間、深雪は翼を広げて飛んだ。

「ふ……あはは！」

深雪の後を追いながら笑い声を立てた初瀬は、すらりと刀を引き抜いた。それに気づいた深雪が先手を打って、錫杖で初瀬に突きを繰りだした。危なげなく躱した初瀬がお返しとばかりに突いてきたのを、深雪は錫杖で払いのける。先ほどの深雪と疾風のように、二人は空中でしばし切り結んだ。その様子をはらはらしながら見上げつつ、喜蔵は初瀬に蹴り飛ばされた小春を介抱した。

「おい……起きろ。深雪が危ない……起きろ！」

小春の頬を軽く叩きながら、喜蔵は怖い顔をして言った。気を失った小春は、まるで起き上がる気配がない。何度か呼びかけて無駄だと悟った喜蔵は、舞台から少し離れた場所に小春を寝かせて、自身は舞台の上に駆け戻った。

空中では、相変わらず深雪と初瀬の戦いが繰り広げられていた。あと少しで勝敗が決まる——おそらく勝つのは、今錫杖を振り上げた深雪だ。

「……行け！」

喜蔵が大声を張り上げた時、にわかに空が光り輝いた。

空からきらきら、きらきら、と金色の雨が降ってくる——不可思議な光景であるのに、見覚えがあることに気づいた喜蔵は、記憶を手繰りよせた。

（確か、数か月前……そろそろ冬になるかという時——鷲だ……！）

鷲神社の神鳥である鷲が羽ばたいた時、その翼から舞った金粉の輝き——それと同じものが、空から降っている。よく見ると、光っているのは空ではなかった。

「春風の翼が、金色に輝いている……」

まだ観客席に残っていた凩が、驚いたような声を上げた。凩が言った通り、金色の光を発しているのは、深雪の翼だった。対峙する初瀬も、深雪自身も、突然のことに驚き、固まっているようだ。

（……一体、なぜ翼が光りだしたのだ？）

困惑しつつ、喜蔵は辺りを見回した。どうにかして空を飛べる手立てはないだろうか。その辺にいる天狗を脅して運ばせるくらいしか——上手くない手を考えた時、再び凩の声が響いた。

「春風の気が消えた！」

慌てて空を見上げた喜蔵は、顔を蒼白に染めた。金の雨と光が消え失せた今、深雪の背に生えている翼も消えてなくなった。空高く浮かんでいるのは、ただの人間の娘だった。

「深雪……!!!」

落下しはじめた妹の名を、喜蔵は悲鳴交じりに叫んだ。

六、鬼姫と流れる星々

深雪の背から翼が消え、空から落ちはじめた時、きらりと何かが光った。初瀬が刀を構えながら、深雪の後を追っている。

「止めろ……！」

喜蔵は力の限り叫んだ。初瀬の刀が深雪の背を捉えるのが先か、深雪が地に落ちるのが先か——どのみちこのままでは、無事ではいられぬだろう。ちょうど深雪が落ちてくる辺りに立っていた喜蔵は、深雪を受けとめようと、両手を大きく広げた。ドンッと横から突き飛ばされたのは、その時だった。

次の瞬間、喜蔵は舞台の端まで転がり、倒れていた。飛びかけた意識は、ゴオオオオオ——という地響きのような音で引き戻された。

（……何だ、一体——）

身を起こした喜蔵は、薄目を開けて土埃が舞う周囲を見回した。前も横もよく見えぬ中、感覚を頼りに先ほどまで立っていた方へ向かった。

そろそろ目的の場所に着くかという頃、足元からぴちゃりと音がして、喜蔵は足を止めた。

(水溜まりか？　否、これは……！)

喜蔵は下を向き、目を凝らした。そこにある溜まりが鮮やかな朱色であることに気づき、ぞわりと総毛立った。

「……深雪！」

悲鳴じみた叫びを上げたと同時に起きたのは、一陣の風だった。土埃を舞台の外まで追いやったそれが止むと、視界が途端に晴れ渡った。数歩先に広がる光景を目にし、喜蔵は息を止めた。そこには、血塗れの深雪の後ろ姿があった。

「――……！」

声にならぬ声を発した喜蔵は、震える足を何とか動かし、深雪の許に駆けつけた。

「深雪……深雪……！」

名を呼ぶしかできなかった喜蔵は、呆然と座りこんでいる深雪を後ろから抱きしめた。しかし、深雪は何の反応も示さず、俯いている。

(一体何を見ている――……!?)

深雪の肩ごしに覗きこんだ喜蔵は、目を見張った。深雪の膝の上に覆い被さるように伏せっていたのは、深雪以上に血塗れの花信だった。その背には刀が深々と突き刺さっている。

「この刀は初瀬のものか？……まさか、こ奴――」

　ぽつりと漏らした喜蔵に、深雪はこくりと顎を引いた。

「天狗さん……あたしを庇って……」

　深雪の掠れた声に、喜蔵は眉を顰めた。

（先ほど、俺にぶつかってきた相手は、こ奴だったのか……）

　喜蔵を突き飛ばすほどの勢いで跳び上がった天狗は、落ちてくる深雪を腕の中に抱えこみ、初瀬の刀から守ったのだろう。攻撃を避けきれなかったのは、駆けつけるのが遅かったせいか、それとも小春の推察通り力を失ったせいか――後者であるような気がした喜蔵は、深雪から少し距離を取り、彼女の身体を用心深く見分した。

「怪我は……ないようだな」

「ないわ、どこも……だって、天狗さんが助けてくれたから――天狗さん……！」

　喜蔵の問いに答えている途中で我に返った深雪は、花信の身をそっと地に下ろし、彼の背に刺さっている刀に手を掛けた。

「それは抜かぬ方がいい。これ以上血を失ったら、不味そうだ」

　深雪の手を摑み、喜蔵は言った。花信の身には、あまりにも深く刀が刺さっている。

「でも……じゃあ、どうするの!?　このままじゃ天狗さん死んじゃうわ！」

　喜蔵の制止に嚙みつくように応えた深雪は、ぽろぽろと涙をこぼした。深雪が流した涙が顔に落ちても、花信は眉ひとつ動かさず、目を瞑ったままだ。喜蔵は手を伸ばし、おそるおそる花信の首筋に触れた。

（……脈はあるが、ひどく弱い）

冷えきった身体に大量の出血――深雪や喜蔵が触れているのに、反応一つ見せぬ花信は、紛れもなく死にかけている。それを、深雪も分かっているのだろう。

「天狗さん……目を覚まして……天狗さんっ……」

嗚咽交じりに花信を呼びながら、深雪は震える手で彼の頰を撫でた。喜蔵が触れた首筋と同じく冷えきっていたのだろう。一瞬固まった深雪は、さらに大粒の涙を流しはじめた。がさりと足音がした。音が聞こえた方を見遣った喜蔵は、目を剝いて言った。

「……初瀬」

人殺し――と口にしそうになったが、花信は天狗だ。それに、花信はまだ死んでいない。

（だが、こ奴の命は風前の灯火だ）

このままでは、四半刻もしないうちに、花信は息を引き取るだろう。ゆらりと身を揺らしながら近づいてくる初瀬を認めて、喜蔵は深雪を己の背後に押しやろうとした。

「お前は逃げろ」

「嫌よ……そんなことできるはずないでしょ」

「お前がいたところで、こ奴が助かるわけではない」

「それはお兄ちゃんだって同じよ……！」

兄妹が言い合っているうちに、初瀬は二人の目の前に立った。

「……」

いざとなったら、花信の身から刀を引き抜き、それで初瀬を刺す——そんな覚悟を決めた喜蔵は、初瀬の視線が深雪に向かっていないことに気づいた。初瀬は肩を落とし、空を見上げている。

（何だ……？　この局面で一体何にそれほど気を取られているのだ）

初瀬の視線の先を追った喜蔵は、ハッと息を呑んだ。

空から降る漆黒の羽根——それは、今大会に出場したどの妖よりも大きな翼を持つ天狗のものだった。突如、喜蔵たちの頭上に姿を現したその天狗は、ゆっくりと舞台の上に降りた。喜蔵たちから少々離れた場所に立った大天狗を見据えながら、初瀬は掠れ声で呟いた。

「平野……」

初瀬の言に、喜蔵は思わず「……何!?」と声を漏らした。

——……平野、もう一戦頼む！

平野は、初瀬が語った昔話に出てきた大天狗の名だ。平野は初瀬を拾い、天狗として育てた。初瀬が平野と出会って六年——人間の世では六十年近く経った頃、平野が自分を騙していたと勘違いした初瀬は、平野に襲いかかった。我を失っていた初瀬が正気を取り戻した時、平野は花信の手に掛かって死んだ——初瀬はそれが真実だと語ったが、

（もしや……その時、まことに死んではいなかったのか？）

喜蔵はそう考えかけて、首を横に振った。花信が平野を殺した振りをして、何の得になるのだろうか。花信は妖怪らしい妖怪だ。己の意のままに振る舞い、力を行使する。人や他の妖怪がどうなろうと、知ったことではないと冷淡な態度を取っている。

だが――

「天狗さん……目を覚まして……」

花信に縋って泣く深雪を見下ろし、喜蔵は眉を顰めた。花信は、確かに深雪を庇った。打算があってしたことではなく、とっさに動いたのだろう。そうでなければ、花信は今こうして死にかけていないはずだ。固く目を閉じた花信に、喜蔵は内心で声を掛けた。目を覚ませ、と――。しかし、花信はやはりぴくりとも動かず、勿論目を開くこともなかった。

「平野……お前……まことに平野なのか……？」

初瀬の困惑に満ちた声が聞こえ、喜蔵は顔を上げた。喜蔵たちをすっぽり覆い尽くすほどの大きな影は、いつの間にか目の前に立っていた平野が作ったものだ。背に生えた大きな翼を緩やかに羽ばたかせながら、平野は自分に手を伸ばしてきた初瀬に、「離れろ」と冷ややかな声を発した。青褪めながら数歩後ろによろけた初瀬は、そのままへたりこんだ。

「……今度はお前がそ奴に止めを刺す気か？」

唸るように問うた喜蔵に、平野は口を開きかけ、固まった。

「……疾風――」

無表情だった顔を、今にも泣きだしそうに歪め、平野が言った。その呼びかけに応じたのは、喜蔵の横を翔け抜け、平野の前に立った疾風だった。

「……母上……？」

戸惑うような声で問うた疾風を、平野は胸の中に閉じこめるようにして抱きしめた。

「疾風……我が愛しき子よ」

肩を震わせながら述べた平野に、疾風は小さく「母上……」と応えた。喜蔵は呆然としながら、感動の再会を果たした母子を見つめた。

――特に天狗なんかは、男だか女だか分からん奴が多いな。

昨夜、小春が何気なく述べた言葉が、脳裏に蘇った。平野がまことに疾風の母だというなら、平野は女天狗ということになるが、喜蔵には判断がつかなかった。

「母上……まさか、生きておられたとは……」

喜蔵に負けず劣らず呆然とした様子で述べた疾風に、平野はこくりと顎を引いた。

「私は助けられたのだ。そこで死にかけている花信に――そして、お前も」

呟いた平野の視線は、深雪の傍らで倒れている花信に注がれていた。それに倣った疾風は、ぎりっと歯嚙みをして、唸るように言った。

「……なぜ庇いだてなどされるのです。前大会決勝の折、奴はあなたを殺し、あなたの腹の中にいた私をも殺そうとしたというのに」

「それが真実なら、なぜお前も私もこうして無事に生きているのだ」

「それは……叔父上が助けてくださったから」

「花信よりも力で劣る野分が、どうやって花信から私たちを奪い去った」

淡々とした口調で問うた平野に、疾風は口を引き結んで黙りこむ。

「あの戦いの後すぐ、私はお前を産み、命を落とした」

「一体、どういうことです……なぜ、死んだ母上が、今ここに生きて――……」

平野の言を聞いた疾風は、混乱しきった様子で頭を抱えて述べた。

「あの時、私は確かに心の臓が止まった。生が終わったのだ。しかし、生き返った……そ奴のおかげでな」

虫の息の花信を指差しつつ、平野は言った。

「そ奴が母上を生き返らせた……？　そ、そんな真似、一介の天狗にできるはずが――」

口ごもりながら反論しかけた疾風は、皆まで言わず閉口した。

「花信自身の力ではないが、ちょうどその少し前に有したものだ」

「まさか……」

平野の答えに、疾風はハッと何かに気づいたような声を上げた。ようやく自身の腕から疾風を解放した平野は、疾風の顔を確かめるように見下ろしながら語った。

「花信は初瀬の暴走を止め、私を救った。その様子を空の彼方から見ていらした祖は、花信に大会優勝時に与えられる願いを授けたのだ。花信はそれで私を生き返らせた」

前大会の決勝時――力が暴走した初瀬に傷つけられ、倒れた平野は、薄れゆく意識の中、初瀬と花信の様子を聞いていた。初瀬を斬り、喪神させた花信が己の許に戻ってくるのも、薄目で眺めていた。

――……死にゆく私の願いを聞いてくれたこと、感謝する。

平野がそう言うと、花信はちっと舌打ちした。初瀬が我に返る少し前、倒れた平野の許に駆け寄った花信に、平野はこう頼んだ。私を傷つけたのは、初瀬ではないと嘘を吐いてくれ――と。何も知らぬ童子に力を分けあたえ、己のそばにおいて育てたことを、平野は悔いていた。平五郎が天狗にならなければ、意志とは無関係に周りの者たちを傷つける事態は起きなかっただろう。

――初瀬は私のせいで大勢を殺した……あまりにも哀れだ。自分のせいで私が死んだと分かったら、初瀬は後を追うかもしれぬ……損な役割を与えて、済まぬ……迷惑ついでに、もう一つ願ってもよいだろうか……？　私は初瀬の子を身ごもっている。じきに、生まれるのだ……野分に、託してくれ。名は、疾風だ。

そう述べた平野は、一瞬隙ができた花信から刀を奪い取ると、それで自身の腹を裂いた。

――何をする――平野……！

腹から血塗れの我が子を引きずりだした平野は、「頼む」と述べて目を閉じた。その時、平野は二度と目が覚めぬことを覚悟したが――

眩い光の中、平野は目を開いた。

空高く昇った日を認めた平野は、ハッと我に返って身を起こした。装束や身体は血塗れであるものの、無数にあった切り傷はすべて塞がっていた。周囲を見回した平野は、ますます混乱に陥った。そこには、舞台もなければ、初瀬の姿もない。見覚えのない山の中に、たった一妖――これまでのことはすべて夢だったのかと錯覚しかけた時、どこからともなく声が響いた。

――お前の願い通り、子は野分に託した。形見として、お前の数珠も預けておいた。

――花信……まさか、お前は願いを使って私を生き返らせたのか？

前を向いたまま問うた平野に、花信は答えなかった。否定しなかったことが答えだと分かった平野は、「済まぬ……」と小声で詫びた。

――天下一の天狗である平野は、この花信が殺した。

お前は死んだのだ――そう言われた平野は、固く目を閉じ頷いた。

――……この山から決して出ぬと約束しよう。

「異端の者が私の父……？　まさか、そんな……そ、それよりも、母上はなぜそんな約束を……」

昔語りを止めた平野に、疾風は途方に暮れた声で呟いた。

「大会で得た願いを使い、師を助けたと知れたら、花信の威光は地に落ちる――私と子を救ってくれた一番弟子を、そんな目に遭わせるわけにはいかなかった」

「ですが、それでは……」

平野の答えを聞いた疾風が、顔を歪めて何か言いかけた時――

「……天狗さん！」

深雪の悲鳴が上がった。平野たちに気を取られていた喜蔵は、慌てて妹の方を向き、顔を顰めた。ちょうどその時、花信の呼吸が止まったように見えたからだ。

「駄目よ、死んじゃ駄目……天狗さん……天狗さん！」

深雪の泣き叫ぶ声が響いた直後、

「……天狗の祖よ、前々回の優勝者の願いを叶えたまえ」

平野の大音声が轟いた。

ゴゴゴゴゴ――山が唸り声を上げている。そんな錯覚に陥った時、夜を迎えたかのような闇が一気に広がった。

「花信の命を助けよ」

平野が願いを口にした瞬間、空に無数の光がはじけ飛んだ。

きらきらと輝き、縦横無尽に流れるそれは、晴れた夜空に瞬く星々とよく似ていた。違うのは、その光を邪魔するように空の真ん中にそびえている影だろう。長髪で鼻が前に伸び、背には翼が生え、山伏装束を身に纏っている――その影は、花信たちと同じで、その何十倍も大きな天狗の形をしていた。

空に現れた大天狗の頭が上下に動いた時、丸みを帯びた柔らかな声が聞こえてきた。

『六十六年もの時を経たそなたの願い、聞き届けた』

声が聞こえなくなった瞬間、空を翔けていた光が霧散した。

再び暗闇が訪れてから、十も数えぬうちのことだった。空は陽を取り戻し、元通りの景色が広がった。

「天狗さん……！」

花信を呼ぶ深雪の声で我に返った喜蔵は、下を向いて目を見張った。深雪の足許に寝かされていたはずの花信が、いつの間にか消えていたのだ。

「あ奴、一体どこに——待て！」

驚きの声を漏らした喜蔵は、勢いよく立ち上がった深雪の腕を慌てて摑んだ。

「離して！　天狗さんが……！」

「花信なら、明るくなる寸前に飛び去った」

喜蔵の手を振り払いながら言った深雪に、平野が東の空を指差しながら述べた。花信が無事であることに安堵の表情を浮かべた深雪は、すぐに眉を顰めて「でも、どうして……」と呟いた。

「——奴は一命を取り留めたが、力は失ったままに見えた。このままここにいては俺に殺されると思い、逃げたのだろう」

吐き捨てるように述べたのは、ずっと舞台の上に足を投げだして座りこんでいた初瀬だった。

「なぜお前が花信を殺す？　暴走を止めてもらい、師まで助けてもらったのはお前だろう。感謝こそすれど、殺すほどに憎む理由などどこにも——」

「俺の愛しい女と子を奪った！……憎む理由は十分だ！」

喜蔵の言を遮ってまで反論した初瀬は、俯いたまくぐもった笑い声を上げた。

「勝手に勘違いした上に、逆恨みだって？　そんなことは分かってるよ。……平野に遺児がいると聞いた時、俺はその父親は花信だと思ったんだ。一番弟子で、俺よりも平野のことを知ってる……平野も、奴のことは買っていた。だから、生前食料調達にかこつけて、俺に内緒で会っていたのかと——俺の実家に食料を届けてくれてたと知っても、信じきれなかった。……『俺と夫婦になり、子を産んでくれ。子どもと共に、生涯幸せに暮らそう』——勝ったら何でも一つ叶えてくれると言った平野に、俺はそう願った。平野はちゃんとそれを守ろうとしてくれてたのに……子ができたことさえ気づかず、愛するお前になんてひどいことを——信じてやれなくてごめん……傷つけてごめん。ごめん、平野……ごめん、疾風。……憎い恋敵との間の子と疑い、お前に対しても憎しみが抑えきれなかった。俺がちゃんと真実と向き合ってれば、せめて俺だけでも、お前を育てられていたかもしれぬのに——ごめん、ごめん、ごめんよ……」

嗚咽交じりに言った初瀬は、抱えた膝の上に顔を伏せ、わんわんと泣き喚いた。

（こ奴はまことに童子のままなのだろう……）

平野に連れ去られた時の「平五郎」のまま、初瀬の時は止まっている——そう思った喜蔵は、ぐっと眉を寄せた。

しばらくして、初瀬の泣き声が不意に止まった。喜蔵の目の前を凄い速さで横切ったのは、疾風に蹴り飛ばされた初瀬だった。

「……『ごめん』だと？　そんな一言で済むと思っているなら、今ここで死ぬがいい」

疾風は目を赤く染めたまま、何度も初瀬を蹴った。その怒りはまるで治まる様子がなかったが、初瀬はされるがままだった。平野も疾風を止めようとしなかった。

（やはり、こ奴も初瀬を恨んでいるのだろうか？）

当然だと思いかけた喜蔵は、はたと気づいた。平野の握りしめた手が、小刻みに震えている。よく見ると、その顔に浮かんでいるのは、何かに堪えるような哀しみの表情だった。

「夫に殺されかけた妻の心の傷は、癒えることなどない。父に殺されかけた子の心の傷も……私はお前を父などと思ってはおらぬし、今後もそう思うことはないが――母上を傷つけ、苦しめつづけたお前を、私は許さぬ」

覚悟しろ――地を這うような声音を出した疾風は、腰の物に手を掛けた。その瞬間、叩頭していた初瀬は素早く身を起こし、後ろに数歩飛びすさった。

「この期に及んで逃げる気か……先ほどの謝罪はやはり口先だけだったか！」

屑め――罵りの言葉を口にした疾風に、初瀬は両手を合わせながら言った。

「申し訳ないと心から思ってる。許してくれとは言わない……一生許さぬままでいいから、共にいてくれ。俺は、お前たちに罪滅ぼしがしたいんだ。今度こそ共に暮らし、家族としての道を歩んでいきたい……俺の手で――ひどく薄汚れちまったが、こんな手でもいいなら、お前たちを幸せにしてやりたいんだ。頼む……！」

どうか俺を生かしてくれ——予想外の懇願に、喜蔵はぴくりと片眉を上げ、傍らにいた深雪は、やや吊り上がった大きな目をぱちぱちと瞬いた。一等驚いたのは疾風だったようだ。抜きかけていた刀を手にしたまま、口を開いて固まった。

「俺を一生父と思わなくていい。憎みつづけてくれていい。俺はお前たちに恨まれるだけのことをした……本来なら、ここでお前の手に掛かって死ぬべきなんだろう。だが、それじゃあ俺はお前たちに何も返せぬままだ……俺は一つでも二つでもいいから、お前たちに幸せを与えたい。……否、一つでも二つでもなんて嘘だ。できる限り多くの幸せをお前たちに渡してやりたいんだ。今までの分も、これからの分も……生きているうちに得られる幸せをすべてお前たちに——」

「……ふざけたことしか申さぬ男だ」

思いの丈を叫ぶ初瀬を遮り、疾風は刀を引き抜きながら続けた。

「私たちを不幸せにした者の言など、信じるに値せぬ」

死ね——疾風はそう吐き捨て、初瀬の頭上に刀を振り上げた。

「——疾風」

ややあって、平野の静かな声が響いた。

「……止めるおつもりですか？　いくら母上の命といえど、このたびばかりは素直に聞くわけにはいきませせぬ」

「私は止めたわけではない。お前が手を止めたのだ」

「何を――」

　言いかけた疾風は、長い鼻の根元に皺を寄せ、きゅっと唇を噛みしめた。疾風の刀は、初瀬の首につくかつかぬかというところで止まっている。初瀬の項が露わになっているのは、疾風が刀を振り上げた時、初瀬が自ら首を前にもたげたからだ。

「私が止めたわけではありません。自ら首を差しだそうとしたこの男に腹が立ったんだ」

「首を落としやすくてよいではないか。なぜ立腹するのだ」

「死にたくないと言ったくせに、いざ殺されそうになったら諾々と従う――その意志の弱さにほとほと呆れました……心底気が削がれた」

　平野の問いに答えた疾風は、舌打ちをしながら刀を鞘に戻した。舞台の上を踏みしめるように歩きだした疾風に、平野は「どこへ行く」と声を掛けた。

「……ここではないどこかに。一刻も早くこんなところから去りたい」

　吐き捨てるように述べた疾風に、平野は落ち着いた声音で続けた。

「初瀬は愚かだ。だが、それを責められぬほど、私も愚かだった。母になることで強さを捨てなければならぬのかと悩んだことも、ようやく母になることを決意したのに、できた子のことを伴侶に打ち明けられなかったことも、その子に父母の慈しみを与えてやれなかったことも、師の不始末をすべて弟子に押しつけてしまったことも……いくら悔いても悔いきれぬ」

すまぬ――平野がそう呟いた時、疾風はぴたりと止まった。ちょうど喜蔵の真横で足を止めたので、疾風がどんな表情を浮かべているのか、喜蔵にはありありと分かった。顔を真っ赤にして憤怒の表情を浮かべているか、悔しさのあまり眦に涙を湛えているか、そのどちらかだと思ったが――

（……赤い顔でも青褪めるのだな）

普段より朱が薄まった顔は、疾風が小春の命で人間の娘に変化した時と似ていた。小刻みに震えながら、疾風は唇を戦慄かせつつ開いた。

「なぜ……なぜあなたは私を捨てたんだ……！」

足元をじっと睨みながら叫んだ疾風に、喜蔵と深雪は息を呑んだ。

「助けてくれた弟子の威光を考えて……？　それは、子に二度と会わぬことよりも大事なことですか？　母上は、私よりも奴を選んだんだ……あなたは私を捨てた！」

怒鳴った疾風は、見る間に瞳に涙を溜めた。それを間近に見ていた喜蔵は、自身の着物の胸元をぎゅっと握りしめた。

――ごめんね、喜蔵……。

幼い頃、母が己を置いて出ていった時のことが脳裏に蘇った。あれから喜蔵は長い間、母を恨んで生きてきた。母が喜蔵を捨てたわけではなく、父に無理やり追いだされたのだと知ってからも、母をすっかり許すことはできなかった。

（己よりも子を愛しているなら、誰に何と言われようと見捨てることなどしなかったはず

だ……俺は未だにその考えを捨てきれぬ）

母が断腸の思いでその道を選んだことを知ってなお、喜蔵は心の底から得心できていない。母に生き写しの深雪を見て、時折母の姿を思いだすたび、喜蔵は愛しさと憎らしさ、両方の気持ちを抱いた。母に似ているからといって、深雪を憎らしく思ったことがないのが幸いだが、それに気づいた時、喜蔵は思った。心の底の底では、とうに母のことを許しているのではないか――と。

人を憎みつづけるのは、愛しつづけるよりも難しいことだ。距離ができればできるほど、その難しさは増していく。反対に、愛は中々消えぬものだ。憎らしさと愛おしさを天秤にかけた時、どちらが優るのかを知っている喜蔵は、さらに着物をきつく握りしめた。

「お兄ちゃん」

掛けられた気遣わしげな声に、喜蔵は大丈夫だというように頷いた。いつの間にか俯いていた顔を上げると、声と同じく労わるような眼差しをした深雪が、喜蔵をじっと見守っていた。

「……己の命に勝る子よりも大事な相手など、どこにもおらぬ」

平野がぽつりと述べた時、「だよな！」と同意する声が響いた。

「そんでも、天狗野郎との約束を破ってこっそり山を出なかったのは、『妖怪の核』を渡した上に、山に強い結界が張られていたからだろ？」

場違いに明るい声音で続けたのは、突如舞台の上に現れた小春だった。

「小春ちゃん！」

「お前一体どこで何を――」

名を呼んだ深雪と、文句を言いかけた喜蔵は、小春の姿を見て口を噤んだ。着物のあちこちが擦りきれ、髪がぼさぼさに乱れている小春は、右手で大きな黒翼を摑んでいた。その翼の持ち主は、少し前に息を吹き返し、空に翔けていったはずの花信だった。こちらも、小春に負けず劣らずボロボロだ。羽根は幾本も抜け落ち、赤い肌に無数の傷がついている。

「戦っていたのか」

見れば分かったが、喜蔵は思わず問うた。「おうよ！」と威勢よく答えた小春は、「本当は、深雪の試合が始まる前に見つけだしたかったんだけどな……」とぼそぼそ続けた。

「そう思っていた割に、随分と時が掛かった」

「う、煩えな！　勝ったからいいだろ!?」

そう言って口をへの字にした小春は、右手をぐいっと持ち上げた。花信の翼が引っ張られ背が反ると、伏せていた顔が露わになった。

(口から流れているのは、血か……)

痛々しげな様子に思わず眉を顰めながら、喜蔵は低い声音で問うた。

「……妖怪の核というのは、お前が猫股の長者に返したあれか？」

「おお、それそれ」

小春は軽々しく返事をしたが、昨秋のことが脳裏に蘇った喜蔵にはちっとも軽いことには思えなかった。妖怪の核が何なのかはっきりとは分からぬが、それが彼らにとってもっとも大事なものであることを喜蔵は知っていた。核を失った妖怪は、ほとんど妖力をなくすことになる——今の小春や、花信がいい例だった。

「結界を張ったのは、そ奴なのか？」

「まあ、自分でもやったし、結界張りが得意な奴にも頼んだんじゃねえか？　ともかく、随分と厳重に山に囲いこんでいたようだぞ。花信を捜している間に出会った天狗たちから、色々訊いて回った甲斐があったぜ。いくら上手に隠しても、秘密っつーのは露見しちまうもんなんだな」

「確かに秘密は露見するものだろうが、天狗も存外口が軽いのだな……しかし、そうまでして、その山から出したくなかった理由は何だ？」

天下一の天狗としての威光を壊さぬため——それが理由でそこまでするだろうかと疑問に思った喜蔵に、小春は胸を張って答えた。

「そりゃあ、理由は一つ——平野に恋してたからに決まってる！　横恋慕したんだよ、こいつは」

「小春ちゃん、天狗さんは——」

深雪が何か言いかけた時、くくく、とくぐもった嘲笑が響いた。

「相も変わらず愚かな小鬼だ。否、今は小鬼ですらないか」

「天狗の出来損ないになりさがったお前には言われたくねえな。愛しい相手と恋敵とその子を前に恋心を暴露されて恥ずかしいんだろ？　今さらそんな虚勢を張るなよ」

花信の言を負け惜しみと捉えた小春は、顎を持ち上げてえらそうに言ったが——

「三毛の龍——今は猫股鬼の小春だったか。そろそろ花信を放してやってくれ」

落ち着いた声音が響いたと同時に、小春は喜蔵の目の前から消えた。

「……いてててっ！」

舞台の端から上がった声は、平野に張り手で吹っ飛ばされた小春のものだった。喜蔵は思わず足を前に踏みだしかけたが、小春がすぐに起き上がったのを認め、動きを止めた。

打ちつけたらしい背を手で撫でながら、「だから天狗は嫌いなんだ。すぐに腕力に頼りやがって」とまた文句を垂れて歩きだした小春に、喜蔵はこっそり息を吐いた。

花信の前に立った平野は、地に手をついた花信を見下ろして言った。

「ついこの前、三十三年振りに会ったお前と、今度はふた月も経たぬうちに再会しようとは……妖生とはまことに先が見えぬものよ」

花信は地を睨んだまま、何も答えなかった。

「しかし、おっかしいよな」

首を傾げて呟いた小春は、ゆっくりと喜蔵のそばに戻ってきた。

「核を失ったら、俺のように妖力を失うもんだ。だが、それにしちゃあ、お前は随分と力があるように見えるぜ。前の俺と張るほどに——何でだ？」

じろりと大きな目で見つめられた平野は、息を吐きながら答えた。

「……核は今、私の中にある。あれは、今年に入ってすぐのことだった」

迷惑を掛けた詫びとして、妖怪の核を自ら差しだした平野は、結界を張られた山の中で、ひたすら修行を重ねた。力の源は失くしてしまったので、いくら励んでも元のような強さには戻れなかったが、その分ひたむきに取り組むことができた。無心でやりつづけていたら、いつの間にか三十年以上の時が過ぎた。孤独ではあったものの、天狗としては悪くない妖生だった。

そんな平穏な日常が崩れ去ったのは、三十数年ぶりに、花信が平野の前に姿を現した時だった。

――……妙に鳥が騒いでいると思ったが、お前か。

久方ぶりに会った弟子は、ますます力を増していた。まだ以前の己には及ばないものの、近いうちにそこに並び立つであろうと感じ取った平野は、ほうっと息を吐いた。

――弟子の成長は嬉しいが、一天狗として、強くなったお前と相対できぬのは悔しい――。

――ここを出る支度をしろ。

平野の言を遮って述べた花信は、よく見ると険しい表情を浮かべていた。殺気こそ出していないものの、纏っている気は警戒に満ちている。以前の平野であれば、すぐに気づいたことだろう。力を取り戻しつつあるかと思ったが、勘違いだったらしい――そう気づいた平野は苦笑をこぼした。

──早くしろ。

──仮にも師だった相手に利く口とは思えぬ。

──……小言ならば、後でいくらでも聞いてやる。

ぐっと奥歯を噛みしめたような顔をして述べた花信は、踵を返した。数歩進んで、平野は立ち止まった。花信は顔だけ振り向き、「なぜついて来ない」と低い声音を出した。

──ここにいるように仕向けたのはお前だ、花信。結界を張り、私を閉じ込めた。

──結界は解いた。よそ者が入ってくる前に、ここを去るのだ。

──一度結んだ約束は決して破らぬと心に決めている。

──師の決め事など、知ったことではない。

舌打ち交じりに述べた花信は、さっと身を横に避けた。花信に向かって、平野が錫杖を突きだしたのだ。

──思ったよりも、反応が鈍いな。三毛の龍──否、猫股鬼の小春からとうとう勝ちを得たと聞いたが、その時に怪我でも負ったのか？

平野の言に、花信は表情を変えた。昔から、花信は三毛の龍の話をすると感情をむきだしにしたが、それは今でも変わらぬらしい。にわかに現れ、勝手なことを言いだした花信に苛立ちを覚えた平野は、花信の宿敵の話をして、彼を怒らせてみようと考えた。そのまま一戦交えられたら幸いだと思ったが、

——どこからその話を聞いた？

一足飛びで平野の眼前に迫った花信は、平野の肩を摑んで詰問した。警戒心を露わにした花信に、平野は訝しむ視線を向けた。

——野分か？

花信の問いに、平野は眉を顰めて首を横に振った。この山には、平野の弟の野分でさえ、立ち入りが許されていないようで、野分とはあれから一度も顔を合わせていない。

——ならば、誰から聞いた——答えろ、平野。

低い声音で問うた花信に、平野は渋々口を開いた。

——この山に出入りする鳥や獣たち——経立だ。妖怪の私を見ると、奴らは嬉々として話しかけてくる。化けかけの割に、妖怪の世について詳しいが——

——そ奴らは経立のふりをした小天狗だ。

——なぜ天狗が経立のふりなどする……私に身を偽っても何の得もなかろう。

——……よく聞け。天狗界は今、新旧入り乱れている状態だ。古い連中は自ら戦うのを諦め、堕落しきった生活を送っているが、新しき連中は弱いくせに徒党を組み、天下を取ろうと躍起になっている。奴らには妖怪としての矜持がない。天下一の天狗を決める大会で決着をつけねばならぬところ、汚い手を使い、敵となり得る者たちを排除しようとしているのだ。大会が始まるまでに、強い天狗を全員殺そうと企んでいる……全国を調べている奴らがここを嗅ぎつけたのは、偶然だったのだろう。結界のどこかに綻びを見つけ、中に潜りこんだらしい。そ奴らは幼く、力も弱い小天狗だが、そのうちその親玉がここにやって来るはずだ。かつて天下一に輝いた師が実は生きており、その首を取ったとなれば、名が上がるとでも考えているのだろう。下種どもが訪れる前に、ここを去るぞ。

そう吐き捨てた花信は、平野の腕を掴み、駆けだそうとした。

しかし――

――流石は次期大会の最有力優勝候補――その慧眼たるや、恐るべし。

笑い声が響いた瞬間、花信と平野は後ろに飛んだ。

――……ぐっ。

――花信！

平野は思わず声を上げた。平野を庇った花信が、もの凄い勢いで木にぶつかったのだ。

花信が動きを止めたわずかな間に、こちらに襲いかかった者たちは眼前まで迫っていた。

鼻高天狗が九、烏天狗が十八――総勢二十七妖の天狗たちが、一斉に武器を振りかざした。

――参加資格のない花信が次の大会に出るという噂を聞き、妙に思っていたが……まさか、あの時平野を殺さず、匿っていたとは……。

――お前たちはすでに過去の天狗……次の天下一は風巻さまのものだ！

一番手前にいた天狗が叫んだ時、花信は目を見開き、平野を抱えたまま飛んだ。

――ふぎゃああ！

潰れたような声を上げたのは、花信に蹴り飛ばされ、顔面を踏みつけられた烏天狗だった。近くにいた天狗は一斉にその烏天狗から離れたが、逃げ遅れた二妖が同じように蹴られ、顔をぐりぐりと踏まれた。血塗れになった三妖を地に転がしたまま、花信はまた空を翔けた。

——怯むな！　一斉に飛びかかれ！

天狗たちの頭領らしき鼻高天狗——おそらく、風巻だろう——の大音声に、動きを止めかけていた烏天狗たちは、慌てて花信を追った。

——下ろせ。烏天狗くらいならば、押し留めることができる。お前は鼻高天狗を——

——黙れ。

平野の言を遮った花信は、忌々しげに舌打ちして言った。

——この戦いが終わるまで、余計な口は叩くな。さもなくば殺す。

何の脅しにもなっていない——そう思った平野だったが、花信があまりにも必死な様子だったので、口を閉じた。前大会の折、平野は死を覚悟した。愛する者たちも力も失ったあの時、死んでも構わぬと思ったのだ。せっかく助けてくれた花信には申し訳ないが、それが平野の本心だった。

平野がほんの一瞬物思いにふけっている間に、花信は襲いくる天狗たちと戦っていた。はじめと違って防戦一方だったのは、花信の腕の中に平野がいるせいだ。花信の実力ならば、片手でも十分戦えたが、多勢に無勢すぎた。一、二妖倒したら素早く身を翻し、飛ぶ。追いつかれたら、また一、二妖倒して、空に逃げる——最初のうちはそうやって上手いこと乗りきったが、時が経つにつれて花信に疲れが見えてきた。それは敵にも伝わったらしく、天狗たちはニヤニヤといやらしい笑みを浮かべながら、花信を追いつめた。

烏天狗全員と鼻高天狗五妖を倒した時、ついに花信は動きを止めた。地に膝を折って肩で息をする花信を、鼻高天狗たちは少し離れた場所から見下ろしている。

――どうした、次期天下一天狗の花信よ。よもや、ここまでと申すわけではあるまい。

風巻の台詞に、他の天狗たちはくすくすと忍び笑いを漏らした。

――命乞いをするなら、助けてやってもよいぞ。

頭を地にこすりつけながら忠誠を誓え――そう述べた風巻に、花信は低い声音で問うた。

――……まことか。

――まことだとも――ただし、お前は駄目だ。そちらの無能だけは助けてやる。そいつが生きていようといまいと、俺たちにはかかわりないが、お前のように強大な力がある奴を生かしておくわけにはいかない。

――力を認めているから、殺すというわけか。

花信は眉を顰め、口許に皮肉っぽい笑いを浮かべて呟いた。

――犬以下の奴を殺したってしようがなかろう。無駄な殺生は好かぬ。

そう述べた風巻は、他の天狗たちを引き連れ、花信の近くまで寄っていった。花信の前に立った風巻は、花信の長い髪を摑んでぐっと前に引っ張り、花信の首を露わにした。

――このまま首を落とす――手元が狂ったら悪いな。

ケタケタと奇妙な笑い声を立てながら、風巻は花信の項に向かって刀を振り下ろした。

——いぎゃあああっ！

引きつったような悲鳴が轟いた瞬間、地に転がってのたうち回りだしたのは、花信を討とうとしていた風巻だった。首から大量の血を流しているのは、花信の腕から抜けだした平野が嚙みついたせいだった。

——痛い……痛い……！　離れろ、この、糞女っ——……！

首に嚙みついて離れない平野を、風巻は手にしていた刀を振り回して斬ろうとした。

——その者に手を出すな！

花信はそう叫びながら止めに入ったが、他の天狗たちに行く手を阻まれ、身動きが取れなかった。花信が彼らと戦っていたのは、四半刻の半分くらいにも満たぬ短い時だった。しかし——。

——……ひ、らの……。

三妖目の天狗を倒した時、花信は掠れ声を漏らした。少し離れた場所には、首を嚙まれたまま絶命している風巻と、全身ずたずたに切り裂かれ、今にも息絶えそうな平野の姿があった。

——……平野！

花信の悲痛な叫びを、死にゆく平野は遠いどこかで聞いた気がした。

「今度こそ死を覚悟したが――またしても花信に助けられ、私は再び目を覚ました」

　少し前のことを語った平野は、再び息を吐いた。

「つまり、その天狗野郎はお前に核を戻したってことか。一つじゃ生き返るまでには至らなかったから、自分の核まで使ったと……おいおい、聞いたか？　喜蔵。俺よりもよほどお人好しの妖怪がいるぜ」

　ははははと大きな笑い声を立てた小春を、喜蔵はじろりとねめつけて言った。

「お人好し妖怪の勝負をしたら、いい勝負になるだろう」

「そればっかりは、俺が負けるに決まってる。妖怪としては勝ちだけどな！」

　喜蔵の呟きに答えた小春は、平野を手で押しのけ、花信の前に立った。次の瞬間、小春は花信の頭を地に叩きつけていた。

「やめて！」

「おい……！」

　深雪が悲鳴を上げたと同時に、喜蔵も思わず声を漏らした。花信の頭を足蹴にした小春は、そんな二人に冷たい視線を向けた。

「さっきの話を聞いて、お前らはこいつを『実はいい奴』だとでも思ったんだろう？　こいつが師を助けたり、罪を被ったりしたのは、俺たちにはまるでかかわりのないことだ。そんなもんは天狗同士の話だからな。問題は、そこに深雪を巻きこんだことだ。大方、件あたりに先のことを聞いたこいつは、『自分の代わりに天狗の大会に出ろ』と言って契約を持ちかけたんだ。優勝して何を願おうとしてたか知らねえが、自尊心だけは高い奴だと思っていたのに、それさえなかったとは……妖怪の風上にもおけぬ奴だ」

ぞっとするほど厳しい声を出した小春は、右手をバキバキと動かし、爪を伸ばした。

「違うわ……待って、小春ちゃん！」

青褪めながら言った深雪に構わず、小春は花信の首に鋭利な爪を突きつけた。

「ククク……」

花信が漏らした忍び笑いに、一瞬沈黙が満ちた。

「……死の恐怖を感じて、おかしくなっちまったのか？　その哀れさに免じて、申し開きくらいは聞いてやる。深雪を巻きこんだ詫びの言葉をふんだんに織りこみながら言えよ」

「殺せ」

「へえ……なら遠慮なく」

花信の返答に片眉を持ち上げた小春は、爪をぐっと花信の首に押しこもうとした。

「駄目よ、小春ちゃん！　お願いだから止めて！」

深雪が悲鳴交じりの声を上げた直後、「やめろ！」と空から悲痛な叫びが聞こえた。動きを止めた小春が空を見上げたのに倣って、喜蔵も視線を上に向けた。

「なぜ奴がここに……」

喜蔵は目を見開き、呟いた。空を飛んでいたのは、花信の配下の天狗たちだった。しかし、喜蔵が言った「奴」は、彼らのことではない。凩が腕に抱えていた世にも美しい少年

――その実、老婆の声をした妖怪の五十鈴だった。

人間の美童にしか見えぬこの妖怪は、見目の美しさに反し、性根が悪く、狡猾だ。あらゆることに耳聡いため、巷で起きていることの大半を知り尽くし、それを利用して悪事を働く――五十鈴の情報収集能力は誰もが認めるところだが、手を結んでも裏切られると分かっているので、自ら近づく者はいない。小春と喜蔵がたびたび彼女と遭遇してしまうのは、五十鈴自ら寄ってくるせいだった。しかし、今回はどうやら様子が違うらしい。

「宗主を放せ！　春風をこの一件に巻きこんだのは、こ奴だ！」

舞台の上に降り立った凩は、五十鈴を小春の足元に投げつけながら叫んだ。

「……まったく、乱暴なことをするねえ。これだから小童は嫌なんだ」

ぶつぶつと文句を言った五十鈴は、ゆっくりと半身を起こした。汚れた振袖を大事そうに撫でる手も、顔かたちと同様に麗しい。

「おや……まだ話も聞いていないのに、あの若天狗の話を信じたのかい？」

自身の額に鋭い爪を突きつけた小春に、五十鈴は赤い唇をつり上げながら笑った。

「天狗の言うことなんざ信じるもんか。俺はただお前が一等信用ならんだけだ」

「これまで散々手助けしてやったというのに、冷たい坊だねえ。恩を返しとくれよ」

「邪魔された覚えしかねえよ！……お前、一体深雪に何を吹きこんだんだ？」

先ほどのように冷めきった声を出した小春を眺め、喜蔵はごくりと唾を呑みこんだ。

（こ奴から溢れているのは、一体何だ……？）

今の小春に妖気はほとんどないはずである。そもそれがあったとしても、妖気を感知できない喜蔵に分かるはずがない。ただの人間でしかない喜蔵にも、今の小春はただならぬ気を発しているように思えた。平野をはじめ、疾風や初瀬、㭱たちが皆口を噤んでいるのも、おそらくそのせいなのだろう。ぴりぴりとした空気が充満する中、五十鈴は真っ赤な唇が震えていることを隠すように、ぺらぺらと早口で語りだした。

「ちいと教えてやっただけのこと――『裏山の天狗が力を失った。嬢はあの天狗と契約を交わしながら、まだその契約の内容をはっきりと決めていないのだろう？　わしが嬢だったら、あの天狗が出るはずだった大会に、代理として出るだろう。あの鷲神からもらった特別な力を使えば、嬢は必ず天下一の天狗になれるからのう』と……ほっほっほ……。話を聞いた嬢は、すぐに裏山に向かった。そこの天狗は『そんなものいらぬ』と突っぱねたが、嬢は鷲の力にものを言わせて、無理やり頷かせた。わしを乱暴に扱ったあの若天狗を含めた裏山の天狗たち全妖に勝負を仕掛け、瞬く間に倒して……わしは嬢に一言教えてやっただけ。何も悪いことなどしておらぬ」

しわがれた笑い声を交えながら語った五十鈴に、喜蔵はぐっと拳を握りしめた。傍らの深雪は無言だったが、鋭い眼差しで五十鈴を見据えていた。

「……すべてはお前のせいか」

「馬鹿なことをお言いでない。わしはあくまで一言知らせてやっただけだ。裏山に行ったのも、天狗たちに勝負を吹っかけたのも、花信の代理として大会に出たのも、嬢自身が選んだ道。わしは口以外動かしてないぞ」

　責められるものなら責めてみろ――美しい顔に醜い表情を浮かべて言った五十鈴を、喜蔵はぎろりと睨んだ。大抵の妖怪は、喜蔵の顔を恐ろしがったが、五十鈴は少しも気にしないらしい。それどころか、怒りを露わにした喜蔵を面白がるように見返した。

（こ奴のせいで深雪は――）

　青筋を立てた喜蔵が一歩前に出た時、小春は自身の懐の中から何かを取りだし、それを五十鈴に見せびらかすように掲げた。

「これ、お前のだろう。もののけ道に落ちてたらしいぞ。花信のことを捜し回っている時に、下っ端の烏天狗たちが騒いでたから、上手いこと言ってもらってきたんだ」

　小春の言が放たれて間もなく、ただでさえ白い五十鈴の顔色が、紙のように真っ白になった。小春が持っていたのは、香道具――そこから、何とも蠱惑的な香りが漏れている。

「どこかで嗅いだ覚えがあるな……」

　喜蔵の呟きに、小春は「うん」と頷いた。

「もののけ道を歩いていた時だろう。こいつ、いつもあそこでわんさか香を焚いてるんだ。この香りには、妖怪や人を惑わせる成分が入っているんだよ」

　小春の説明を聞き、喜蔵は（そうか）と心の中で合点した。もののけ道で五十鈴と会った数度、喜蔵は確かに芳しい匂いを嗅いだ。五十鈴が実際に香を焚いている場面に出くわしたこともあった。五十鈴と会った時は大抵急を要していたので、これまで香のことは気に掛けていなかったのだろう。

「その香が妖怪や人を惑わせるということは、それがなければそ奴は……」

「そうそう。こいつはただの世間話好きの婆だってわけだ。なあ、五十鈴」

喜蔵の言葉を継いだ小春は、五十鈴ににっこりと笑いかけた。

「お前の情報収集能力の凄さは、俺も認めてるんだぜ？　その一端を担っている、この香道具のこともな」

「ま、まさか……坊……こ、小春！」

わなわなと唇を震わせながら、五十鈴は手を伸ばして叫んだ。

「そのまさかさ――凩、これをやる。好きにしていいぞ！」

小春はそう言うなり、香道具を裏山の天狗たちの方に投げた。五十鈴は慌てて立ち上がろうとしたが、小春に押さえつけられて手足をじたばたと動かすしかできなかった。ひらりと宙に浮かび、香道具を手にしたのは小春に名指しされた凩だった。赤い顔に青筋を立てた凩は、香道具を地に叩きつけると、思いきり足で踏みつけた。

「ぎゃああ!!」

五十鈴は耳を劈くような悲鳴を上げた。それを横目で笑いながら、裏山の天狗たちも凩に倣い、香道具を踏みつけ壊しはじめた。

「や、やめろ……ねえ……ねえってば……！　やめとくれよおおお……！」

五十鈴が放った魂の叫びは、誰にも聞き届けられることはなかった。

あっという間に粉々になった香道具と五十鈴を見比べた喜蔵は、ぎょっとした。五十鈴がいたはずの場所には、皺と染みだらけの、腰が曲がった老婆がいた。髪の毛と歯は半分以上抜け落ち、手足が小刻みに震えている。泣いているようだが、水分が足りぬのか、涙は流れていない。感嘆の息を漏らしてしまうほどの美童の姿は、どこにも見当たらなかった。

「しどい……しどいよお……呪いころちてやりゅう……」

歯がないため、幼子のような話し方をする老婆は、地に顔を伏せてわんわんと喚いた。

「泣き真似すんな。大してこたえてねえくせに」

腰に手を当ててふんと鼻を鳴らした小春を、喜蔵は「おい」とたしなめた。

「何だよ、同情してんのか？　やめとけ。そいつの正体は今にも逝っちまいそうな婆だが、悪知恵は有り余ってんだよ。香道具がなくても、その辺の妖怪にゃあ歯が立たねえ——」

「そのようだな」

小春の言を遮った喜蔵は、五十鈴の方に顎をくいっと差し向けた。そちらに視線を向けた小春は、「ああっ！」と大声を上げた。ちょうどその時、五十鈴が地に開いたもののけ道への穴を潜ったからだ。

「こら、待て！」

小春は慌てて追いかけたが、顔を突っこむすんでのところで、その穴はすっと消えた。地に顔をぶつけた小春は、顔を手で覆いながら「あの糞婆……」と呻いた。

「昨日と今日、もののけ道は天狗しか通れぬのではなかったのか？」

「そんなもん、あいつならどうとでもできるんだろ。香道具でだまくらかしたのかもしれんし、天狗に化けてしれっと通ったのかもしれん。帰りは香道具がないから苦労しそうだけど……って、そんなことはどうでもいいんだよ！　深雪！」

喜蔵の疑問に律儀に答えた小春は、途中でわあっと怒りだして振り返った。

「お前のまっすぐで義に満ち溢れたところは、人として立派と褒められるんだろう。だが、俺は大嫌いだ。何でお前が自分を犠牲にしてまで、他人や他妖に尽くさねばならねえんだ？　おかしいだろ、そんなの。人も妖怪も、自分の人生や妖生を生きるもんだ。誰かと共に生きることはあっても、誰かのために生きることはあっちゃあならねえんだよ。自分の命は自分のもんだ。長いようであっという間に終わる。だからこそ、自分のために生きるんだ。周りに気を遣ってばかりいないで、お前もそろそろちゃんと自分のために生きろ。そうしないと、お前はいつか自ら命を――」

「おい――黙れ」

喜蔵の低い呟きに、小春は「はあ？」と素っ頓狂な声を出した。

「妹が叱られているのを見るのが嫌なのか？　あのなあ、俺は兄のお前に代わって懇々と道を説いてやってる……あれ、深雪？」

組んでいた腕を解いた小春は、呆然とした目で深雪を見上げた。

いつの間にか、深雪は宙に浮いていた。消えたはずの翼が背から生え、鷲のように暗褐色に染まった髪が、腰まで伸びている。身につけていた山伏装束も、肌の色までも同色に変わった。きゅっと結ばれた口が一瞬で嘴に変化すると、伏せていた深雪の目がカッと見開かれた。陽の光のような眩しさを発する黄色の瞳をゆっくりと瞬かせながら、深雪は嘴を小さく開いた。

「この類まれなる才を持つ娘は、我が引き受けよう」

「その声は……鷲神社の使いか！」

驚きの声を発した喜蔵は、ハッと隣に視線を向けた。そこにいたはずの小春の姿がない

――三つも数えぬうちに、小春は喜蔵の足元にどさりと落ちた。

「妖怪のできそこないの分際で、神に手を出す愚か者め」

深雪の嘴から放たれた声で、喜蔵は小春が深雪に飛びかかり、返り討ちにあったことを知った。「くそ」と舌打ちした小春は、その場に片足をついて宙を睨んだ。

「深雪を引き受けると言ったが、人間の小娘を神の世に連れていってどうする気だ！」

「人から神になることもままある。この娘にはその才がある。ひと月足らずの鍛錬で、天下一の天狗になるほどの力を発揮した娘――こうした才ある人間を神に捧げるのも、我ら神の僕の生業のうちだ」

「何が生業だ！　勝手なことばかり言いやがって……深雪はお前から授かった力を、上手く使っただけだ。その力を失えば、そいつはただの人だぞ！」

「だから、我はこの娘にその力を永久に授けると申している。この娘は人の世に置いてお

くのはもったいない」

あっさり言いきった鶩に、喜蔵は「何だと……」と低く呻いた。

「そのようなものはいらぬ……！　さっさと妹から力を引き上げ、浅草に帰るがいい」

「人間に命じられる謂れはない」

鶩の声が響いた瞬間、喜蔵はがくりとくずおれるように膝を折った。

「喜蔵！……あ――」

声を荒げた小春も、意志とは無関係といった様子で、その場に尻餅をついた。

「案ずる必要はない。この娘は我が立派な神に育てよう。毎年行われる市の日には特別に目通りを叶えてやる」

「何を馬鹿なことを……くっ」

鶩の突拍子もない発案を鼻で笑った喜蔵だったが、どうやっても立ち上がれなかった。

それは小春も同じようで、隣でもがいている音と、盛大な舌打ちが聞こえた。

「従者も得た。娘の命を狙った不届き者どもだ。千年は眠れぬ日が続くように仕事を与えつづけてやろう。覚悟を決めよ」

初瀬に疾風――低い声音で述べた鶩に、応えはなかった。深雪が見つめている方――喜蔵たちの斜め後ろの空を、喜蔵と小春は同時に見遣った。二人が息を呑んだのは、そこに大の字の形で固まっている初瀬と疾風の姿があったからだ。見えぬ何かで縛られているかのように固まっている二妖は、虚ろな目をしていた。微かに唇が震えていたおかげで生きているのが分かったが、死人か人形のように生気がない。

　さっと周りを見回した喜蔵は、唇を噛んだ。舞台に膝を折ったまま身動きが取れぬ様子の花信に、彼を守るように周りを囲んでいる屍たち。今この場にまともに動けて鷲に敵いそうな者は、一妖もいなかった。

「そろそろ参る——さらばだ」

　鷲がそう告げた直後、その身のほとんどが鷲と化した深雪が大きな翼をばさりと羽ばたいた。空に翔けだした深雪の後に、磔のような形をした初瀬と疾風が続いた。

「深雪……！」

「深雪ちゃん！」

　喜蔵と小春の叫び声が轟いて間もなく、びゅん——と凄まじい速さで何かが二人の頭上を通りすぎた。

「その者たちを返せ」

　鋭い声音を上げたのは、空を翔け上がった平野だった。その姿を見た喜蔵は、（そういえば）とハッとした。今しがた周りを見回した時、平野の姿がなかったことに気づいたのだ。おそらく、鷲が何か事を起こすと勘づいて、とっさに身を隠したのだろう。

　平野は両の手を伸ばし、疾風と初瀬を摑もうとした。しかし、深雪が間に割りこんだせいで、それは叶わなかった。深雪と平野は、もつれあうようにして戦いはじめた。動きが素早すぎるのと距離があるせいで、地上にいる喜蔵には、二人のどちらが優勢なのかまるで分からない。

「妹を――深雪を傷つけるな……頼む！」

翼のない喜蔵は、空に向かってそう懇願するしかできなかった。必死に叫んでいる喜蔵の横でちっと舌打ちした小春は、裏山の天狗たちの許に駆けていった。

「おい――誰でもいい。俺をあそこまで運んでくれ！」

「……貴様が行っても何の役にも立たぬ」

怒鳴りながらそう頼んだ小春に、凩は眉を顰めて答えた。

「馬鹿！　そんなこたあやってみないと分かんねえだろ！　早くしろ！」

頼んでいる立場とは思えぬほど居丈高に述べた小春は、近くにいた天狗二妖の腕をぐっと掴み、それぞれの尻を蹴飛ばした。ぎゃっと声が上がってすぐ、小春を腕にぶら下げた天狗たちが飛び上がった。平野たちに比べるべくもない鈍い動きながらも、二妖はどんどん空に翔け上っていった。

（頼む……）

目を瞑り、手を合わせて拝んだ喜蔵は、妹の無事を天に祈った。

「……我らが祖よ――今こそ、我の願いを叶えたまえ」

掠れた低い声音が響いた直後――

ゴゴゴゴと凄まじい地鳴りがしはじめ、喜蔵は目を開けた。辺りは夜を迎えたかのように真っ暗だった。空にちらほらと輝く星のおかげで何とか舞台上は見えたが、空に浮かんでいるはずの深雪たちの姿は確認できなかった。

（四半刻前に起きた件とよく似ているが、まさかまた……）

喜蔵がそう思った瞬間、山の向こうから、ぬっと大きな影が現れた。前に伸びた高い鼻に、ぼさぼさの長い髪をした、山伏装束を身に纏った大天狗だった。平野の願いを叶えた天狗の祖――再び登場したその妖怪は、相変わらず墨で黒く塗られたかのように影のようにしか見えない。首を傾げるようにゆっくりと左に傾きながら、天狗の祖は言った。

『一日に二度も呼びだされるとは……私を呼んだのは――花信、お前だな』

名を呼ばれた花信は、その場に跪いた。

『お前の願いは、三十三年前に叶えたはず』

「……こたびの大会の優勝者に与えられる願いは、まだいただいておらぬ」

『こたびの件は、以前と同様に勝敗が決さぬうちに終わった』

「否――まっとうに最後まで行えば、必ず我の代理が勝ちを得たはず。我の代理は、我に願いを叶える権利を譲渡した」

我の願いを叶えたまえ――再び同じ台詞を口にした花信に、天狗の祖はいささか硬い声音で『申してみよ』と述べた。

「荻野深雪に掛かった呪を解き、安き場に共々送ってくれ」

喜蔵は息を呑んだ。次の瞬間、空がぱっと光り輝いた。先ほどのように――それよりもずっと数多くの大きな光が流れだしたのである。

『これまで数多の願いを叶えてきたが、人間のために願いを使った天狗ははじめてだ』

盛大な笑い声が、光が降り注ぐ空に轟いた。その声に呼応するように、空のあちこちで光がぶつかりあい、弾けた。

『……承った』

大天狗の楽しそうな声が放たれた時、空に一際大きな光が流れた。

——お星さんが流れた時、願いごとをすると叶えてくれるんだよ。

幼い頃に母が言ったことを思いだした喜蔵は、目を瞑ってひたすら願いを唱えた。

(深雪を助けてくれ。妹を助けてくれ。どうか深雪を——)

ふっと目の前が暗くなった気配を感じて、喜蔵は慌てて目を開いた。思った通り、辺りは闇に包まれていた。

「……深雪！　小春！」

声が嗄れるほどの大音声で叫んだ喜蔵は、やみくもに駆けだそうとした。

「目を開けろ」

からかうような声が傍らから聞こえ、喜蔵は息を呑んだ。

「聞いてるのか？　目を開けろってば」

「開いている」と答えようとした喜蔵は、ハッと口を噤んだ。いつの間にか、喜蔵はまた目を閉じていた。深雪を失うかもしれぬ——それが、あまりにも恐ろしかったせいだろうか？　自身の無意識の行動に驚きながら、喜蔵はおそるおそる目を開いた。

　漆黒の闇に包まれる前のように、周囲は明るい昼色に染まっていた。空を見上げた喜蔵は、そこに誰の姿もないことに愕然とした。

「どこ見てんだ。横だ横」

　小生意気な声が聞こえてきた傍らを、喜蔵はゆっくり見遣った。

「……馬鹿者」

「それ、俺に言ってんじゃねぇよな？　こっちだよな？」

　喜蔵の呟きに剥れながら答えた小春は、後ろに立っている者を喜蔵の前に押しだした。

「ごめんね、お兄ちゃん」

　喜蔵の前に立ってそう言ったのは、深雪だった。翼も嘴もなく、全身が暗褐色に染まってもいない。喜蔵と似て意外と切れ長の目は、きらきらと闇色に輝いている。

（みっともない）

　喜蔵は内心息を吐いた。深雪の目に映っている男が、今にも泣きそうな情けない顔をしていたからだ。

「……ごめんなさい。あたし、お兄ちゃんにも小春ちゃんにも心配を掛けちゃって……綾子さんや他の皆にも――」

　深雪の謝罪は、喜蔵が深雪の腕を引き、胸に抱き込んだため途中で止んだ。

「俺とその小鬼以外への詫びは、当人に言え。……帰るぞ」

「……うん」

押し殺した喜蔵の声に、深雪はくぐもった声で応えた。

「世話が焼けるぜ、まったく」

そうぼやきながら、小春はにんまりと笑った。そんな小春をちらりと見遣った喜蔵は、その場に喜蔵たち以外の者の姿が一妖も見えぬことに気づいた。それどころか、今まで戦いが繰り広げられていたはずの舞台もない。あるのは、葉が落ち、幹と枝しかない寂しい様子の木々ばかりだ。

「ここは、裏山か……？」

「あの天狗野郎の願いを、奴らの祖先さまがきっちり叶えてくれたんだろ。ここが安き場っつーのは不本意だがな！」

――荻野深雪に掛かった呪を解き、安き場に共々送ってくれ。

花信の叫びが、喜蔵の脳裏に蘇った。

「……なぜあのような願いを述べたのだ？　おかげで、夢か幻かと思った」

「本当にな！」

喜蔵がぽつりと漏らした呟きに、小春は力いっぱい同意した。幻なんかじゃないわ――そんな風に否定してくるかと思った深雪は、唇をきゅっと結んで空を見上げていた。先ほどまでの喧騒は嘘のように、空は青々と澄み渡っていた。

「深雪が鷲の力を使って人助けしていたこと、俺ら以外のだーれも覚えちゃいない」

頭の後ろで手を組みながら言った小春は、溜息を吐いて歩きだした。その後を追いながら、喜蔵も息を吐いた。

＊

——あら、おかえりなさい。皆さん揃ってお出かけしていたんですか？　今日はとってもいいお天気でしたものね。

天下一の天狗を決める大会からの帰り道、喜蔵たちにそう話しかけてきたのは綾子だった。荻野家の裏口の前に立っていた綾子は、どう見ても喜蔵たちの帰りを待っていた様子だった。それなのに、彼女は深雪が天狗たちとかかわっていたことも、喜蔵と小春が深雪を助けに大会に向かったことも、すべて忘れていたのだ。

——綾子……お前、本当に覚えてないのか？

——私、何か忘れてます……？　あ！　そういえば、お醤油が切れてたんだったわ。ちょっと行ってきますね！　ありがとう、小春ちゃん。

小春の問いで別のことを思いだした綾子は、慌てて表通りに駆けていった。裏口の前に残された喜蔵たちは、顔を見合わせるしかなかった。

皆の頭から、一時期の深雪の記憶が消えている——それを喜蔵たちが確信したのは、それから三日と経たぬうちだった。

「深雪が助けた奴らを全員当たってみたが、皆綺麗にそのことを忘れてたもんなあ……俺と喜蔵だから言わないようにしてるのかと疑ったけど、当の深雪が探りに行っても知らんぷりしやがって――つまり、本当にすっかり忘れてやがるわけだ。一体誰が何のために記憶を消したんだ？　あの天狗野郎――じゃないよな？　もう叶えてもらえる願いはないし、無理やりどうにかするにも妖力を失ったんじゃな……」

ぶつぶつとこぼしながら進む小春に、傍らを歩いていた喜蔵は「直接聞きに行けばいい」と言った。

「あのな……どこにいるか分からねえのに、どうやって聞きに行ったらいいんだよ？」

はあと溜息交じりに答えた小春を、喜蔵はちらりと見下ろした。

大会本選の夜、小春はたった一妖で再び裏山に向かった。喜蔵たち兄妹はすでに床についていたため、そのことを知ったのは翌朝小春が話してきた時だった。

――裏山には誰もいねえ。あの天狗野郎も、凩たちもな。裏山を根城にしていた狸たちに話を聞いたところ、配下の者たちの数妖は、花信が力を失った直後に裏山を離れたようだ。妖怪は実力主義だからな。弱い者にはついていけねえと思ったんだろう。

凩たちのように花信を信奉していた天狗は裏山に残り、何とか花信に力を取り戻させようとしていた。小春と喜蔵の前に現れ、助力を乞うほど必死だった彼らも、人間のために願いを使った花信を見限ったらしい。結局、花信が平野が生きていると知られる危険を冒してまで何がしたかったのかも、分からぬままになってしまった。

——狸たちは「花信さまたちは仲違いされ、袂を分かった」と言ってた。配下の奴らだって一枚岩じゃねえから、それぞれ所縁ある地にでも散ったんだろう。

——なぜ出ていった？　誰か一妖くらいは、裏山に残って新たな宗主になろうと考えそうだが……。

喜蔵の問いに、小春は「そりゃあないな」ときっぱり答えた。

——天狗野郎が長年所有してきた裏山は、未だ奴の気配がそこら中に残ってる。数年は消えねえんじゃねえか？　あんなくっせー中で、宗主になってこの裏山を支配しよう！なんて天狗は、まずいねえだろう。天狗は皆して無駄に自尊心が高いからな。

わはははと笑い声を上げたものの、小春の顔はまるで嬉しそうではなかった。黙って聞いていた深雪が眉尻を下げ、哀しそうな目をしているのを見て、喜蔵は顔を顰めた。

（あれを何度も泣かせておきながら、何も言わずに去るとは……）

「ん？　何だって？」

心の中で漏らした声を拾われたかと思った喜蔵は、問うた小春に思わず手を上げた。

「痛っ！　何で急にぶつんだよ!?　天狗野郎が姿を消したのは、俺のせいじゃねえぞ!?」

喜蔵が照れ隠しに「煩い」「黙れ」「お前が阿呆だからだ」と罵詈雑言を吐くと、小春は「な、何だと!?」と顔を真っ赤にして喚いた。

「俺のどこが阿呆なんだ!?　もしちょっとでもそうなってたとしたら、お前が気軽に頭を叩くせいに決まってる！　素晴らしい俺の頭がどうにかなったらどうしてくれるんだ！」

「少しは調子がよくなるはずだと何度申したら分かるのだ」

「なるわけねえだろ！　こっちだって何べん言わすんだ！」

喚く小春を無視して、喜蔵は足を速めた。いつもなら、目的の場所に着くまで文句を言いつづける小春は、ふうと息を吐いて喜蔵の後に続いた。

「……ぎゅうぎゅぎゅぎゅ～腹も牛もぎゅうぎゅぎゅぎゅ～」

勝手に作ったであろう歌を口ずさみはじめた小春は、もう天狗の件を頭から追いやったらしい。

（呑気なものだ）

髷をぐしゃりと掻きまぜた喜蔵は、待ち人ならぬ待ち妖がいる牛鍋屋に急いだ。


「嬢に近づくなという触書を出したのは、結局のところ花信だったようだ。よその妖怪にちょっかいを出されて、契約の邪魔をされてはかなわぬとでも思ったのだろうよ。花信が最初に提示した契約は、大会とは無関係のことだったらしい。どうやら、嬢はそれに頷かなかったようだ。代わりになる契約はないかと悩んでいたところ、花信が力を失ったという知らせが耳に入った――そう睨むでない。嬢に知らせたのは、確かにわしだ。危ない目にも遭ったが、怪我の一つもせずに終わったのだからよろしかろう。最初に提示した契約の内容？　さあて、それは分からぬ。ほっほっほ……わしにだって分からぬことはある。

当妖以外に漏らしておらぬ秘密は、探りようがないからのう」

うっとりと目を細めて語ったのは、煮えたぎった鍋の前に座している美童の妖――五十鈴。彼女が小春たちの前に姿を現したのは、昨夜のことだった。

――もし……。

店じまいをはじめた喜蔵は、掛けられた声に振り返った。喜蔵が息を呑んだのは、店の前に世にも美しい少年妖怪が立っていたからだ。

――何をしに来た。

冷たく問うた喜蔵に、五十鈴は薄っすら笑んで言った。

――この前の詫びをしようと思うてのう。明日の午、くま坂においで。

誰が行くものか――喜蔵はそう答えようとしたが、その前に「俺、二十人前食うからな！」と明るい声が響いた。

――勿論、ぜーんぶお前の奢りだよな？

いつの間にか喜蔵の真横に立っていた小春は、五十鈴をじっと見据えて言った。

――詫びと申したはず。では、明日。楽しみにしておるぞ。

ほっほっほ……と笑いながら、五十鈴は去っていった。

――まことに行くつもりか？　罠に決まってる。

――それはねえな、絶対。

きっぱりと言いきった小春に、喜蔵は怪訝な表情を向けた。

（罠に決まってるではないか……俺は信じぬぞ）

昨夜を思いだした喜蔵は、むっと顔を顰めた。いつにも増して恐ろしい顔つきの喜蔵に、くま坂の客たちはざわつきはじめたが、小春たちは一切気にしていなかった。

「妖怪が二妖もいるのに、皆が怯えているのが人間の方だってんだからすげえよな」

「見習いたいものよのう。代われるものなら代わりたい」

「そうかあ？　俺、こんなおっかない顔嫌だ。夜鏡に映したら、絶対に呪われる」

ぶるりと震えて見せた小春は、ぐつぐつと煮えたつ鍋から視線を逸らさず言った。元猫の小春は、猫舌だ。ぬるくなったくらいの鍋が好きらしく、食べるのをじっと我慢している。

「お前は猫舌ではなかろう。こ奴の真似をせずともよいのだぞ」

「あ、ああ――これは、どうも……」

喜蔵の言になぜかしどろもどろに答えた五十鈴は、箸と茶碗を手に取った。さっそく鍋をつつきだした喜蔵と五十鈴の傍らで、小春はふんと鼻を鳴らした。

「俺も食いたい！……けど、しばし我慢する。舌を火傷しちゃあかなわんからな。しかし、暇だな。よし、何か小話でも――」

「いらん」

口に肉を入れる前にすかさず答えた喜蔵に、小春は分かりやすく剝れた顔を向けた。

「俺の小話は天下一だというのに……天下一といえば、あの後どうなったのかね？　俺たちが裏山に飛ばされた後、その場には天狗たちが残っていたわけだろ？　疾風たち親子のその後が気になるし、あの天狗野郎もな……俺たちだって当事者だったはずなのに、すっかり蚊帳の外じゃねえか」

　ぶつぶつ言った小春に、喜蔵は内心（確かにな）と頷いた。天下一の天狗を決める大会の後、喜蔵たちはどの天狗とも顔を合わせていない。配下の天狗たちと共に姿を消した花信は、深雪にも行き先を告げていないらしい。

（もっとも、あ奴が隠していなければの話だが……）

　深雪は正直でまっすぐな性質だが、誰かを守るためなら嘘の一つや二つ厭わぬ人間だ。今回の件でそれが嫌というほど分かった喜蔵は、溜息を吐きながら店内を見回した。非番の深雪の姿がないのは承知していたが、ここに来るとつい探してしまう癖がついていた。

「その昔、初瀬がはじめて平野に勝った時、初瀬は『お前と夫婦になりたい』と願った」

　にわかに話しだしたのは、茶碗と箸を置いた五十鈴だった。

「互いに想いを寄せていた二妖は、願い通り夫婦になった。ほどなくして、平野は子を身ごもった。それが、疾風だった」

「大会の時にもその話は出たが……お前もどこかで聞いていたのか？」

　喜蔵の問いに、五十鈴はこくりと小さな頤を動かした。

「あの時、彼らが実の親子であると判明したわけだが……疾風はそれを受け入れられなかった。ずっと母の仇だと思ってきた花信が、実は母の恩妖であることもにわかには信じられなんだ。実父が元人間で母を殺しかけたことも、上手く呑みこむことができなかったようでのう」

「三十年以上信じていたことが、すべてひっくり返ったんだ。そりゃあ、簡単に『そうだったのか！』となるわけがねえ」

ようやく鍋をつつきだした小春は、うんうんと頷きながら言った。

「……坊の言う通りだ。鷲の力から解放され、正気を取り戻した疾風は、同じく我に返った初瀬をまた嬲ろうとした。それを止めたのは、まだその場に留まっていた、あの鷲神社の神鳥だった」

――鎮まれ、天狗ども。無用な争いはこれで終わりだ。……お前たちの祖に免じて、我は手を引こう。「春風」が起こした奇跡は、人々の記憶から消し去るか……痛快な見世物であったが、人の世を乱すのは本意ではない。

金輪際、荻野深雪と天狗衆には近づかぬと約束する――そう言い捨てると、鷲は空の彼方へと消えた。その場に残されたのは、疾風と初瀬に、彼らを助けようと鷲と戦い傷ついた平野、そして裏山の天狗たちだった。

――宗主……一体どちらへ行ってしまわれたのですか……我らを置いて――宗主！

困たちは悲痛な叫びを上げながら、姿を消した花信を必死に捜した。暴れていたのも忘れ、疾風はそれを眺めていた。初瀬も同様だった。そんな二妖の手を取ったのは、平野だった。

――……この三十三年間、祖に願いたかったことが、実はたった一つだけあったのだ。申してもよいか？

初瀬と疾風が頷いたのを認めてから、平野はこう述べたという。

「『愛する我が夫と、愛する我が子……お前たちと共に暮らしたい』――それが平野の願いだそうだ。まったくもって、愚かしい……一等愚かしいのは、その願いを聞く義理もないのに受け入れた疾風だ。元より平野と同じ心だった初瀬は、涙を流して喜んでいたがの……。これからあの三妖は、親子水入らずでひっそりと暮らすそうだ。妖怪のくせに、人間の真似をして生きていくつもりとはのう」

嘲笑交じりに言った五十鈴は、食事を再開した。すでに火の消えた鍋から徐々に中身が減っていく様を、向かいに座って食する喜蔵は、見るともなしに見ていた。

「ひっそりと暮らすっつーことは、あの天狗野郎の命はもう狙わんということか？」

「仇でないと知った今、わざわざ命を狙う必要はなかろう。それに、奴は力を失い、どこかに消えた。放っておいても、そのうち誰かに仕留められるでしょうね」

くくくと意地悪く笑いながら答えた五十鈴に、問うた小春は呆れた顔を向けた。

「うーん。いささか鍛錬がたらんようだな……上品すぎるというか、もうちょっとこう、嫌みったらしくだな」

突然訳が分からぬことを言いだした小春を、喜蔵は半目でじとりと睨んだ。

「そういや、疾風が初瀬と戦っている時、初瀬の面が取れただろ？　あん時疾風が固まったのって、初瀬の顔に見覚えがあったのか？」

「お前は父に瓜二つだ——育ての親である野分に、疾風はよくそう言われて育った。初瀬の面の下を見た瞬間、疾風はそれを思いだしたのだろうよ」

「へえ、そんなに瓜二つだったのか。でも、自分とそっくりな奴がいたとして、こいつ俺と似てる！　となるもんかね？　横に鏡でもねえと、俺は分からん気がする」

　小春は首を傾げて言った。鍋に残った野菜を箸でかき集めながら、喜蔵も同じことを思っていたが——

「あ、でもお前も気づいたんだもんな？　深雪ちゃんもそうだって言ってたし……親兄弟だとぴんと来るもんなのかね？」

「……そんなこともあったか」

「もう忘れたのか？　不味いなこりゃあ……よし、俺に任せろ！」

　わざとらしい声を上げた小春は、「こうすりゃあ思いだすだろ」と言って、喜蔵の頭をぐりぐりと拳で押した。すぐさま喜蔵に同じことをし返された小春は、「頭から牛が飛びでちまう！」と喚いた。

「ふ……ふふふ」

　楽しそうな笑い声を漏らした五十鈴は、それを誤魔化すかのように二、三度咳払いし、また鍋をつつきだした。目を伏せ、綺麗な箸遣いで黙々と飯をたいらげていく五十鈴に、喜蔵は首を傾げた。

（こ奴も少しは心を入れ替えたのだろうか……そうであればよいが）

これまでの五十鈴の所業の数々を思いだした喜蔵は、心の底からそう思った。

喜蔵たちがくま坂を出たのは、小春が予告通り二十人前食した後のことだった。店に来て一刻近く経っていたことに気づいた喜蔵は、怒りを通り越して呆れ返っていた。

「……お前は猫股でも鬼でも猫股鬼でもない。ひだる神かと思ったが、それも違う。お前は胃袋の妖怪だ。満腹を知らぬ……『満腹知らず』の名を与えてやろう」

「おいおい、こんな立派な鬼をつかまえて、妙な名をつけるなよ」

妊婦のように膨らんだ腹をぽこんと叩きつつ、小春は喜蔵の言を笑い飛ばした。

「明日は一日厠で過ごすことになりそうだのう……せいぜい下さぬように気をつけよ」

ではな――そう言うなり踵を返した五十鈴は、長い袖を振りながら歩きだした。

「あ、待て待て！」

そう言って五十鈴を止めたのは、懐に手を突っこんだ小春だった。もぞもぞと手を動かし、何かを取りだした小春は、怪訝な顔をして振り返った五十鈴にそれを握らせた。

「これ、疾風に返してくれ」

目を見開いた五十鈴は、自身の手の中にあるものを認め「なぜ……」と呟いた。五十鈴が広げた手のひらに乗っていたのは、以前疾風が小春に誠意の証として渡した数珠だった。

「これ、奴の母親の形見なんだろ？　まあ、死んでなかったわけだが……俺が持ってるよりも、疾風が持ってる方がいい。だってこれ、天下一に輝いた女天狗が持つものなんだろ？　俺が知る限り、疾風以上にこれの持ち主に相応しい者はいない。それに、妖怪や人間と同じように、物にも過ごしやすい場所があるもんだ。付喪神が大勢いる古道具屋に棲んでる俺が言うんだから、間違いない！」

「……これも付喪神になると申すのか？」

「どう変化するかなんて、誰にも分からん話だろ。妖怪も人も物もさ。まあ、お前のように情報収集が得意な奴は、この先のこともすべて分かるんだろうけど……そうだよな？」

五十鈴は一瞬ぐっと詰まった顔をしたが、すぐに嫣然（えんぜん）とした笑みを浮かべて「無論」と答えた。

「わしに分からぬことはない」

「なら、疾風たちの居場所も分かるよな？　それ、必ず奴に返してくれよ」

そう念押しした小春は、また前を向いて歩きだした五十鈴の背に向かって、声を掛けた。

「あと、伝言を頼む――お前はあの天狗野郎なんかよりも強くなると思うぜ。なんたって俺の一番弟子だからな！」

一瞬足を止めた五十鈴は、振り向かぬまま「承知した」と答えた。

「……そういえば、わしも一つ伝言を頼まれておった。『喜蔵殿を大会に連れていったのは、妹御の罪を知らしめたかったからだけではない。そういう気持ちもあったが、本当は己がしようとしている愚かな行為を止めてほしかったのだ』――と、疾風は申していた。

きっと、仲睦まじいお前たちに嫉妬していたのだろう。あの小天狗はずっと家族の情に飢えていた。お前たち兄妹と坊が、己の理想の家族に見えてしようがなかったようだ」

「……同情の余地はあるが、妹を傷つけようとしたことは許さぬ」

喜蔵の呟きに振り返った五十鈴は、真率な顔で赤い唇をきゅっと嚙みしめた。

「深雪が聞いたら、『無事だったんだから、いいじゃない』とか言いそうだから嫌なんだよな。何でもかんでも許せばいいってわけじゃねえ」

唇を尖らせ、呆れたように言った小春を見て、喜蔵は（他人のことは言えぬだろうに）と鼻を鳴らした。激怒していたことが嘘のように、今の小春は優しい顔をしている。そういう喜蔵も、穏やかな表情を浮かべていることに、当人はまるで気づいていなかった。

「……この数珠を渡した後、返事を伝えにくるのは面倒でしようがない。疾風が申した『ごめん』という詫びの言葉と共に、これから託されるであろう礼を先んじて述べておこう」

ありがとう――そう述べて深々と頭を下げた五十鈴は、ゆっくりと歩き去った。往来からすっかり姿が消えた頃、喜蔵はぽつりと述べた。

「女天狗と言っていたが、では疾風は……」

「女だな」

あっさり認めた小春に、喜蔵は目を瞬かせた。鈍いように見えて、小春は物事の本質をよく見ているらしい。

「なぜ言わなかった？」

「俺も最初は分からんかった。気づいたのは、修行をはじめて三日くらい経った時だったか？　何とはなしに、こいつは男じゃないなと思ったんだ。けど、弟子の性別なんてどうでもいいだろ。わざわざ言うかよ」

鼻を鳴らした小春に、喜蔵は唇を尖らせて頷いた。

「それもそうだが……では、あの妖——五十鈴はどうだ。少しは改心したと思うか？　今日は妙にしおらしかったが」

「あの糞婆が改心なんてするわけないだろ。今日の五十鈴は、五十鈴当妖じゃない。疾風が化けてたんだよ」

小春の答えに、喜蔵はカッと目を見開いた。

「お、おお……よくもそんな怖い面ができるな、お前……流石は閻魔の申し子だ」

「俺は閻魔と何の所縁もない——それより、今の言はまことか？」

「まこともまことと。外見は上手く化けてたけど、中身はまだまだだったろ？　五十鈴婆はあいつが演じた奴の何倍も性悪だもん。疾風の奴、才は凄いんだが、どうも生真面目すぎるんだよなあ……その割に、どっか抜けてるというか……」

肩を竦めて言った小春は、唖然としている喜蔵を置いて歩きだした。荻の屋とは反対方向に進んでいく小春に、喜蔵は「どこに行く」と訝しむ声を掛けた。

「裏山」

「何をしに行く？　そこに花信たちはいないと申したのは、お前だろうに」

「さっきから、薄っすら妖気を感じる」

むっと顔を顰めた喜蔵は、黙って小春の後に続いた。

「その妖気というのは、花信のものか？」

喜蔵の問いに、小春はうーんと唸って、「分からん」と答えた。

「奴の妖気っぽい気はするが……いかんせん、薄すぎる。あと、その妖気とおんなじくらい薄っすらと違う気も感じるんだよなあ。しかも、こっちは妖気じゃない……でも、あれはもうなくなったはずだしな」

うーんうーんと唸りながら歩く小春の背を見据えながら、喜蔵は腕組みをして嘆息した。

（こ奴といるとどうにもしまらぬ）

今回も散々大変な目に遭ったというのに、それもすでに喜蔵の中では過去のことになっていた。たった数日前の出来事にそう感じてしまうのは、小春があまりにも常通りなせいだろう。明るく飄々として、いつも無邪気に笑っている小春は、人間の童子にしか見えぬ。しかし、何でも楽しんでしまう性質は、人間とは似ても似つかぬ妖怪そのものなのだろう。

「よく分からんが、裏山はすぐそこだ。行けば丸っと分かる！」

わははと笑った小春を追い抜かしながら、喜蔵は彼の小さな頭をバシッと叩いた。

「お前なあ……俺の力が戻ったら、覚えておけよ！」

「下らぬことを一々覚えているほど暇ではない」

「ほんっとに腹立つ奴だな！　お前のせいで腹がはちきれそうだ！」

「牛の呪いではないか？　そのうち、その腹を突き破って牛が出てくるかもしれぬ」

「お、お前だって食っただろ！　止めろよ、不気味なこと言うのは……お前が言うと全部怪談に聞こえるんだよ！」

喚く小春を無視して、喜蔵は前に進んだ。


四半刻の半分も経たぬうちに、小春と喜蔵は裏山の頂上に着いた。

「お前……！」

喜蔵は思わず声を上げた。頂上にいたのは花信――ではなく、己の妹だった。おかっぱの髪を揺らしながら振り返った深雪は、驚く小春と喜蔵を見て微かに笑んだ。

「天狗さん……行っちゃった」

「あの妖気はやっぱりあいつだったのか……何でわざわざ戻ってきたんだ？　そんで、一体どこに行った――いや、それよりも何でお前がここにいるんだ!?」

声を荒らげた小春は、哀しげに呟いた深雪にずんずんと近づいていった。向かい合わせに立ってすぐ、小春はぐっと眉を顰めた。

「……あいつに何かされたのか」

「何も。さよならの挨拶をしただけよ」

「それがそんなに哀しいのか？　相手は妖怪だぞ？　人と妖怪はどんなに心を通わせても、

いつかは別れるもんだ」

小春の言を聞いた深雪は、途端にぐしゃりと顔を歪めた。

「お、おい……深雪！」

顔を手で覆って泣きだした深雪に、小春は慌てて声を掛けた。少し離れた場所でその様子を眺めていた喜蔵は、唇の下と眉間にぐっと皺を寄せた。

（まさか、あの天狗が『想い妖』だったというわけではあるまいな……？）

相手は妖怪だ。人と妖怪が恋仲になるなどありえない——ことでもない。これまで実際にそうした例を見聞きしてきた喜蔵は、浮かんだ考えを振り払うかのように頭を振った。

「そんなに泣くな、深雪……別れは確かに辛いもんだが、思い出というものは段々と薄れていくもんだ。不思議と、よかったことばかり心に残って、あとはどっかいっちまう。そう遠くないうちに、いい思い出になるはずだから……ええっと、だから泣くなって！」

慌てながら言った小春に、深雪は顔を隠したまま、くぐもった声を出した。

「あたしは嬉しかったことも哀しかったことも、全部覚えていたい……思い出なんかにしたくないの。……ずっとそばにいたい」

深雪の悲痛な叫びに、喜蔵はますます顔を顰めた。

（……こ奴を泣かすなど、妖怪の風上にもおけぬ奴だ）

花信を心の中で呪った時、小春が「わー！」と喚いた。

「泣くな泣くな！　お前に泣かれるのは昔から苦手なんだよ！……あのな、人生のすべてを覚えているなんて無理だし、誰かと別れぬのも無理だ」

うっと嗚咽を漏らした深雪に、小春は真面目な顔をして続けた。

「どうにもならんことが起きるのが妖生で、人生だ。お前のこの先にも何があるか分からん。でもな、生きていりゃあ何とかなる。何とかならなかったら、俺がどうにかしてやる」

「どうにかって……」

掠れた声を漏らした深雪に、小春は右手を差しだした。

「俺の手を貸してやる」

「……他人の手を借りちゃ駄目なの」

深雪の呟きに、喜蔵は首を傾げた。「馬鹿だなあ」と笑い飛ばしたのは、小春だった。

「俺は鬼だぞ。人じゃないから大丈夫だ！　ほら！」

右手をさらに突きだして言った小春に、深雪は顔から外した手をおずおずと差しだした。

（何だその面は）

深雪の顔には、笑みが浮かんでいた。だが、それはいつもの明るい笑みではなく、今にも崩れそうなものだった。それに小春も気づいたのだろう。顔にさっと陰りが差した小春を見て嘆息した喜蔵は、ずんずんと歩いて二人の許に向かった。

「……」

小春と深雪が重ねた手を、喜蔵は自身の手でまとめて握りしめた。驚いた顔をした深雪に、喜蔵はふんと鼻を鳴らして言った。

「俺は人だが、どうやら鬼に見えるらしい。だから、問題なかろう」

「いや、鬼に見えても人だろ？　問題しかねえよ」

冷静に突っこんできた小春をぎろりと睨んだ時、ふふふと笑い声が響いた。

「うん……そうよね。きっと大丈夫。だって、あたしにはこんなあったかい手を繋いでくれる人たちがいるんだもの。ありがとう……お兄ちゃん、小春ちゃん」

今度こそ心底嬉しそうな笑顔で言った深雪に、喜蔵と小春もつられて笑みを浮かべた。

幕間

　びゅおおという大きな風の音が、深雪の耳に鳴り響いた。

「……なんて寒いのかしら」

　かじかんだ手を合わせた深雪は、俯きながらぽつりと言った。暦の上では、もう春を迎えた。それなのに、この裏山は厳しい冬から抜けだせていない。

「きっと天狗さんのせいだわ」

　そうこぼした時、がさりと音がした。振り返った深雪は、木々の後ろに隠れているであろう相手に、にこりと笑いかけた。

「天狗さんがいなくなっちゃったから、ここに来るはずだった春がどこかで迷子になっているのよ」

　下らぬことを申すな――そんな答えが返ってくるかと思ったが、裏山はしんと静まり返ったままだった。

「この山を出て、一体どこに行くんです？　凩さんたちは一緒じゃないんでしょう？」

またしても反応はなかったものの、答えを知っている深雪は勝手に頷いた。

——宗主の居場所を教えろ。

天下一の天狗を決める大会の翌夜、深雪は荻の屋を訪ねてきた凧にそう訊ねられた。折よく喜蔵と小春が湯屋に出かけている時だったのは、深雪が一人になる機を狙っていたからだろう。深雪は夕餉の支度をしていた手を止め、堂々と土間に入ってきた凧に答えた。

——知りません。

返事を聞くや否や、凧は刀を抜いた。顔の前に突きつけられた刃先を見つめながら、深雪は続けた。

——あなたたちが知らないことを、あたしが知ってるわけないでしょう？　だって、天狗さんは、あなたたちを一等信頼しているんですもの。

目を見開いた凧は、悔しげに奥歯を嚙みしめ、ゆっくり刀を下ろした。

——……お前と出会ってから、宗主は変わられた。それまでは、己の強さ以外に興味を示さなかった。思い通りに振る舞い、刃向う者は皆殺す……我ら配下とて例外ではなかった。己が一等——そんな宗主だからこそ、皆から畏怖され、称えられたのだ。

前大会で殺したと見せかけ、平野を生かしていたこと、さらに再び平野を助けたせいで、花信は妖力を失ったこと——その事実を裏山の天狗たちが知った時、山が揺れるほど騒然とした。何より己たちの宗主が無力な妖怪と化した事実を、皆受け止めきれなかったのだ。いち早く我に返った天狗の数妖は、裏山から去った。しかし、大半の天狗はそのまま留まった。天狗さんの代わりに大会に出ます——そう言って、深雪がやって来たからだ。そこで初めて凩たちは、花信が天下一の天狗を決める大会に出ようとしていたことを知った。

——はじめは、人間の小娘なぞに何が出来ると思ったが……お前は瞬く間に我らを圧倒した。春に吹き荒れる風のように、凄まじい勢いで——。

花信を除き、裏山に棲まう天狗たち全員を倒した後、自身の力が鷲神社の神鳥から与えられしものだと語った深雪は、「優勝した時に叶えてもらえる願いは、天狗さんにあげます」と言った。その申し出を聞いた凩たちは、顔を顰めつつも内心歓喜していた。凩たちは、深雪に宿りし強大な力をその身に受けた張本妖だ。深雪の言が偽りでないなら、深雪が間違いなく大会で優勝すると確信した。

——これで、何も心配する必要はない。天狗の祖に願えば、宗主は以前の力を取り戻すことが出来る——そう安堵したが、宗主はお前の申し出を切り捨てた。我らがいくら説得しても聞く耳を持たなかった宗主に、お前は何の躊躇いもなしに襲いかかり、地に倒した。

……あの時、お前は宗主に何と言ったのだ？　お前が倒れた宗主の耳元で何事か囁いたのを、我は知っている。

問うた凩に、深雪はにこりと笑むばかりで何も答えなかった。

——……鷲の力を失くした今、お前は無力だ。妖怪に逆らってもよいことなどない——それでも、申さぬというのか？

——あれは、あたしと天狗さんだけの秘密なんです。だから、言えないわ。

きっぱり答えた深雪に顔を顰めた凩は、ひらりと踵を返した。

――お前が無理やり宗主と契約を結び、帰っていった後、宗主は我らに向けてこう言った。我にとって意味があるのは、天下一の天狗になるか否かだけだ。願いが手に入りし時は、荻野深雪に掛けられた呪を解く――と。

花信の言葉を聞いた天狗たちは皆、混乱し、激怒した。失望を抱く者も多く、「宗主は変わられた」と吐き捨て、また数妖が山を下りる事態となった。残った天狗の中にも、宗主を訝しむ者もいた。

――我は宗主を信じ、何とか考えを変えていただこうとしたが……すべて徒労に終わった。裏山は、もはや我らの棲処ではない。我らの棲処は、宗主がおられるところ……我らはこれから、その棲処を捜す旅に出る。……お前たちとかかわったばかりに、我らはこのような憂き目にあった。この恨み、決して忘れぬからな！

呪いのような言を吐き捨てた凩は、呆然とする深雪を置いて、裏戸から飛びだした。

「……慌てて追いかけたけど、凩さんはもう空を飛んでいたの。そこには、裏山の天狗さんたちも大勢いて……皆、天狗さんを捜していたのね。天狗さんは力を失くしたって、天狗さん。皆にとって、かけがえのない大事な宗主さんなのよ」

数日前の夜のことを思いだしながら、深雪は微笑んで言った。

「我を思慕し、捜していたわけではない。愚かな元宗主に、皆で仕返しをしようと考えたのだろう」

木陰から聞こえてきた返事に、深雪は小首を傾げて言った。

「仕返しをするために追いかけるなんて……そんな馬鹿なことをするのは、天狗さんくらいだと思うわ」

「……口の利き方に気をつけよ。力を失くしたとはいえ、人間の小娘など片手があれば事足りる」

「ふふ、もうそんな力もないくせに。虚勢を張らなくていいんですよ？」

からかいの言葉を口にした直後、深雪は宙に浮いていた。真っ赤な手に首を摑まれ持ち上げられた深雪は、己を拘束している鼻高天狗をじっと見つめた。

「……見つけた」

そう言って、深雪はにこりと笑った。花信は一瞬目を見張ると、ちっと舌打ちをして深雪を地に放り投げた。尻餅をついた深雪は、ゆっくり身を起こしながら苦笑した。花信が投げた場所には、寒々しい山には似合わず、青々とした草が生えている。どうりで、尻が痛くないはずである。

（やっぱり、天狗さんは優しい）

口や態度は凶悪かつ辛辣（しんらつ）だが、心はその反対だった。深雪が困っていたら、いつでも助けてくれた。結局今回も、心身を削ってまで深雪を救った。

――天狗さんの代わりに大会に出られないなら、あたしは生涯あの約束に頷くことはないわ。

脅しにならぬ脅し文句を受け入れたのも、花信の優しさだろう。

「天狗さんにはもらってばかりだから、お返ししなきゃ……」

深雪の呟きを拾った花信は、「ならば……」と押し殺した声を出した。

「我と共に妖怪の世に来い」

息を止めた深雪に、花信は無表情のまま近づいていく。目の前に立った花信は、先ほど深雪の首を掴んだ手をすっと前に差しだした。

「さすれば、お前は人でなくなる。人は妖怪にはなれぬと申したが、お前はこたびの件で才があると知れた。必要ならば、修行をつけてやろう。強くなれば、一方的に守られることはなくなる。奴がどこで何をしているか気を揉み、心を痛めるしかできぬ生き方をせずに済む……お前が望めば、きっと奴はお前と共に生きるだろう」

常通り厳しい顔で言った花信に、深雪は深々と頭を下げた。

「ごめんなさい——あたし、天狗さんと一緒には行けないわ」

「……最初に契約の話をした折とまるで同じ台詞を述べたな」

花信は呆れたように、ふっと息を吐いた。

——心を決めたか。

——ええ、決めました。天狗さん、あたし——天狗さんと一緒には行けないわ。

半年前の出来事を、花信は思いだしたのだろう。顔をゆっくり上げた深雪は、先ほどまで見られなかった花信の歪んだ表情に気づき、眉尻を下げて微笑んだ。

「一緒に行けなくてごめんなさい。天狗さんと妖怪の世に行ったら、きっと楽しいと思うの。天狗さんが前に言ってくれたように、あたしたちは似ているから……叶わないと分かっていながら、諦められないんだもの。辛いし、寂しいけれど、好きな人を想いつづけられるのは幸せなことだわ」

「共にいられずとも幸せだと言えるか？……我は少しもそうは思えなんだ。一妖立ちするために平野の許を離れたのは、己自身だというのに——その後、師が二番弟子を取り、その相手と夫婦の契りを交わしたと知り、我は平野を憎んだ。師を奪った初瀬も、平野から無償の愛を受けることとなった疾風も、憎らしくて堪らなかった」

だから、花信は平野を山に閉じ込めた。最初は、傷心の平野につけ込もうと考えていた。だが、こっそり平野の様子を見にいった花信は、平野が毎日涙を流しながら眠り、愛しい夫と子の名を呼んでいることを知った。どうやっても、己は平野の一等になれない——それは、薄々気づいていたものの、長らく知らぬふりをしつづけていた真実だった。

「……一昨年の夏、三毛の龍との因縁の対決を経て、我はようやく過去に区切りをつける気になった。天下一の天狗となれば、平野と対等になれる。そうすれば、今度こそ平野は我を見てくれるかもしれぬ——と。結局、我は平野を諦めきれなかったのだ」

自嘲気味に語った花信を見て、深雪は半年前のことを思いだした。猫股の長者の許に向かう途中、立ち寄った山で、花信は深雪に向かってこう吐き捨てたのだ。

——お前は我に似ている。どうやっても手の届かぬものを求め、身も心も尽くす——そうしたところで得られるものは、虚しさだけだというのにな。……あまりにも無様だ。

（あれは、天狗さん自身への言葉だったのね……）

花信の切なる想いは、おそらく一生叶うことはないのだろう。

「……泣かないで」

呟いた深雪に、花信は唇の端に笑みを浮かべ、「泣いてなどおらぬ」と返した。

「泣くのはお前の方だ。よいか、これからお前は人の世に別れを告げ、妖怪の世に行くのだ。はじめは恐怖のあまり、泣き喚くことだろう。だが、我がそばにいる。お前が独り立ちするまで、我が守って――」

「あたしはここで生きていきます。天狗さんも妖怪の世じゃなく、凩さんたちと一緒にどこかの山で生きてください」

花信の言を遮り、深雪は迷いなき声を出した。

「……人のままでは、幸せにはなれん」

「そんなの、分からないわ」

「お前は我と事情が違う。一度離れたら、もう二度と会えぬだろう。それでも、幸せだと言えるのか？」

そう言った花信は、一瞬揺らいだ深雪の目をじっと見据えた。しばし俯いた後、深雪は意を決して顔を上げ、述べた。

「そんなの哀しいに決まってる……でも、きっと皆も同じなんだと思うの。だって、人も妖怪も、いつどうなるか分からないでしょう？　人にも妖怪にも、いつか別れは来るんだもの。でも、そのいつかに怯えて、今を共に生きられない方がとても辛くて哀しい……すごく哀しいわ」

だから、ごめんなさい――深雪がまた頭を下げて間もなく、ばさりと音がした。その後感じた風により、深雪は花信が翼を広げて空に飛びたったことを知った。

（……これで良かったのかしら？）

半年前に花信の誘いを断った時から密かに抱いていた不安が、今さら深雪の心に重くのしかかった。

数年前、深雪は恋をした。否、恋とは違う種のものなのかもしれぬ。あの時深雪は、母の病気快癒を願い、毎夜神宮寺にお百度参りをしていた。裸足で目隠しをし、たった一人で夜道を歩く――そんなことをしても、母の病が治るとは思っていなかった。日に日にやせ細っていく母を見ていれば、神頼みなど無駄なことは分かっていたが、それでも何かせずにはいられなかった。誰にも心配を掛けたくなくて気丈に振るまっていたものの、心は不安で押しつぶされそうだった。

――俺の手を貸してやる。

お百度参りをはじめて百日目――深雪にそう声を掛けてきたのは、見知らぬ少年だった。顔を見たわけではないが、声の様子からして、同じ年頃だろう。深雪は笑みを浮かべて礼を述べたが、内心（そんなのいらないわ）と眉を顰めていた。深雪はそれまで誰にも頼らず生きてきた。幼いながらに、この先もそうだろうと覚悟していた。母が亡くなれば、ますますそうなるだろう。たった一度きりしか差し伸べられない手なら、ない方がいい――そう思って固辞したが、相手は深雪の言など聞かず、無理やり手を貸してきた。

――俺は人じゃなくて鬼なんだから大丈夫なんだよ。さ、手を出しやがれ小娘！

乱暴な言い方をしたくせに、優しく握ってきたその手は温かくて、深雪は無性に泣きそうになった。

――あの……来月もまたやるの。今度はお礼参りに。

お礼参りをする機は訪れない――それを承知でついそんな言葉を口にしたのは、手を貸してくれた相手にもう一度だけ会いたかったからだ。だが、予想通り、お礼参りはできなかった。それから半月もしないうちに、母を亡くした深雪は、よその土地に越していった。もう二度と会えないくらいなら、はじめから出会わなければよかった――そんな風に悔いてしまうのが、堪らなく嫌だった。

（でも、また会えた……）

それから何度も、その温かな手は深雪に差しだされた。いつか失くしてしまうかもしれぬと思いながら、深雪はその温もりを離せずにいる。たった一度の出会いよりも、ずっと共にいる今を経たこの先の方が、別れは辛い。幾度も辛い別れを経験したことがある深雪は、これ以上そんな想いをしたくないと思っていた。それなのに――

「あの小鬼に伝えておけ。我が力を取り戻した暁には、貴様と戦い、勝利すると」

頭上から響いた声に、深雪は急ぎ顔を上げた。青々とした空に浮かぶ赤と黒の姿はハッとするほど鮮やかで、深雪は思わず目を細めた。

「その時は、お前に三度問う——それまでせいぜい達者でいろ」

投げ捨てるように言い放った花信は、大きな黒翼を羽ばたかせ、空の彼方に消えた。姿が見えなくなってからも、深雪はずっと空を眺めていた。

（……今、何か光った）

流れ星のようなそれの正体を見極めようと目を凝らした時、背後から騒がしい足音と声が響いてきた。この後に聞こえてくるのは、己の名を呼ぶ声に違いない——そう確信した深雪は、こみ上げてくる涙を呑みこむようにじっと空を見据えた。

本書は、書き下ろしです。

一鬼夜行(いっきやこう) 鬼姫(おにひめ)と流(なが)れる星々(ほしぼし)

小松(こまつ)エメル

2017年11月5日初版発行

発行者……長谷川 均
発行所……株式会社ポプラ社
〒160-8565 東京都新宿区大京町22-1
電話……03-3357-2212(営業)
03-3357-2305(編集)
振替……00140-3-149271
フォーマットデザイン 荻窪裕司(bee's knees)
組版・校正 株式会社鷗来堂
印刷・製本 凸版印刷株式会社

乱丁・落丁本は送料小社負担でお取り替えいたします。
小社製作部宛にご連絡ください。
製作部電話番号 0120-666-553
受付時間は、月~金曜日、9時~17時です(祝祭日は除く)。

ポプラ文庫ピュアフル

ホームページ www.poplar.co.jp

N.D.C.913/316p/15cm
ISBN978-4-591-15527-1

一鬼夜行　鬼やらい〈上・下〉

喜蔵の営む古道具屋に、なぜか付喪神の宿る品ばかり買い求める客が現れて……

一鬼夜行　花守り鬼

人妖入り乱れる花見の酒宴で、あれやこれやの事件が勃発!?

一鬼夜行　枯れずの鬼灯

今度は永遠の命を授ける妖怪「アマビエ」争奪戦!?

一鬼夜行　鬼の祝言

荻の屋に見合い話が持ち込まれた。前代未聞の祝言の幕が開く！

一鬼夜行　鬼が笑う

小春と猫股の長者との戦いについに決着が――シリーズ第一部、感動の完結編！

一鬼夜行　雨夜の月

小春の過去を遡る待望の番外編ほか、人と妖の交流と絆を描いた珠玉の一冊。

一鬼夜行　鬼の福招き

可愛い小鬼と閻魔顔の若商人が営む妖怪相談処、開業!?　シリーズ第二部開幕！

ポプラ文庫ピュアフルの新刊案内

小松エメル
『一鬼夜行』シリーズ次回作

2018年
刊行！

弥々子率いる神無川の河童たちや不老不死を授ける謎の妖怪アマビエら、水の妖怪たちの争いに巻き込まれた、喜蔵や小春たち。喜蔵が思いを寄せる飛縁魔憑きの美女・綾子や、かつて偽りの祝言を挙げた引水家の当主・初との関係にも変化の時が訪れる——。
明治人情妖怪譚第二部、感動の完結編！